LUCIEN BODARD

# *La Mésaventure espagnole*

RÉCIT

PRÉFACE DE L'AUTEUR



NOUVELLES ÉDITIONS OSWALD

## PRÉFACE

*Nuit des temps. Comme les années ont engouffré ma jeunesse. Il y a longtemps : une autre vie, un autre moi, désespéré et livré à l'horreur planante, diffuse et pesante. Le commencement de ma vie d'homme. J'étais sûr qu'elle ne durerait pas longtemps, que je serais tué à la guerre qui s'approchait, qui venait, qui allait éclater. Les forces du mal se déchaîneraient et j'en serais victime. Elles sont venues, ces forces, et, miraculeusement, j'ai été sauvé, moi si incapable. Miracle, car j'étais simple tringlot au cœur de la mêlée, dans les Ardennes, là où les Panzers de Hitler ont percé. Ma division a été décimée en quelques heures, à l'exception de ma compagnie du train qui n'a même pas pu entrer en action et s'est retrouvée intacte et inutile. Elle a reçu l'ordre de faire retraite. Nos camions sur les routes des plaines du Nord, en tête de l'exode, en plein été flamboyant. Ainsi, j'ai survécu, mais ma foi était détruite car moi, fils de consul, je croyais à la France. Je prenais conscience qu'elle n'avait été qu'une illusion, qu'une idée, presque dérisoire...*

*L'Occupation, mon pays livré à la croix gammée. Relents de la décomposition, pourriture, découverte de ce qu'étaient les hommes. Ignominie. Découverte de l'héroïsme aussi que je ne connaissais pas, je ne suis pas ce qu'on appelle un homme de courage. Tout ce que je pouvais faire, c'était de haïr les Allemands et les Français qui s'étaient laissé corrompre : les collabos. Pour une fois — ce qui ne devait pas m'arriver souvent par la suite — je m'étais engagé avec passion, même si cela n'était que moralement. J'écoutais Radio-Londres et j'étais, modeste et inutile, le témoin d'immenses événements. J'avais le sens du destin et aussi de l'espoir, même si je savais qu'une France victorieuse ne serait plus jamais grande. Mais de Gaulle à Londres m'enthousiasmait car, au moins, dans la désagrégation de mon pays, il était la voix qui sauvait les apparences. Temps terrible, temps merveilleux où le sort se retournait.*

*La Résistance. Je ne l'ai pas connue. J'en étais sans doute indigne. Mais, au bout d'un certain temps, il m'apparut que je devais moi aussi faire quelque chose. Au lieu d'aller au maquis, je sentis en moi l'urgence, le besoin, de rejoindre la France libre. C'est pour cela que je m'évadai par l'Espagne. Oh! je n'ai rien accompli d'extraordinaire. J'ai recherché une filière et, après de longs tâtonnements, j'en ai trouvé une. Les Pyrénées, l'Espagne, Alger, Londres, les V1, mon débarquement en France. Même pas en combattant; comme lieutenant à titre fictif, chargé d'appliquer les ordonnances d'Alger sur la presse. En réalité je n'ai rien fait... Un dadais.*

*Mais un peu plus tard, en 1946, j'ai écrit ce livre,* La Mésaventure espagnole, *sur ce qu'avait été mon évasion. Livre depuis longtemps oublié et que j'aime pourtant retrouver, que je suis heureux de voir resurgir. Finalement, j'avais mis beaucoup* de moi en lui. J'y trouve déjà ce qui devait devenir ma vision du monde; le sens de l'absurde au milieu des abominations. Récifs sur lesquels à chaque instant je pouvais m'écraser et que, bien plus par chance que par intelligence ou volonté, j'ai évités. Je les sentais ces récifs, ils me terrifiaient et m'hypnotisaient. J'avais un instinct ignoré, un certain sens d'appréhender la destinée souillée de sang, de mort, d'hypocrisie, de passions effrénées, et pourtant parfois, pour certains, source de magnificence.

Ce récit est en quelque sorte un témoignage. Moi-même, sans être vraiment mêlé au grandiose et au sordide de l'Histoire, j'étais sur les bords de son cratère. Sa lave pouvait m'ensevelir... En ces temps de folie, de calamité, et parfois de sainteté, j'ai, je crois, un peu compris le grotesque qui toujours, comme une écume, flotte sur la tragédie. A cette époque, la tragédie régnait absolument et moi, tout en la côtoyant, je n'en ai connu que les aspects comiques. Ce ridicule qui toujours accompagne la mort, l'affreux, le superbe. Ce ridicule qui est bêtise, mais aussi démonstration de la force des hommes arrivant bassement ou splendidement à survivre. Règne de la Camarde et aussi la puissance de la vie.

C'est mon domaine ce ridicule. Il m'a accompagné tout au long de la mésaventure espagnole dans le passage des Pyrénées, au camp de Miranda, cette poubelle où, sur fond de misère, dominait le pouvoir de l'argent, même si cela n'était que sous la forme de sommes minuscules. Mais cela suffisait pour que se crée un monde avec ses lois, ses commerces, ses marchandises, ses intrigues, ses ambitions, ses vanités, ses ruses. Miranda, extraordinaire creuset. Et cela en pleine

*Espagne franquiste encore en proie aux stigmates de la guerre civile, en pleine répression. Et puis il y eut un séjour forcé à Madrid où, avec mes compagnons, je cherchais vainement le plaisir. Pourtant de ces camarades apparemment si futiles, outres gonflées, combien ont ensuite péri glorieusement – quoique maintenant je me méfie du mot « gloire ». Mais encore une fois, j'ai survécu.*

*Ce livre, à moi aussi, il m'avait échappé de la mémoire. Après la Libération j'avais été appelé, cette fois, par une grande aventure qui me concernait, celle du journalisme, celle du grand reportage. Là, étonnamment, je me suis comporté avec beaucoup plus de capacités. Je me suis découvert un don qui m'a permis d'exister, celui de l'écriture. Et aussi celui de ressentir, de voir, de deviner. Je ne sais pourquoi je possédais le sens des hommes, des masses, de leurs fureurs et de leurs écrasements. Mais les drames auxquels, par mon nouveau métier, j'assistais étaient encore une fois terribles et mesquins. Révolutions, Représailles, Grand Fracas, Sordides Combines m'étaient offerts pour que de mon mieux je les mette en mots. En somme, j'étais devenu un charognard. J'allais où il y avait du cadavre déjà pourrissant ou en devenir. J'ai surtout retrouvé la vie, l'éternelle Asie de mon enfance, où je voyais apparaître dans le camp de la rébellion le visage de la Vertu, elle aussi cruelle. Jouissance des guerres coloniales; érotisme et tortures, cérébralisme calculé, stupidité aussi, cupidité.*

*Enfin, peu à peu, j'ai été pris par la lassitude de tout cela, toujours les mêmes trames. Presque un écœurement. Mon désir de paix. Et puis ces acharnements funestes, ces défaites françaises qui s'accumulaient. Je suis arrivé à comprendre que ces guerres-là, encore plus que les autres, étaient condamnées et sinistres.*

*Pourquoi est-ce que je parle de tout cela ? Parce que, quinze ans après* La Mésaventure espagnole, *je suis revenu au livre, à des livres. Plus de cette agitation, de ce forcing perpétuel. La solitude... Pas complète cependant car j'avais à côté de moi ma collaboratrice Marie Cardinal. Cela dure depuis quinze ans. Peu à peu, j'ai appris à rejeter les dépouilles, les écailles du journalisme, cette technique trop simplifiante, trop systématique, avec ses trucs et ses exigences. J'ai été un bon journaliste et Marie m'a aidé à devenir – dans quelle mesure ? – un écrivain. J'ai découvert la liberté, la libération des faits, des références, des événements, sur lesquels en tant que reporter, je brodais certes, mais le plus honnêtement possible. Comme journaliste je croyais déjà à la puissance de l'imagination pour rendre la réalité qui est plus contradictoire, farouche, inattendue, stupide qu'on le conçoit généralement. J'ai toujours été subjectif. Mes articles, pris sur la chair vive, étaient, dans leur suite, des romans feuilletons tâchant d'exprimer une approche de cette vérité qui a mille facettes. Mais le livre, ce voyage dans les nuées, c'est tellement plus exigeant, plus dur. Aller au fond de soi pour rechercher, pour rendre ses fantasmes qui toujours dominent et commandent, même si le sujet paraît éloigné de soi-même. Illusions, il faut toujours se labourer. Oui, avec Marie j'ai appris cela, même si mon monde est loin du sien, mon monde grandiloquent et en putréfaction. Ma conception de l'univers est sortie des normes que l'on m'avait inculquées. Sur cet océan infini et vague qu'est devenue pour moi la vie, flottent toujours des îles : mon enfance chi-*

*noise, la défaite de 40, ma mère, mon premier métier de voyeur. Un pessimisme bariolé... Mais, pour arriver à l'écriture vraie, il m'a fallu de la rigueur. Car, livré à moi-même, je ne suis qu'inondations et méandres. Il a fallu construire les barrages où s'écoulent mes fleuves de mots. Il a fallu que je m'habitue à mon inconscient, car jamais je ne sais ce qui va sortir de moi et qui souvent me stupéfie. Quel travail, quel labeur! Et combien de livres avortés où je m'enhardissais peu à peu avant d'apprendre à être complètement moi-même avec mes romans à base de folie.*

*Au fond, le journalisme m'a servi et desservi. Il m'a empêché de poursuivre une vie d'écrivain que j'avais ébauchée, mais il m'a aidé à me faire une représentation personnelle de l'univers. Certes, cette vision était déjà à l'intérieur de moi, on peut la discerner dans* La Mésaventure espagnole. *Je crois que tout ce que je suis devenu, ce que j'ai pu écrire, est en germe dans ce livre. Là sont mes racines de journaliste et d'écrivain, là est mon bicéphalisme, là s'annonce ma vie si torturée et si merveilleusement préservée. C'est pour cela que j'ai accepté de voir renaître ce texte si loin de moi et qui est déjà moi. Toujours le tragique et le ridicule. Le désespoir dans la vie et pourtant l'espoir dans cette vie.*

*Lucien Bodard*

# *PREMIÈRE PARTIE*

LES difficultés commencèrent quand j'eus décidé de passer à l'action. Je m'aperçus vite que ce ne serait pas facile de rejoindre les Forces Françaises Libres. Je m'agitais beaucoup dans le Paris secret pour ne recueillir que des renseignements décevants. Des personnes bien intentionnées, vivant dans une atmosphère de conspiration sans risque, me confiaient confidentiellement des inepties ou inventaient des romans. D'autres levaient les bras au ciel en me disant que j'arrivais trop tard; ah! si seulement j'étais venu les voir quelques mois auparavant! Il y avait eu le temps heureux où les avions décollaient régulièrement de la zone libre vers l'Angleterre, et où les sous-marins alliés croisaient sur les côtes de Méditerranée en mission de ramassage. Il y avait eu aussi le court moment où, après l'occupation du Midi de la France, les Pyrénées offraient de multiples facilités d'excursions et de sorties. Maintenant, les Allemands avaient labouré les aérodromes clandestins, et les Anglais ne risquaient plus d'appareil que pour des personnages considérables. Les boches avaient ceint les Pyrénées d'une frange interdite, truffée de Gestapo, de patrouilles, de postes de garde et de chiens policiers. Enfin, je tombai, au cours de mes recherches, sur un monsieur qui me parla des filières mais n'en connaissait pas lui-même, malheureusement. Il ne me restait plus qu'à repartir à leur chasse, mais elles se révélèrent un gibier difficile à lever. Les filières étaient des sociétés très secrètes, qui faisaient la traite des jeunes gens désireux de passer chez les Alliés. Elles prenaient le candidat agréé presque à domicile, et le transportaient, par des moyens imprévus, jusqu'en Espagne. Leur valeur dépendait moins de l'organisation – comment lutter sur ce terrain ? – que d'idées qu'elles exploitaient. Chaque filière connaissait, après des tâtonnements, une période de gros débit, et puis disparaissait ou se transformait, quand l'idée, éventée, avait fait son temps. Ces combinaisons éphémères étaient très pourchassées et ne se défendaient qu'à force de discrétion. Même quand le candidat avait « contacté », à force de patience, une de ces organisations, il pouvait encore fort bien être éconduit, soit qu'il ne plût pas aux recruteurs, soit qu'il fût tombé sur une agence spécialisée. Certaines de ces organisations s'occupaient des aviateurs abattus, d'autres se consacraient aux militaires, d'autres travaillaient avec les agents des services secrets, rares étaient celles qui prenaient le tout-venant. Il est vrai que même là les recommandations pouvaient servir.

Toutes ces choses me parurent longtemps mythiques. Bien des individus en parlaient avec force détails, mais sans connaître de moyen d'approche. J'importunais en vain une Anglaise récemment relâchée, un juif vivant dans un grenier, un dresseur de chiens, un chanoine, un professeur à la faculté des lettres. Le hasard s'acharnait contre moi : la filière venait d'être prise, ou toutes les places étaient retenues pour six mois, ou le fabricant de faux papiers, fortune faite, se retirait du commerce. Je frappai ainsi à bien des portes, sans trouver la bonne.

J'avais parlé de mes projets, sans grand espoir, à une demoiselle qui donnait des leçons de chant aux vedettes en herbe. Elle vint, un beau matin, en coup de vent, m'annoncer la grande nouvelle. Elle était toujours un peu exaltée, cette grande fille maigre entre deux âges, vêtue à la garçonne; elle avait une voix cassante, cet air autoritaire des dames qui ont donné trop de leçons. Elle faisait un peu vieille fille, un peu cousine Bette, avec son long visage osseux et sa peau jaune. Fatiguée des jalousies de cabot et des chansons réalistes, elle se consacrait maintenant aux grandes causes, sans grand danger. Ce jour-là, sa figure était éclairée de satisfaction intérieure, et elle avait une note chaude dans la voix. « Ça y est, j'ai ton affaire, mon petit, me dit-elle en se frottant les mains; je pensais à toi depuis quelque temps, mais j'ai enlevé le morceau ce matin. Tu vas partir en avion pour l'Angleterre, tout comme un prince. J'ai répondu de toi, il ne s'agit pas de se dégonfler. » Devant ma mine étonnée, elle me raconta toute l'histoire. Récemment, une jeune femme était venue la supplier de lui monter un numéro en moins d'un mois. Mon amie avait levé les bras au ciel, d'autant plus que la petite n'avait jamais chanté et se tenait raide comme la justice. Heureusement, elle s'y était mise très vite, et elles étaient devenues bonnes amies. Son élève, d'abord muette et mystérieuse, s'était peu à peu apprivoisée. Enfin, elle s'était confiée — en lui faisant jurer de ne rien dire — : elle faisait partie des services secrets français. « Tu n'imagines pas le mal que j'ai eu à lui faire vider son sac, je devais lui arracher les mots. C'est une héroïne. C'est elle qui a organisé l'évasion du général Giraud. Elle s'est rendue en Allemagne, enfermée dans un wagon frigorifique, elle était à moitié gelée en arrivant, la pauvre petite. Le coup fait, elle a eu toute la Gestapo à ses trousses, mais ils ne l'ont pas eue. Comme elle doit repartir là-bas, elle a imaginé de se faire embaucher dans une de ces troupes d'artistes qui font les camps de prisonniers. Elle a de très grosses relations et se tient en rapport avec toutes les organisations clandestines. Tu penses que je lui ai parlé de toi. D'abord, elle a été très réticente, puis m'a assuré qu'elle ferait ce qu'elle pourrait. Ce matin, elle m'a dit que tu allais partir par avion, mais qu'il fallait que tu voies d'abord son chef, un capitaine. Elle te donne rendez-vous chez elle, dans un petit hôtel de Montmartre, à dix heures demain matin, pour y rencontrer ce monsieur. Sois exact, il se dérange pour toi. A propos, elle me charge de te dire de ne pas t'étonner de l'uniforme du capitaine, je pense qu'il doit être habillé en Allemand. Au revoir, mon petit, et bonne chance, je me sauve. »

L'hôtel, tapi au fond d'une ruelle, faisait borgne avec ses murs à la tapisserie passée, son plancher non ciré, et un escalier de bois au fond du couloir. Un homme en gilet rayé lisait son journal devant le tableau où étaient accrochées les clefs, et me dit de monter au cinquième en me glissant un coup d'œil furtif. Quand je frappai à la porte, une voix douce me répondit d'entrer, au bout de quelques instants. L'espionne était encore au lit, mais elle s'était assise sur son oreiller, et avait enfilé un peignoir bleu délavé qui se fermait mal sur son cou blanc. Un édredon rose gisait sur le plancher, un plateau, avec un bol vide et des miettes de pain, se tenait en équilibre près de ses pieds. Les rideaux avaient été tirés, et le jour accusait le désordre de la pièce. Une robe était jetée sur une malle, une chemisette et des bas encombraient l'unique chaise, une pile de livres recouvrait la table de chevet, un paravent cachait mal le bidet. La femme elle-même était d'un roux ardent, elle avait un visage rond criblé de taches de son, tout souriait en elle, et ses yeux bleus, et sa bouche charnue, et elle agitait ses petits bras potelés en signe de bienvenue.

« Je m'excuse, fit-elle, de vous recevoir dans un pareil désordre; mais, avec la vie que je mène, j'ai perdu mes habitudes de petite-bourgeoise. Asseyez-vous et causons un peu; nous avons tout le temps, le capitaine ne sera pas là avant quelques minutes. Voulez-vous un peu de café? Si, si, je vous en prie », me dit-elle avec une moue charmante.

Elle sonna, et fit sa commande au garçon qui me dévisagea lui aussi. Je fus bientôt empêtré d'une tasse avec du jus nauséabond. Elle prit quelques morceaux de sucre qui traînaient au fond de son sac, au milieu de cigarettes cassées, et me força à en accepter un.

Les politesses terminées, elle procéda à un petit interrogatoire qu'elle mena avec conscience, selon les règles qu'elle avait apprises. Elle s'était composé un visage sérieux, gribouillait sur un petit calepin noir, réfléchissait en suçant son crayon, jeta enfin sa tête en arrière, et se mit à rire. « Ça y est. Mais ce n'est pas moi qui décide, c'est le capitaine. » « Est-il habillé en Allemand? » demandai-je. Cela l'amusa beaucoup. « Non, il est capitaine de gendarmerie, il s'occupe du camp de

Drancy. Ce n'est pas un flic ordinaire, à vrai dire, il n'est là-dedans que depuis peu de temps, par ordre de Londres. Auparavant, c'était un monsieur très bien, avec un titre et une grosse situation. Il a abandonné tout cela pour se rendre utile, vous ne pouvez imaginer le bien qu'il fait dans le camp. Je l'appelle parfois l'apôtre, alors il se fâche : je ne fais que mon devoir, me répond-il. Combien en a-t-il sauvé de ces pauvres juifs, il s'est presque ruiné pour leur apporter des douceurs. Mais le voilà. »

J'entendis un bruit de bottes, des coups secs sur la porte, et me trouvai en face de l'individu. Il avait une taille moyenne, et une corpulence d'homme bien nourri; sa tête, sans signe particulier, montrait la peau rose et la raie impeccable du bon militaire. Il était briqué, pommadé, reluisant, avec l'attirail complet du guerrier en ville, bottes et badine. Il parlait d'une voix neutre et forte, grimaçait un peu pour détacher chaque mot, et intercalait entre ses phrases un instant de réflexion. Il commença par étudier la position de la question. Il me démontra l'impossibilité de passer par les Pyrénées, et le danger de me joindre aux bandes de saboteurs. « L'Intelligence Service vous donnera deux mille francs par mois, et vous finirez par être pendu, après une vie misérable. Il n'y a qu'une seule solution, le départ par avion. Je ferai mon possible pour vous. » Je le remerciai chaleureusement. Cette fois-ci, il sourit un peu : « Attendez d'être parti pour me remercier »; puis il ajouta : « Il y a une chose dont je dois vous entretenir, bien que cela me soit pénible », et il me dit que je devais lui verser dix mille francs pour couvrir les frais. Son organisation, pour conserver son indépendance, ne recevait de subvention de personne. « Venez porter cet argent demain, et vous partirez ensuite. »

Quand je m'en allai, les laissant dans un entretien animé, j'étais plein de doutes. Il m'avait donné sa carte, je me rendis donc à l'adresse indiquée, c'était une caserne. Je découvris mes embarras à un camarade habitué aux faux départs. Le camarade se mit à rire : « C'est le coup de l'avion, mon vieux, moi, j'ai déjà été refait quatre fois. Quand tu as casqué, tu vas dans un coin perdu, en rase campagne, tu te caches dans un fossé, près d'une grande prairie, où tu attends toute la nuit; naturellement, rien ne vient, et tu rentres à Paris, bredouille et enrhumé. Ça m'a déjà coûté une petite fortune. Ça aurait pu me coûter plus cher, car, si l'avion ne vient pas, parfois les Allemands ne manquent pas le rendez-vous. C'est louche chaque fois que quelqu'un te demande de l'argent pour ce genre d'affaire, comme si les Anglais avaient besoin d'être payés! » Je me dégonflai donc, et le capitaine le prit très mal. Il vint me réclamer l'argent, sous le prétexte que j'étais engagé et que les dépenses étaient faites; puis il proféra quelques menaces mystérieuses avant de décamper. Il prit l'habitude de m'envoyer des mots impératifs et, bien après mon départ, exigeait encore son dû.

Je subis peu après une autre offensive aérienne. Mon garagiste me téléphona qu'il m'envoyait une de ses meilleures clientes, une femme très débrouillarde, qui pourrait m'être utile. Cette dame ne tarda pas à venir. Son physique annonçait la maîtresse-femme. Elle appartenait à ce genre de dames importantes et disgraciées, qui écrasent une laideur naturelle sous un amas d'étoffes, de fourrures et de bijoux. Elle était forte, osseuse, basanée, marchait avec majesté et portait la tête haute. Elle avait recours à tous les artifices de l'élégance, mais c'était manifestement le moyen d'afficher sa richesse. Elle traînait donc une plume à son chapeau, un renard argenté autour du cou, un immense sac en lézard dans sa main, de gros diamants sur ses doigts, et beaucoup de rouge sur sa figure.

« Je viens pour l'affaire, monsieur », dit-elle d'une voix enrouée, avec un accent indéfinissable. « Quelle affaire ? » « Vous savez bien. Je peux vous faire partir en Angleterre d'ici quelques jours, en Amérique si vous voulez. Je vous conseille l'Amérique, c'est plus tranquille. » « Comment ça ? » « Par avion, monsieur. Je vous préviens, je ne suis pas désintéressée. J'ai un truc, et je le vends. Je connais un monsieur très bien qui reçoit des avions anglais dans sa propriété. Je vous présente à lui et je vous recommande. Ensuite, vous vous mettez d'accord. Naturellement, vous ne dites pas que je vous ai demandé de l'argent. » « Combien voulez-vous ? » « Il y a des risques, et puis la peine. » D'un coup d'œil, elle évalua l'appartement. « 35000 francs, payables d'avance, naturellement. » « Me rembourserez-vous, si l'avion ne vient pas ou si je ne m'entends pas avec le monsieur ? » « Non; tout ce que je puis, c'est vous faire un prix pour la prochaine fois. » Quand je déclinai l'offre, elle prit un visage peiné et me mit en garde : « Réfléchissez bien, c'est encore ce qu'il y a de moins cher; si vous changez d'avis, voici mon numéro de téléphone. »

La dame fit une retraite très digne, et me téléphona quelques jours après. Mais je n'avais pas changé d'avis.

J'avais commencé mes recherches depuis près

d'un mois sans avoir rien trouvé de sérieux. J'avais découvert deux ou trois garçons, partagés des mêmes sentiments et dans la même situation que moi. Nous avions formé un petit syndicat, et décidé de faire un fonds commun de nos renseignements. Un d'entre nous finit par rencontrer un monsieur qui jouait double jeu. Apparenté à de hauts personnages politiques, il avait libre entrée dans les antichambres et même dans les cabinets ministériels. Extérieurement, il aimait le Maréchal, prônait la Révolution nationale et portait presque la francisque. Mais ce n'était que pour mieux tromper son monde, car c'était tout le contraire. Il s'occupait de trente-six mille choses, et, en particulier, était à la tête de la meilleure des filières.

Ce camarade obtint pour moi, au bout de huit jours de négociations, une entrevue avec le monsieur. Il avait ses bureaux au premier étage d'un building cossu. Le portier, les portes grillagées, les tapis écarlates, les murs en marbre, montraient que j'avais pénétré dans une antre du capitalisme. Je fus reçu tout de suite. La pièce était grande, claire, avec des meubles Empire simples et solides. Le maréchal Pétain, respectueusement accroché au mur, s'offrait en holocauste, et la photo d'une femme ornait le bureau. Un homme jeune, trapu, absorbé dans un dossier, m'indiqua d'un geste sobre un fauteuil. Quand je lui eus expliqué mon affaire, il prit sa tête entre ses mains pour réfléchir un peu. Après avoir bien cogité, il se mit à m'interroger, tout comme l'espionne, mais au lieu de la fantaisie appliquée de la belle enfant, il procéda avec le sérieux de l'homme habitué aux responsabilités. Puis il me dit comme un médecin, la consultation finie : « Revenez dans huit jours.

Mais n'oubliez pas la valeur du secret. La moindre indiscrétion pourrait nous être fatale à tous deux. »

Quand j'y retournai, il fut beaucoup plus cordial. « C'est entendu, mon cher ami, vous pouvez compter sur moi. Mais toutes les places sont prises pour le prochain convoi, vous devrez attendre un peu. » Les frais n'étaient pas élevés, une vingtaine de mille francs tout au plus. Mais pour ce prix-là j'avais quelque chose de sûr, le *nec plus ultra* des filières. « Vous pensez bien, j'ai tout organisé moi-même. D'abord, une voiture vous conduit de Perpignan jusqu'en pleine montagne. Puis il y a une petite marche pour gagner l'Espagne; vous irez de ferme en ferme, sous l'escorte des meilleurs passeurs; vous serez reçus partout comme des rois. C'est que je suis connu, vous savez, dans la région. Mais surtout, vous éviterez la prison, car on ne vous lâche qu'à Barcelone, à la porte du consulat anglais ou américain, au choix. Dans les autres filières, on manque trop souvent de conscience : on laisse les évadés en plan à la frontière, et ils se retrouvent bien en Espagne, mais en taule. » Je le quittai sur ces bonnes paroles.

Deux jours après, convocation urgente : départ immédiat. Un des partants manquait à l'appel, j'étais désigné à sa place. Les consignes étaient les suivantes : le chef du convoi était mon ami Pierre; chacun se rendrait par ses propres moyens à Perpignan, et s'installerait à l'hôtel du Carillon, jusqu'à l'arrivée de Pierre. Nous serions là en toute sécurité, le patron était un ami, et ne nous ferait pas remplir de fiche de voyageur, ce qui était précieux avec toute la Gestapo qui traînait à Perpignan.

Tout se passa bien d'abord : pas de mauvaises rencontres dans le train, pas de contrôle de papiers à la sortie de la gare. Je partis à la recherche de l'hôtel. Je me sentais très loin de la guerre, dans cette ville, pleine de jardins fleuris et de cafés où des Méridionaux en chemise dégustaient des apéritifs multicolores; des jeunes gens se promenaient en toute quiétude bras dessus bras dessous avec des filles brunes aux foulards vifs, les vieux trams jaunes remplissaient les rues. J'entrai enfin dans la vieille ville avec le quartier espagnol groupé autour de la cathédrale. D'immenses murs blancs cachaient les maisons, des commères, assises sur des chaises, bavardaient sur les seuils, une eau sale coulait au milieu des ruelles. Je réveillai une vieille femme qui somnolait au soleil. « L'hôtel du Carillon, l'hôtel du Carillon, ça se trouve sous la cathédrale, tenez là-bas. »

Je pénétrai par une porte entrebâillée dans un couloir sombre, avec des murs peints à la chaux et un sol en carrelage. Au fond, dans une petite pièce, une Gitane grasse et déjà mûre était écroulée dans un fauteuil; elle épluchait des légumes, dont les pelures s'accumulaient sur sa robe, entre ses cuisses écartées. Elle souleva la tête pour me regarder. Des petits yeux vifs perçaient une graisse jaune, ses cheveux à la garçonne tombaient en une frange luisante, des accroche-cœurs tremblotaient sur ses joues et d'énormes pendants en argent trouaient ses minuscules oreilles. Son corps informe était enfourné dans une robe à fleurs, de couleur vive, que tendait sa grasse poitrine; des petites mains, gonflées et ridées, sortaient des manches. Sur le fourneau voisin, mijotait une ratatouille, qui empuantissait l'air d'un relent de graillon. Assis devant une table de cuisine, où traînaient quelques papiers et un encrier desséché, un jeune homme malingre faisait des écritures; il m'examina soigneusement, la tête de biais et d'un air farouche. Après que la femme eut fait « Monsieur » avec l'accent du cru, je sortis gauchement le mot de passe.

Devant son air abasourdi, je répétai en articulant avec soin, mais elle ne comprenait toujours pas. Elle secouait négativement la tête à chacune de mes questions, la sainte vérité peinte sur sa figure. Personne n'avait retenu de chambre. Des jeunes gens ? C'était peut-être les footballeurs qui étaient descendus à côté. Non, elle ne connaissait pas monsieur Pierre. Devant mon insistance, elle commença à se fâcher et appela son compagnon à la rescousse pour justifier de sa bonne foi. Celui-ci non plus ne connaissait pas monsieur Pierre — à moins que ce ne soit le jeune homme qui était venu ce matin. Il avait demandé après des gens, puis il était parti en disant qu'il repasserait. La bonne femme me regardait avec des yeux ronds et méfiants. Dans sa tête trottinaient toutes les hypothèses d'une vieille hôtelière habituée à bien des choses.

Quand je demandai une chambre, elle fit signe au garçon de s'approcher d'elle, et ils tinrent un conciliabule pendant un bon moment. « Je veux bien, dit la Gitane; ce sera cinquante francs par jour, mais, faut d'abord remplir les fiches. » Je m'exécutai aussitôt; elle scruta attentivement mes déclarations, et me dit d'un ton radouci : « Faut m'excuser, monsieur, mais c'est pas ma faute; la police, elle nous fait bien des misères; je vous le dis, le métier n'est plus tenable; vous aurez le 4, monsieur, une belle chambre. »

Elle appela Anita, une infecte souillon édentée,

pour me conduire au 4. La pièce était misérable; l'ameublement consistait en un lit de fer, avec un édredon crasseux et des draps sales, et une chaise cassée; des journaux bouchaient les carreaux brisés; les murs, au papier décollé, laissaient tomber des gravats sur le plancher. Tout le luxe résidait dans le lavabo et surtout dans le bidet.

Je passai là-dedans deux journées entières à attendre; je n'avais aucun renseignement qui pût me permettre de retrouver la filière dans la ville; je n'osais même pas m'absenter de peur de manquer un visiteur; dix fois par jour, j'allais demander à la patronne si personne n'était venu me demander, mais elle grommelait toujours non avec une totale placidité. Je commençais à avoir peur, à redouter une visite de la police ou de la Gestapo, et j'avais maintenant l'impression d'être dans un traquenard. J'épiais chaque bruit dans cette triste demeure. Toutes les heures, la cathédrale m'envoyait la volée formidable de ses cloches. L'hôtel lui-même était plein de rumeurs, surtout à la fin de l'après-midi. Couché sur mon lit, en essayant vainement de lire, j'entendais des pas dans la chambre voisine, des portes qui claquaient, des chuchotements, des rires de femmes, le bruit de l'eau qui coule et gargouille dans les tuyaux. La patronne traînait ses savates dans le couloir, la bonniche se cognait dans l'escalier, le garçon me regardait fixement chaque fois que je descendais. Le troisième jour, j'en eus assez, et, renonçant à mes espoirs, je décidai de rentrer à Paris. Comme je montais dans le train, j'aperçus mon camarade Pierre qui faisait de même. Nous nous regardâmes heureux et éberlués, et, aussitôt installés, nous nous racontâmes nos aventures, tout comme dans *Gil Blas*.

Mais son histoire était bien plus amusante que la mienne.

« Je suis arrivé à Perpignan, fit-il, un jour avant toi, muni de l'adresse d'un fonctionnaire de la préfecture, qui devait s'occuper de tout. Je suis donc allé au Carillon; quand j'ai vu le genre de l'établissement, j'ai trouvé plus prudent de me loger ailleurs. Le lendemain, j'ai été voir le bonhomme; il avait son bureau au dernier étage d'un vieil immeuble administratif, fabriqué de portes et de couloirs. Je trouvai derrière un monceau de paperasse un vieux type barbu en train d'éplucher un dossier. Je lui dis le mot de passe, il eut l'air, lui aussi, abasourdi. J'essayai alors le nom du patron. Cette fois-ci, ça rendit. Il me serra alors la main avec chaleur. « Comment va-t-il, ce cher ami? Viendra-t-il bientôt nous voir? En quoi puis-je vous être utile? » Je lui expliquai l'affaire. Cela parut l'anéantir. « Mais je n'ai jamais entendu parler de quelque chose de semblable, d'une, comment vous dites, d'une filière. Je me souviens qu'il m'a une fois demandé si je pouvais, le cas échéant, faire passer un garçon de l'autre côté. Je lui ai répondu que je ne m'y entendais guère à ce genre d'affaire. Ç'a été tout. Je ne vous cache pas, je suis surpris, très surpris. » Mais c'était un brave vieux, car, devant ma déception, il se grattait l'oreille de son doigt d'un air embêté. « Laissez-moi réfléchir, reprit-il. Ma bonne est l'amie d'un contrebandier, elle saura peut-être quelque chose. Revenez ici demain à dix heures. »

Le lendemain, il mit son chapeau sur la tête quand j'arrivai et m'entraîna dans un petit bar périphérique. Il me présenta à un malabar à la mine inquiétante, qui, accoudé sur le comptoir, nous attendait manifestement.

« Voici le brave jeune homme qui, avec cinq camarades, veut passer en Espagne, pour aller se battre dans nos armées !

– Je vous félicite », fit le malabar, en veine de politesse. Puis il commanda trois apéros. « C'est moi qui paie – Permettez, mon cher, rétorqua le vieux birbe. – Vous paierez une tournée tout à l'heure, mais celle-là c'est la mienne », coupa le costaud. Il se tourna vers moi : « Vous choisissez mal votre moment, avant, c'était facile, maintenant, on a neuf chances sur dix de se faire poisser. Vous comprenez, j'hésite. Enfin, si vous y tenez, je vous conduirai. – J'attendais ça de vous, dit le vieux; nous autres, Catalans, on est des hommes. – Ça va, ça va, grogna le malabar. Etant donné les risques, je demande vingt mille francs par tête de pipe, et je vous laisse à trois kilomètres de la frontière. Et puis, je vous le dis franchement, si vous en trouvez un autre, ne vous gênez pas, je préfère gagner l'argent autrement, je tiens à ma peau, que diable. Je vais vous donner un bon conseil, rentrez à Paris. Quand les choses s'emmanchent aussi mal, vaut mieux ne pas insister. Vous offrez votre tournée, dit-il au vieux, ou pas ? » Celui-ci s'exécuta.

Chaque fois que je passais au Carillon, la patronne me disait invariablement que personne n'était arrivé; j'ai décidé de rentrer à Paris pour tirer l'affaire au clair !

J'exprimai ma propre opinion par un haussement d'épaules. Je me demandais alors si le patron était un cinglé ou un idiot. Je me trompais d'ailleurs dans cette alternative, et j'ai appris par la suite qu'il avait fait une résistance très active et que, torturé par les Allemands, il n'avait rien dit. Je n'ai jamais compris le fin mot de cet épisode.

De retour à Paris, je repris mes recherches, mais sans aucun résultat pendant un mois. Que de conciliabules, d'espoirs démentis, de promesses non tenues, de paroles en l'air. Rien de plus décourageant que cette bonne volonté générale, qui vous berce de mots et n'est qu'impuissance. Je commençais à devenir sceptique sur l'existence des filières. J'avais accumulé les échecs dans le monde policier, dans le milieu des affaires, dans les cercles politiques; ce fut le faubourg Saint-Germain qui me tira d'affaire. Je connaissais un jeune garçon de bonne famille et d'authentique noblesse, qui se destinait au business. La guerre l'avait pris sur le banc des lycées, l'armée l'avait charmé. Il lui semblait maintenant être né avec une épée à la main. Les écoles militaires lui avaient enseigné la rigidité de l'honneur, la supériorité de la cavalerie et le mépris courtois des civils, à l'exception peut-être des gens du monde. Il était resté dans l'armée après l'armistice, en se demandant où était le devoir : les officiers, dans les cas difficiles, ne savent jamais où ils se trouvent par suite des exigences contradictoires de leur conscience sévère; ils se tirent de ce mauvais pas en recourant à la servitude militaire. Mais après la dissolution de novembre 1942, ce jeune homme ne put supporter longtemps le complet-veston et, enfin éclairé, décida d'aller rejoindre l'armée d'Afrique. C'était un garçon robuste, beau, impassible. Il savait manier le silence avec art, et parlait d'un ton détaché. Il poursuivit parallèlement à moi des recherches longtemps infructueuses, mais sa famille était fort répandue dans le noble faubourg.

Un jour, il arriva chez moi hors d'haleine et m'entraîna sans me donner d'explications. Nous entrâmes bientôt dans un somptueux immeuble moderne situé sur la rive gauche. Mon camarade avait pris la tête des opérations, il avait le calme des missions dangereuses. Il s'adressa à la concierge avec un naturel parfait, arpenta le couloir à grandes enjambées et sonna un coup bref et décidé. Une femme de chambre bien stylée nous introduisit aussitôt dans un très grand salon. C'était la pièce de gens pourvus d'un arbre généalogique. Cela sentait l'héritage. Les meubles étaient ceux qu'on se transmet de génération en génération dans les bonnes familles : grands tableaux, encombrés de batailles et d'ancêtres, dans des cadres dorés, tapisseries mythologiques, tapis à ramages, bergères et guéridons, canapés munis de coussins profonds, pâtres en saxe et lustres de cristal. Tout était consacré au rouge, depuis les revêtements des fauteuils et les grands rideaux de velours jusqu'aux personnages drapés des Gobelins et aux trognes rosées des aïeux. Seuls les notes vertes des figurines, les roses et l'or d'un soleil couchant, la chair laiteuse d'une Junon égayaient cette sévère ordonnance.

La comtesse fit son apparition au bout de quelques minutes, et tendit sa main maigre et nerveuse à mon camarade, qui la porta à ses lèvres d'un geste habitué. Elle était essentiellement femme du monde, mais sans la mièvrerie et les airs pâmés des égéries, sans les allures excitées et les petits cris des dames à talent, et sans la distinction glacée et la politesse distante des orgueilleuses. Elle imposait naturellement le respect, car, dans ses allures brusques, sa voix fêlée, un peu tremblante, ses yeux ardents, se devinaient beaucoup de bonne foi et de bonté. Elle était déjà d'un certain âge, plus jeune sans doute qu'elle ne paraissait, car l'intensité de la vie l'avait comme brûlée; ses traits amaigris, sa peau ridée et les crispations qui déformaient sa bouche surprenaient ses traits. Elle avait encore l'habitude de la beauté, à la façon dont elle tordait ses cheveux dorés, à la grâce avec laquelle elle portait une robe noire toute simple, à l'harmonie de ses gestes; elle avait renoncé à toute prétention, mais sans doute sans y croire. Elle s'exprimait dans un français garni de phrases polies et de tournures précieuses, elle s'efforçait de faire abstraction de son rang, de sa distinction, pour se consacrer toute à l'action. Elle parlait donc comme un orateur en essayant, par son intonation, de donner plus de poids à ses mots, elle se voulait démocratique, femme d'affaires, positive. Parfois, regagnée par une ancienne habitude elle employait une de ces tournures ironiques qui n'attachent d'importance à rien, puis, reprise par sa responsabilité, se lançait avec simplicité et vanité, dans une tirade pleine de sentiments distingués.

Mon ami commença par tirer de son portefeuille un bout de ruban marron, mais elle l'écarta d'un geste dédaigneux.

« Ce n'est pas la peine, monsieur. Je sais à qui j'ai affaire. Vous êtes officier de cavalerie, je crois ? Votre place est en Afrique, au combat. Vous aussi, vous êtes officier, monsieur ? » dit-elle en se tournant vers moi.

« Non ? mais je ne sais pas si je pourrai vous faire partir : en principe, je ne m'occupe que des officiers. Vous avez fait des études, vous préparez un concours, évidemment, évidemment... en ce cas, vous pourriez peut-être entrer dans une école militaire. C'est entendu, monsieur, je vous accepte. Vous désirez partir le plus tôt possible, naturellement. Ce ne sera pas possible par le convoi de demain, mais peut-être y a-t-il encore des places pour vendredi. Je vais téléphoner pour m'en assurer. » Elle sourit, ravie de son ingéniosité.

« Officiellement, nous nous occupons de la Croix-Rouge. C'est très commode comme couverture, cela nous permet même de nous servir du téléphone. Ainsi, quand il s'agit d'évadés qui doivent partir tel jour, je parle de petits tuberculeux qu'il faut envoyer au sanatorium. Malgré tout, je reconnais que je ne devrais pas me servir de cet appareil pour de pareilles affaires, c'est très imprudent; mais comment voulez-vous que j'aie le temps d'être prudente ? »

Elle appela un numéro. « Bonjour, chère amie. J'ai encore deux jeunes tuberculeux sur les bras, deux cas graves. Il faudrait les évacuer le plus vite possible. Il n'y a rien à faire pour demain ? Non ? Je m'en doutais bien. Et vendredi ? ce sera difficile; voyez s'il n'y a pas moyen d'arranger cela, il s'agit de deux cas graves, vous dis-je. Vous vous débrouillerez ? C'est bien, je vous reconnais là. Je vous les enverrai jeudi, comme d'habitude. Au revoir. »

Elle nous fit alors les recommandations d'usage; nous ne devions emporter que peu d'argent, des pesetas ou des dollars de préférence, à coudre dans la doublure des épaules, car les Espagnols prennent tout ce qu'ils trouvent. Il fallait s'habiller comme des ouvriers, et ne se munir que d'une musette. Elle nous donna l'adresse où nous devions nous trouver jeudi à cinq heures pour y recevoir des instructions, comme si elle nous invitait au bal. « Au revoir, dit-elle, vous verrez que c'est bien moins difficile que vous ne croyez. Cela se résumera en une marche de nuit de quatre ou cinq heures dans la montagne. Voici un mois, c'était une promenade d'une demi-heure entre la voiture et la frontière. Il y avait juste un moment un peu délicat, il fallait se glisser entre deux postes de garde. J'ai eu l'imprudence de faire partir un tout jeune garçon, il a pris peur quand il a vu une sentinelle à sa gauche et une autre à sa droite, il s'est mis à crier, les Allemands ont tiré. J'ai passé un mois à mettre sur pied un autre itinéraire, voici seulement quinze jours que les convois ont repris. D'ailleurs, je vais les suspendre d'ici quelque temps; une filière ressemble beaucoup à un moteur qu'il faut laisser refroidir quand il a trop tourné. A jeudi. »

Je me rendis le jeudi à l'heure fixée, à l'adresse indiquée. La rue se trouvait dans un quartier assez populaire, la maison était un de ces immeubles modernes, où s'entassent les petits-bourgeois. Quand je sonnai, une femme vêtue d'un tailleur beige me conduisit dans une pièce déjà remplie par cinq ou six garçons. L'ameublement avait manifestement été acheté dans un grand magasin : des gravures Louis-Philippe sur les murs, par terre un tapis algérien, un lion en bronze trônant sur un buffet, une coupe en verre dépoli diffusant la lumière. Les garçons ne se connaissaient manifestement pas, ils échangeaient quelques mots pour prendre contact, et s'examinaient discrètement. La femme était encore jeune, très simple, sans prétention à l'élégance, avec un air ouvert, un peu masculin. Elle fumait une gauloise, rejetait la tête pour lâcher les bouffées de fumée, et écrasait ses mégots dans un cendrier, d'un geste sec et habitué. Elle prit la parole avec autorité s'exprimant en un français correct, très appliqué, comme si elle apprenait une leçon à des élèves, en reprenant plusieurs fois sa pensée sous des formes analogues.

Le sujet était : trucs et procédés de conspirateurs pour voyager incognito. Les recettes allaient du tapotage des joues enfantines à la discussion sur le ravitaillement; notre conduite devait s'inspirer essentiellement de la grande règle de l'Art, qui consiste à faire naturel. La dame faisait appel à notre sens du devoir quand un coup de sonnette fit tressaillir l'assistance. Mais c'était la comtesse, qui venait nous apporter le réconfort de sa présence.

Elle entra d'un pas rapide, elle était un peu essoufflée, et comme toujours, vêtue de noir. Elle eut un sourire pour chacun des garçons à mesure qu'ils lui baisaient la main. La jeune femme était immobile et respectueuse. « Alors, chère amie, tous les garçons sont là ? J'apporte les faux papiers, j'ai eu un mal fou à obtenir qu'ils soient prêts à temps. Tenez, distribuez-les, pour voir s'il n'en manque pas. » Chacun reçut une carte d'identité et un certificat de travail qui le faisaient domicilier et travailler dans la zone interdite. J'étais ingénieur électricien, j'habitais une villa de Saint-Jean-de-Luz; j'avais seulement neuf ans de plus que mon âge réel ! Les papiers paraissaient parfaits, ils étaient pleins de timbres et de cachets. J'avais une figure d'apache sur la photo, comme cela se doit. J'apposai ma signature, et remarquai alors que j'étais né dans un endroit différent sur chacun de ces papiers. J'en fis humblement la remarque à la comtesse, mais cela ne lui plut pas. Elle nous parla de la bravoure comme ses ancêtres s'adressaient aux grognards, les jours où ils grognaient trop. Ce n'est pas impunément qu'on a tant de sang militaire dans les veines. Mais la femme du monde ayant repris le dessus, la comtesse se radoucit, et nous sourit avec bienveillance.

Tout à coup, elle regarda sa montre du geste nerveux des gens surmenés, abrégea la scène des adieux, et, après de nouveaux baisemains, partit sur la pointe des pieds, avec les traits durcis du soldat qui lutte contre l'émotion.

Il ne resta plus d'elle que la senteur persistante d'un parfum. L'autre femme passa au plan de manœuvre : « Vous prendrez demain, individuellement, le train de midi pour Bordeaux, où vous passerez la nuit. Le samedi matin, vous prendrez l'omnibus de sept heures trente pour Bayonne. Vous descendrez, non pas à Bayonne, dont la gare est très surveillée, mais au Boucau, la station d'avant, où vous n'aurez rien à craindre. En sortant, vous remarquerez, tout près de l'employé qui ramasse les billets, un Basque qui fumera la pipe et inscrira quelques mots dans un carnet. Le premier d'entre vous déploiera devant lui un journal régional du jour, et allumera une cigarette. Le Basque se dirigera vers la sortie, et sur la place de la gare, prendra la première route à droite, celle qui va à Bayonne en longeant le chemin de fer. Vous le suivrez à distance, par petits groupes de un ou deux, à cent mètres les uns des autres. Puis en rase campagne, il tournera dans un petit chemin sur la gauche. Si la route est déserte, vous le rejoindrez aussitôt, il vous fera monter dans une voiture qu'il aura laissée là. Au cas où il n'y aurait personne à la gare, vous prendrez quand même la route de Bayonne, et, quand vous serez hors du pays, vous attendrez une demi-heure en vous cachant dans les prairies. Si le Basque n'est toujours pas arrivé. Vous marcherez jusqu'à Bayonne. Là, vous prendrez le tram, et vous irez à cette adresse. C'est tout ce que vous avez besoin de savoir pour le moment. »

La classe se détendit aussitôt, et la pièce fut remplie par un brouhaha de voix. Certains se faisaient préciser quelque point pour la dixième fois, et l'hôtesse répondait avec patience, d'une voix égale, comme à des enfants. D'autres ne posaient de question ou n'émettaient de suggestion que pour mettre leur personnalité en relief. Ils essayaient dès maintenant de prendre une position prépondérante dans le groupe qui allait se former et vivre dangereusement, ils discutaient à perte de vue, non pour trouver la meilleure solution, mais pour savoir qui aurait le dernier mot. Ils ne tardèrent pas à couper les cheveux en quatre, et la subtilité de certaines propositions échappait manifestement à la jeune femme, habituée au bon sens clair, et aimant à se résumer en images palpables. Heureusement, le moment de s'en aller approchait, et tout le monde tomba dans les effusions.

On évoqua la perspective d'un banquet monstre, qui réunirait autour de notre hôtesse tous les anciens de la filière. Cette image remplit de larmes les yeux de la bonne dame, qui nous confia qu'elle se soûlerait ce jour-là. Les plus zélés se préoccupaient déjà de trouver une salle assez grande quand je m'esquivai en compagnie d'un garçon fort taciturne.

« J'aime autant partir par ce convoi-là, fit-il, j'ai l'impression qu'il n'y en aura pas beaucoup d'autres. C'est déjà un miracle que la filière ait duré aussi longtemps. J'ai toujours eu la plus grande méfiance des affaires montées par des femmes, surtout des femmes du monde. A force de croire qu'elles n'en font pas assez, elles en font trop, et se font prendre pour des bêtises. La comtesse et son amie travaillent à la chaîne, c'est un concours à qui expédiera le plus d'évadés, elles en arrivent à prendre le premier venu, elles ne tarderont pas à ramasser un type de la Gestapo. »

L'avenir montra malheureusement que ce garçon avait raison. Cela n'empêche pas que je n'ai jamais rencontré dans ma vie de femmes qui aient montré un pareil héroïsme. Elles ont continué cette tâche ingrate, épuisante, sans souci du danger, sans défaillance nerveuse, jusqu'au jour de la catastrophe. Je les admire d'autant plus qu'elles n'avaient pas d'illusion, elles se savaient condamnées, elles n'envisageaient des lendemains heureux que pour obéir à la bienséance. La comtesse a pu s'enfuir et a vécu traquée, d'autres membres de l'organisation ont été fusillés, j'ignore ce qu'est devenue la jeune femme qui devait se soûler.

Le lendemain, sur le quai de la gare, ce fut la scène du départ. Un des garçons, entouré de toute une smala, étreignait tour à tour le père et la mère, les grandes sœurs et le petit frère, et recommençait le circuit. Un autre se promenait silencieusement avec une jeune femme munie d'un grand chapeau. Un troisième déambulait sur le quai, les mains derrière le dos. Je m'installai dans un compartiment avec mon ami le lieutenant, le train s'ébranla. Le trajet fut sans histoire. Au wagon-restaurant, des Allemands minables, avec des cheveux filasse et des tabliers sales, servaient d'un air dégoûté. A côté de moi, un gros monsieur vulgaire avec une figure rouge et une montre en or dans la poche de son gilet, du genre de ceux qui s'étranglent de rouspétances quand il s'agit de nourriture, mangeait en silence sa viande racornie, sans oser protester, sous l'œil narquois des garçons. Il s'épancha enfin dans le sein du seul serveur français, qui répondit qu'il n'y pouvait rien. Nous arrivâmes à Bordeaux vers six heures. Ce fut une longue soirée à la recherche d'une chambre et d'une table. La ville me parut triste avec ses faubourgs interminables, ses longues artères sans vie, ses magasins vides. Les indigènes s'entretenaient avec appréhension des bombardements récents, les Allemands grouillaient sur les trottoirs. Nous dînâmes piètrement dans un bistrot désert, plus ou moins arrangé en taverne, sous un mur de bouteilles vides, mais munies d'étiquettes. Le portefeuille allégé, nous retournâmes lentement vers le misérable hôtel, dans une impasse, près de la gare, où nous avions enfin trouvé une chambre.

Le lendemain, nous nous habillâmes en prolétaires. Mon ami fit un paquet de son beau complet marron en tissu anglais qu'il expédia chez lui par la poste, enfila un vieux pantalon qu'il avait emprunté au valet de chambre de son père et un chandail kaki, et recouvrit le tout d'une salopette bleue qu'il mettait pour bricoler sa moto; complété par des savates, il apparaissait, avec ses bras musculeux, comme quelque apprenti-forgeron aux mains trop fines. Nous nous séparâmes à la gare pour mieux jouer aux conspirateurs. Au guichet, l'employé me donna sans aucune difficulté un billet pour le Boucau. Le train se composait de quatre ou cinq vieilles voitures en bois déjà assiégées par un rassemblement de Méridionaux en béret et de commères chargées d'énormes paquets. Je me heurtai dans les couloirs aux camarades déguisés, tous reconnaissables à la musette jetée autour des épaules et à leur soin extrême de ne pas se reconnaître, même par un clignement d'œil. Il nous fut assez difficile de nous répartir dans les différents wagons, les remous de la foule nous rejetant toujours dans le même compartiment.

Je fus enfin casé entre une fermière en noir, qui tenait fermement sur ses genoux un panier contenant une poule, et un vieux Basque qui tirait placidement sur sa pipe. Le train cheminait lentement dans la forêt landaise, toute coupée de clairières mauves de bruyère, et parsemée de maisons blanches et fleuries surgissant dans le vert d'un champ de seigle. Il s'arrêtait à chaque instant dans de petites gares perdues dans la verdure et les roses, avec de jolis noms méridionaux. Campagnards, colis et enfants entraient et sortaient avec de la bonne humeur et des petits jurons. Pendant que la fermière, silencieuse, enfonçait ses dents dans une tranche de pain beurrée, le fumeur de pipe bavardait avec ses voisins. La conversation se rapporta d'abord au bombardement du port de Bordeaux. Un monsieur en noir, avec un nœud de cravate bien fait et une serviette sous le bras, intervint pour dire que c'était un miracle qu'il fût encore en vie. Une bombe était tombée sur sa maison, dont il ne restait plus rien. « L'essentiel, c'est que vous ayez sauvé votre peau », fit une jeune femme fort maquillée, avec un béret crânement ajusté sur ses cheveux roux, un chandail collant orné d'initiales, et les jambes nues dans des sandales. Le monsieur émit un gémissement dubitatif, et dit que c'était bien dur d'avoir perdu le fruit de tant d'années de travail. Chacun plaça alors une anecdote à ce sujet, sauf la fermière qui en était au saucisson. Le vieux conclut alors : « C'est une bien malheureuse époque. Et dire que nos gars, pour ne pas travailler en Allemagne, se cachent dans la montagne ou passent carrément en Espagne. Pas plus tard qu'une semaine, tous les pêcheurs de Saint-Jean-de-Luz ont déguerpi. Eux, pas de danger de se faire prendre, les boches peuvent toujours courir. Mais les pauvres petits qui viennent de France, ils se jettent dans la gueule du loup. L'autre jour, j'en ai vu passer à pied devant chez moi une douzaine, entourés de soldats allemands baïonnette au canon; ils étaient crevés, ils avaient des figures blêmes et traînaient la jambe. Ma femme a voulu leur donner du pain, mais les boches l'ont bousculée; un sous-officier a baragouiné : « Pas possible, madame, très grave, garçons sont espions », puis les soldats ont fait avancer les malheureux en les menaçant de la baïonnette. – La prison de Bordeaux en est remplie, remarqua le monsieur bombardé. – Il paraît qu'on les envoie dans les mines de sel, tout au nord de la Norvège, où ils ne font pas de vieux os. – C'est terrible quand on pense que ce sont des jeunes gens dans toute la vigueur », enchaîna la jeune dame fardée, d'un air apitoyé, avant de se poudrer. Le vieux Basque se pencha vers moi et me dit tout bas : « Si vous êtes pas en règle, descendez pas à Bayonne, c'est plein de flics, mais descendez avant, au Boucau, par exemple. » Je l'assurai que j'étais parfaitement en règle. « Ça ne fait rien, si vous avez des ennuis, vous trouverez toujours un lit chez moi; et puis je me débrouillerai bien pour vous faire filer. » Il me donna son adresse, en me recommandant de ne pas l'oublier. La fermière, après avoir bu un coup de vin à même la bouteille, rangea soigneusement les restes de sa mangeaille dans un carton. « Moi, je ne comprends pas pourquoi des garçons veulent pas aller en Allemagne. C'est tout ce qu'il y a de bien payé. Je connais une dame à qui son fils envoie deux mille francs par mois. Ça ne se trouve pas sous le fer d'un cheval. Et puis, il y a les bolcheviques qui nous prendraient tout. – Et votre fils, il est en Allemagne ? » demanda le vieux Basque. « Ben sûr que non, il cultive la terre. »

Les causeurs retombèrent alors dans le silence. Le Basque fumait sa pipe en contemplant le paysage, la femme fardée se regardait et se souriait dans un miroir de poche, le monsieur bombardé s'endormit. Je me rendis aux waters pour détruire mes véritables papiers d'identité. J'attendis quelques minutes avant que la porte ne s'ouvrît pour laisser passer un camarade; sur le sol, deux ou trois petits bouts de papier indiquaient qu'il venait de se livrer à une besogne analogue. Je détruisis méticuleusement tout ce qui faisait que j'étais moi; mon individualité s'évanouit par le trou des waters avec ces morceaux déchirés, et je ressortis un aventurier, sous un faux nom. En rentrant, j'aperçus mes camarades endormis ou plongés dans des journaux. Une longue heure se passa encore dans la chaleur suffocante. Nous approchions; c'était la gare de Labenne. Par chance, nous n'avions pas eu l'habituel contrôle d'identité, dont la pensée me donnait des sueurs, avec mes papiers mal faits. Les camarades, dans leurs compartiments respectifs, se levèrent, regardèrent par la fenêtre, ajustèrent leur musette. Chacun tâta dans sa poche le journal qu'il avait acheté, conformément aux instructions. Le train ralentit, et je vis « Le Boucau » se détacher en grandes lettres sur la gare. Je sautai du train, et me trouvai happé par la masse des sortants.

Je reconnus les camarades dans le flot, ils étaient comme des épaves qui auraient arboré un journal en guise de voile. Les deux militaires de carrière avaient pris la direction des opérations.

Un capitaine, qui savait voir sans regarder, marchait en tête. Le lieutenant, respectant la hiérarchie, suivait dans son sillage. Les civils – et il faut y inclure les gens de réserve – se tenaient respectueusement à quelques mètres d'eux. Aucun contrôle dans la gare, pas d'Allemands en vue, l'employé ramassa nos billets avec autant d'ennui que pour les voyageurs ordinaires. La cohue s'était dispersée et rendait facile l'examen de la salle. Sur un banc, deux bonnes femmes, et appuyé sur un mur, un vieux Basque qui fumait la pipe, mais qui ne gribouillait pas sur un carnet; il se contenta de cracher sur le sol avec bruit. Le capitaine ne s'attarda pas dans la gare, et chacun de nous gagna la place inondée de soleil, où une vieille voiture était réfugiée sous l'ombre d'un arbre. Personne. Le ciel était d'un bleu immobile, le goudron fondait au soleil, les gens s'étaient calfeutrés dans leurs maisons. C'était un banal carrefour.

Le capitaine s'engagea sur la route de droite, qui longeait la voie ferrée, comme on nous l'avait dit. Au surplus une plaque indicatrice : Bayonne 3 kilomètres, nous montra que nous étions dans le bon chemin. Nous entreprîmes de nous concerter. Les retardataires, allongeant le pas, remontaient la colonne, et échangeaient au passage quelques mots avec ceux qu'ils dépassaient. L'accostage se pratiquait selon les rites du boulevard; une marche d'approche, un appel discret, quelques mots, et chacun se séparait. J'arrivai enfin à la hauteur du capitaine : « Que faisons-nous ? » demandai-je. « Suivre les consignes », me répondit-il laconiquement; « On s'arrêtera un peu plus loin, on en profitera pour casser la croûte », ajouta-t-il en homme expérimenté. Nous faisions beaucoup plus jeunes citadins en excursion que travailleurs devant un après-midi d'usine, et des jeunes filles à bicyclette jetèrent de grands rires en passant devant nous. Le capitaine faisait seul ouvrier fatigué, soucieux de ses forces. Il courbait son visage tanné, avec des yeux inexpressifs, vers ses pieds qu'il traînait en boitillant, comme s'ils étaient trop lourds. Son dos rond était une bosse dans le costume avachi, à la couleur effacée par l'usure. Le béret sale faisait corps avec la tête mal rasée, et les bras poilus se balançaient sans aucune force. Les autres, pleins de vie, fonçaient de l'avant, et le capitaine fut vite comme un vieux, à l'arrière-garde, qui s'épuisait à soutenir le train. Ils avaient jeté la veste sur l'épaule, et, oubliant leur déconvenue, hurlaient un air de marche, qui volait du haut en bas de la colonne, quand personne n'était en vue. Le lieutenant, dominant de loin le peloton, marchait comme à l'abordage, frappant le goudron poisseux de son pas égal et puissant, indifférent aux contingences; je l'imaginais très bien sur un champ de bataille, poussant toujours l'attaque, sans souci des pertes. Derrière lui un blondin remuait, au rythme balancé de sa marche, une tête charmante, aux traits tendres, et à la peau douce et rose de femme; il était tout préoccupé de composer avec art un personnage de jeune premier qu'un sort injuste aurait fait naître dans le peuple. Il avait transposé sur le plan populaire son élégance habituelle, et demeurait impeccable avec un costume tout fait, une chemise bleue coupée d'une cravate rouge, et un foulard à pois méticuleusement ajusté. Quand il ne débitait pas des mots d'argot, en linguiste de salon, il chantonnait pour lui seul une chansonnette où trois jeunes gens surprennent une jeune fille en train de couper les joncs, et il roucoulait larirette comme s'il était un peu gris. Le reste de la troupe se signalait par un genre hybride, avec des salopettes et des chemises de soie, des bérets et des chevalières en or; et chacun se croyait parfaitement camouflé.

Les maisons se prolongeaient toujours, et nous étions presque à mi-route quand la nature fit sa première apparition avec des vaches dans une prairie et de l'herbe drue dans les fossés. Le capitaine cria : « Arrêtez-vous » et se vautra dans la prairie; le cri remonta de garçon en garçon, mais sans atteindre le lieutenant qui avait pris trop d'avance pour entendre quelque chose, et qui ne s'arrêta qu'écrasé par sa solitude. Nous nous roulâmes tous dans l'herbe, après nous être cachés de la route par une haie. L'expédition s'était transformée en pique-nique; nous cassions des clefs pour ouvrir les boîtes, étalions le pâté avec des canifs sur les tranches de pain, buvions à même le goulot et nous essuyions d'un revers de manche, tout cela au milieu des échanges de politesses – sardines contre figues sèches – et des considérations sur la température. Le repas tirait à sa fin, nous avions les mains graisseuses et une envie de dormir. A ce moment, un homme sauta par-dessus la haie : « Ne venez-vous pas de Paris ? – Ça vous regarde ? » fit le capitaine, méfiant, mais l'autre continua : « Ne cherchiez-vous pas quelqu'un à la gare du Boucau ? – Un monsieur avec un calepin. – C'est ça, fit l'homme; je suis bien content de vous avoir trouvés. Figurez-vous – c'est la première fois que ça m'arrive – que la voiture est tombée en panne à la sortie de Bayonne. J'ai laissé la bagnole en plan – ça vient du carburo, ça sera réparé en un quart d'heure – et j'ai rappliqué à toutes jambes, en espérant bien vous trouver sur la route. C'est que ç'aurait été une sale histoire si je vous avais manqués, la comtesse aurait gueulé. »

Le type était jeune, sympathique, on le sentait débrouillard. Il nous expliqua qu'il avait une Simca, et que par conséquent, il faudrait faire deux voyages. Le plan de campagne fut vite établi. Nous irions tous à pied jusqu'à Bayonne, et là il embarquerait un premier groupe de trois dans sa voiture, dès qu'elle serait réparée, pour l'emmener à Saint-Jean-de-Luz, qui constituait la prochaine escale. Les trois autres, dont j'étais, se rendraient en train jusqu'à l'entrée de Biarritz, et l'attendraient là, dans un bistrot qu'il nous indiqua.

Nous repartîmes aussitôt, les musettes dégonflées, sous une chaleur terrible; le capitaine laissait pleuvoir la sueur sur la chaussée, et, même en plein air, sentait le mâle. Les autres s'épongeaient à qui mieux mieux. Nous atteignîmes vite les faubourgs de la ville, pleins de murs blancs bariolés de réclames rouges, et de voies de garage où des tanks lourds étaient rangés comme de gros joujoux sur d'interminables trains. Une discussion s'engagea pour savoir si ces chars étaient bien des Tigres. Le capitaine trancha, le lieutenant suivit, et la question fut réglée. Nous arrivâmes à la voiture, abandonnée dans un recoin, et je poursuivis vers la place de la gare, où je devais prendre le tramway, avec le lieutenant et l'élève de Centrale.

Tout était normal dans la ville, le cours de la vie n'était pas détraqué par nos aventures. Rien non plus n'indiquait des précautions spéciales ou un appareil policier inusité, comme le bruit en courait à Paris. Nous montâmes tranquillement dans le tramway, en compagnie de voyageurs chargés de bagages, de soldats allemands sac au dos, de dames de la ville et de jeunes filles qui allaient se baigner. Le tram traversa la vieille ville, puis roula le long d'avenues verdoyantes. Un moment donné, il s'arrêta longtemps pour attendre le collègue venant de Biarritz. Le receveur, cigarette sur l'oreille, blaguait avec une commère, pendant que les autres voyageurs s'assoupissaient. Je sautai à terre pour me dégourdir un peu les jambes. J'étais ébloui par la dureté du ciel, la clarté de l'air, la luxuriance de la végétation, la senteur violente des fleurs et des pins. Personne ne semblait pressé. Quand j'aurais quitté la France, tout continuerait comme avant. L'autre tram arriva enfin, et notre véhicule s'ébranla dans un bruit de ferraille.

Ce fut enfin notre halte; le bistrot était là, caché derrière une haie, émergeant d'un alignement de caisses vertes. Dans la salle, au jour tamisé par des rideaux décolorés, rien d'autre que les chaises devant des tables, la patronne et des mouches. Nous commandâmes des menthes à l'eau, et demeurâmes silencieux, l'oreille tendue au moindre bruit. Un soldat allemand entra, but et sortit. Des voitures passaient sur la route. Enfin, j'entendis un moteur s'arrêter, le chauffeur fit son apparition, avala une bière au comptoir, et sortit après nous avoir fait un petit signe de tête. Nous le rejoignîmes dans une allée bordée de chênes où la Simca ressemblait à un insecte arrêté, la voiture fonçait déjà sur la grand-route, nous en étions encore à démêler nos jambes. Le chauffeur conduisait très vite, le cou tendu, le front ridé et soucieux.

Je retrouvais avec plaisir ce pays basque, dont les croupes cultivées s'accumulaient pour monter peu à peu vers les lourds mamelons des montagnes, qui arrêtaient l'étendue du ciel. Parfois, au-delà des fleurs et des villas, par-dessus le rebord des falaises abruptes, mon regard atteignait le bleu turquoise de la mer tranquille, écumant cependant autour de quelques rochers gris.

Tout à coup, la main du chauffeur se crispa sur son volant. D'un coup de menton, il désigna un tournant qui venait vers nous. « Attention, murmura-t-il, s'il y a un contrôle, c'est là. Du calme. Si nous sommes arrêtés, dites que je vous ramène de Biarritz chez vous à Saint-Jean-de-Luz. » Nous roulions sur l'obstacle dans un silence ému, et puis ce fut le large ruban de la route libre, qui allait se casser sur quelque colline. « Plus rien à craindre maintenant », fit le garagiste. A ce moment, les pétarades d'une moto éclatèrent derrière nous, et tournant la tête, j'aperçus un soldat couché sur sa machine qui fonçait sur nous. Le chauffeur blêmit. « Police Spéciale », fit-il. Mais l'Allemand, au dernier moment, fit un grand écart pour nous dépasser, agita la main vers nous en rigolant, et donnant plein gaz, nous laissa sur place. Maintenant, c'étaient les premières maisons de Saint-Jean-de-Luz, et le chauffeur passa à la petite cérémonie habituelle des consignes. « J'arrêterai la voiture au coin d'une rue, à cinquante mètres d'un grand hôtel. C'est là. Mais ne prenez pas la grande entrée, vous tomberiez sur les Allemands. Vous vous contenterez de la porte de service, messieurs. Vous trouverez ainsi une pièce amie et vos camarades en bonne compagnie. »

Tout se passa comme il le fallait, avec la facilité dérisoire d'un rêve heureux. L'hôtel était bien sage à sa place, avec sa grande entrée tout éblouissante, – grand perron, lettres dorées, palmiers dans des vases vernissés, – et à côté l'humble porte qui conduisait à des bonheurs cachés. Une poignée de tournée, et je descendais un petit escalier de bois très raide. D'en bas venait un brouhaha de voix, mugissements d'hommes et cascades perlées de femmes. C'étaient les camarades trinquant dans un capharnaüm de chaises empilées et de culs de bouteilles sous les regards espiègles de deux jolies filles vêtues de la même robe bleue et légère. Elles allaient et venaient au milieu de tous ces hommes, en filles bien élevées mais habituées au commerce, en charmantes filles d'hôtelier. Elles riaient en guise de réponse à nos questions taquines, si heureuses de vivre avec leurs yeux bleus, leurs tresses blondes et leurs bras blancs. Elles nous considéraient manifestement comme des héros, ce qui leur permettait de se comporter un peu en marraines. Elles étaient une délicieuse vision avant le départ et l'aventure, elles incarnaient tout ce que nous laissions derrière nous. Devant elles, chacun eut envie de parler de soi! Le capitaine détailla son odyssée. Ce brave avait été fait prisonnier en Tunisie. Pendant cinq jours, il avait tenu une crête avec quelques indigènes, puis les tanks allemands étaient arrivés par-derrière. Relâché en France, il courait vers son régiment comme le cheval vers l'écurie. Il débita des anecdotes sur la campagne, et consolida son amitié avec le lieutenant en découvrant qu'ils s'étaient relevés quelque part dans le désert, voici deux ou trois ans; c'était une fameuse histoire de branlebas de combat pour une bagatelle, qui avait fait longtemps la joie des postes perdus. Le blondin se servait de sa voix la plus douce pour bavarder avec les filles. Ce garçon précieux, un peu efféminé, avait une invraisemblable quantité de spadassins et de légendes sanglantes dans les annales de sa famille; les portraits des aïeux montraient de terribles géants moustachus. Dans les temps modernes, ce legs antique de chevalerie était devenu une rigide tradition militaire : tous les hommes étaient officiers et consacrés à la culture de l'honneur. Notre ami était mal préparé à cette coutume; élevé dans les jupes maternelles, son univers se limitait aux salons, aux examens et à la politesse. Avec des sourires et du travail, il avait conquis des jolies femmes et de nombreux diplômes. Maintenant, il voulait gagner la gloire des armes. Le centralien en était encore tout à la grandeur de son sacrifice. A la vérité, il n'était glorieux ni de la décision prise ni des risques acceptés. A cet égard, il était rassuré; il était de ces gens laids, étriqués, maladroits à qui rien de mal ne peut arriver, et il se voyait déjà remplissant avec conscience la fonction sociale et morale d'officier. Non, sa fierté et sa douleur étaient ailleurs. Il s'était arraché à ses études au beau milieu de l'année scolaire, avant d'avoir décroché le diplôme si longtemps désiré. Sa vie n'était-elle pas brisée, trouverait-il jamais une situation? Malgré la gravité de l'heure, il avait l'impression de faire l'école buissonnière. Le dernier de la bande, l'aspirant, parla peu ce jour-là. Il étudiait la situation, n'ouvrait la bouche que pour des conseils impératifs et sa cervelle se remplissait de plans pour asseoir son autorité.

Vers six heures, un homme arriva, qui nous dit que ça allait être le moment. Nous allions traverser la ville à sa suite jusqu'au-delà du port, où nous prendrions le car Todt qui ramenait dans leurs montagnes les journaliers basques employés aux fortifications. Le chauffeur, qui était dans la combinaison, arrêterait le car près de la ferme du passeur. Il n'y avait qu'un moment difficile, à

Saint-Jean même; le car était souvent en retard, et nous aurions sans doute à l'attendre quelques minutes, au milieu de la foule des vrais ouvriers. Le bonhomme ajouta qu'une surprise agréable nous attendait, une jolie fille, une vraie gaillarde, serait du voyage. « Qu'est-ce qu'elle vient faire ? » demanda l'aspirant mécontent. « Je n'en sais rien, j'ai simplement reçu un ordre à son sujet. » L'homme, après avoir regardé sa montre, jaugea notre petit groupe d'un coup d'œil, en paraissant réfléchir à la solution d'un problème dont les deux données auraient été l'heure et nous autres. « Six heures moins le quart, va falloir partir; le mieux, c'est de faire ça en deux fois; je vais en emmener trois, et je reviendrai chercher les autres. »

Je fis partie du premier lot, avec le capitaine et le centralien. Les filles embrassèrent le capitaine en tant que grand-père inoffensif, et se tinrent dans l'embrasure de la porte, en agitant les bras, pendant que nous montions l'escalier. Notre sortie passa inaperçue, et nous ne tardâmes pas à être mêlés à la foule qui grouillait avec la fraîcheur. Le guide était un Basque classique, avec le béret, des traits rugueux, des épaules carrées et une allure de coq. Il allait de l'avant, sans se retourner pour s'assurer que nous suivions. Je revis alors la grande baie, cette mare paisible enfermée dans ses trois jetées, dont l'eau venait donner de petits coups de langue sur le sable, et les vieilles maisons qui se rencontraient par-dessus la rue comme des gens qui se saluent, et le port avec son bassin trop calme où les chalutiers étaient rangés. De l'autre côté du pont, juste avant la côte, les ouvriers étaient déjà massés au bord de la route, devant un bistrot. C'étaient des hommes durs et tannés, qui attendaient immobiles, émaillant leur silence de rares réflexions. Ils s'écartèrent à peine pour nous recevoir, mais je sentais peser leurs yeux sur nous, ils étaient parfaitement renseignés. Quelques femmes, de vieilles commères et une fille assez provocante, venues pour un brin de causette, nous regardèrent effrontément, et j'eus l'impression que la fille ricanait en nous montrant du doigt.

Nous cherchâmes refuge dans le café, mais la porte largement ouverte laissait voir toute la salle de l'extérieur. C'était un bistrot misérable : sol en terre battue, murs peints à la chaux avec des règlements jaunis et des réclames d'apéritifs, bancs branlants autour de tables poisseuses, relent de liquide fermenté, consommateurs accoudés autour de bouteilles de bière. Nous nous installâmes dans un coin obscur, une grosse bonniche se coula vers nous sur un signe de la patronne, et, solidement plantée, la poitrine en avant sous un corsage léger, les bras nus tout rougis, elle nous proposa de la bière. Nous bûmes la boisson tiède sans un mot, avec la sensation que l'imposture allait être démasquée d'une minute à l'autre. Les camarades nous avaient rejoints. Le capitaine faisant bande à part, avait retrouvé son air abruti et ses épaules tombantes. Le blondin se croyait sur la scène; et faisait un parfait apache de fête de charité; il appuyait sa jolie tête sur un bras nonchalamment accoudé à la table, tordait un mégot dans le coin de sa bouche, et ne disait pas un mot sans un rictus soi-disant mauvais. Le lieutenant s'était levé, et allait et venait à travers la foule de son grand pas calme. Notre guide vint faire un tour de notre côté pour faire les ultimes recommandations. Le chauffeur serait averti au cas où une patrouille allemande ferait une inspection. Si le car s'arrêtait brusquement en pleine montagne, nous devions descendre aussitôt et suivre un jeune garçon, qui nous conduirait à travers champs jusqu'au point où la voiture contrôlée nous attendrait. Si, par hasard, le chauffeur était prévenu trop tard pour réussir cette manœuvre, alors on aurait recours à la grâce de Dieu et aux papiers de la comtesse. Il paraît que ces moyens étaient parfois efficaces.

Pendant ce temps, l'affluence avait considérablement augmenté, et des employés en veston s'étaient mélangés aux ouvriers. Tous s'étaient ramassés sur le trottoir en un tas houleux hérissé de grosses musettes d'où sortaient des goulots de bouteille, de paquets informes et même de valises en carton. Le car déboucha enfin comme un gros hanneton; ce fut un assaut général. La masse humaine était à peine tassée que le car s'empara du milieu de la route qu'il remplissait de son volume, et fonça sans se préoccuper des contingences, rasant des paysannes qui sautaient sur le talus. Le conducteur était un gros bonhomme solidement calé sur son siège, la tête rentrée dans les épaules, qui braquait agilement le volant avec des bras trop courts. Courbé en deux dans le couloir central, j'aperçus par une fente entre deux dos, une fille assise près du chauffeur. Engonçant ses formes robustes dans un sweater et une jupe à carreaux, elle faisait un peu une Diane sophistiquée lorsqu'elle repoussait placidement les avances d'un voisin obstiné. Le car grimpa une route de montagne qui se tortillait au fond d'une étroite vallée, et s'arrêta dans un village où il se vida à moitié. Le conducteur déchargea quelques caisses de bière, alla boire un coup en récompense dans le bistrot, et s'en revint vers son siège au bout d'un quart d'heure, avec un air désabusé. Puis le car, bien forcé de repartir, traversa des hameaux où des enfants jouaient à la pelote, escalada une montagne qui barrait l'horizon, et redescendit vertigineusement le long d'une autre vallée. Tout à coup, il s'arrêta en rase campagne; quelqu'un me tira par la manche, nous devions descendre. Ce n'étaient pas les Allemands, nous étions tout simplement arrivés. Déjà le car disparaissait derrière un tournant de la route taillée à flanc de montagne. Tout le groupe était là, battant la semelle sur la chaussée, avec la fille en sweater en plus.

Nous dominions un creux verdoyant entre de lourdes croupes chauves. C'était champêtre en bas, avec les prairies parsemées de petits bois, les vaches qui agitaient leurs clochettes, et l'immanquable ruisseau. Un gamin nous entraîna derrière lui. Nous dégringolâmes le versant par un sentier envahi d'orties, nous traversâmes des prés humides en dérangeant un taureau, et nous nous enfonçâmes dans un taillis, jusque dans une cachette soigneusement aménagée dans un fourré de ronces. Le gosse nous dit d'attendre là le passeur, qui ne tarderait pas à venir. L'herbe foulée et les papiers gras attestaient du fréquent usage de ce lieu, sans doute par nos prédécesseurs. L'espace nous permettait tout juste de nous grouper en un petit cénacle.

La fille était assise sur ses jambes au centre d'un cercle d'admirateurs. Elle était loin d'être belle. Elle était vraiment très robuste, avec des traits réguliers, un corps un peu épais, et des jambes trop musclées. Debout, elle était plantée, tendue; assise, la chair se relâchait, elle paraissait écroulée. Mais elle avait un air d'autorité, un certain charme garçonnier. Sa grande simplicité s'était instantanément adaptée au ton de camaraderie masculine en usage parmi nous. Elle avait manifestement l'habitude de ce genre de rencontre, où, après quelques heures d'aventures en commun, l'on ne se revoit plus. Elle s'exprimait d'un air détaché, avec des mots justes, directs, et traitait comme très naturelles des choses qui ne l'étaient pas. Elle nous confia qu'elle passait et repassait la frontière plusieurs fois par mois, pour porter des dépêches et des renseignements d'un côté à l'autre. C'est par suite d'une panne qu'elle se trouvait parmi nous. D'habitude, elle se servait de la filière anglaise, très supérieure, une filière de luxe en somme, pour gens arrivés. Mais cette organisation prenait quelques jours de repos et elle s'était rabattue sur l'entreprise de la comtesse. L'abri dans la verdure était devenu un petit salon, et elle jouait avec aisance le rôle de maîtresse de maison, allouant à chacun sa ration de paroles. Ce fut vite un tournoi d'esprit; elle lançait dans l'arène des anecdotes parisiennes et des noms de personnalités, afin d'étudier les réactions de chacun et de pouvoir déterminer sa cote mondaine. Le blondin était ébloui, et, la couvant des yeux, exagérait dans l'approbation. Le lieutenant voulait ne pas perdre pied, et donnait l'arrière-garde de ses relations sans résultat visible. Le seul antagoniste sérieux était l'aspirant, qui répondait à boulets rouges, mais il sentit l'autorité lui échapper, et me glissa à voix basse : « Cette fille-là est une aventurière. » Seul le capitaine, revenu de toutes les vanités, disait un mot par politesse et inspectait ses pieds.

Une alerte fut causée par des hurlements dévalant la vallée, c'étaient de jeunes pâtres poursuivant des vaches emballées. Nouvelle émotion un quart d'heure plus tard. Nous entendîmes, dans le silence du crépuscule, des crissements d'herbe foulée, des craquements de branches écartées. Nous nous tûmes, au milieu d'une discussion esthétique sur les talents de peintre d'une noble dame, et écoutâmes anxieusement se rapprocher les bruits de pas.

C'était Jules, le passeur, un colosse, qui venait se présenter à nous et se faire payer; on ne sait jamais ce qui peut arriver. Les camarades furent indignés de cette prétention, et voulurent discuter. Jules haussa les épaules. « On paie d'avance, c'est la règle. » Il ne restait plus qu'à s'exécuter, si nous voulions passer. Le prix du passage, établi avec la comtesse après de longs marchandages, était de cinq mille francs par individu. Jules passa devant chacun de nous comme on fait la quête, entassant au fur et à mesure les billets dans sa grosse main rouge, et parut trouver que le tas n'était pas gros quand ce fut fini. « Tout le monde a bien payé ? » demanda-t-il en continuant de tendre la main, et fourra le tout à même sa poche, quand il n'eut plus d'espoir. « Je viendrai vous chercher dans une heure, il ne fait pas encore assez nuit. Je ne sais pas si j'irai moi-même avec vous, je suis malade, très malade, mais mes frères vous accompagneront, ils connaissent le chemin aussi bien que moi; moi ou eux, c'est la même chose. » Ce n'était pas du tout notre avis, et nous protestâmes avec une telle violence qu'il fit des concessions. « Je tâcherai d'y aller, j'ai mal là, en mettant sa main sur son ventre avec un sourire plein de santé, mais ça ira mieux tout à l'heure. » « C'est un salaud, fit le capitaine; voilà un type à qui nous avons donné 35000 francs, et qui nous laissera en plan à la première occasion. Les passeurs ont perdu toute conscience depuis qu'ils gagnent tant d'argent. Jules se fait 100 000 francs par semaine, rien qu'avec la comtesse. »

Pour nous consoler, il nous proposa de casser la croûte. « Rien de tel pour remonter le moral des hommes », fit-il en nous communiquant ainsi un des secrets de sa science militaire. Nous suivîmes son conseil; la fille avalait comme un homme, le blondin opérait avec délicatesse, le capitaine mangeait sur le pouce.

Jules revint enfin avec ses deux frères, deux masses d'os et de muscles comme lui, mais d'un volume moindre, étant donné leur jeune âge. Il dit qu'il partirait avec nous, et qu'il tâcherait de nous accompagner jusqu'à la frontière. Quand nous sortîmes de notre abri, la nuit n'était pas encore tout à fait tombée. Une lumière grise, attardée dans la vallée, permettait encore d'en discerner les détails. Devant nous, les montagnes formaient des masses soufflées contre le ciel pâli, qu'aucune lune n'éclairait. L'obscurité noyait peu à peu les flancs; des creux assombris surgissaient des croupes rondes, où des pierres debout paraissaient des maisons. Nul signe de vie, pas une lumière, pas un bruit.

Nous nous ébranlâmes. Nous abordâmes la montagne en un groupe compact. Nous grimpâmes avec entrain les premières pentes par un large chemin de terre bordé de haies. Ce fut bientôt plus dur. Nous marchions maintenant dans un étroit sentier, qui remontait de front les flancs herbus, qui se prolongeaient sans fin. La vallée était très loin en dessous, puis nous ne l'aperçûmes plus; cependant, nous n'arrivions jamais au sommet, derrière une bosse venait une autre bosse. La piste traversait une étendue de masses courbes et nues, avec par-ci, par-là de maigres buissons. Nous cheminions en file indienne, silencieusement et vite. La nuit tombait de plus en plus; chacun était absorbé dans une double tâche ardue : il s'agissait d'abord de mettre les pieds sur l'étroit ruban accroché aux pentes, puis ne pas laisser disparaître dans les ténèbres le dos indicateur du prédécesseur.

Le lieutenant, indifférent aux obstacles, avait pris la tête, et chacun s'épuisait à le suivre plutôt que de demander grâce, même la fille dont j'entendais le souffle derrière moi, même le capitaine à la jambe raide qui fermait la marche. Les Basques montaient et descendaient le long de la colonne avec une agilité surprenante, comme des chiens de berger autour d'un troupeau. Ils nous demandaient de temps en temps si ça allait, personne n'osait proposer un instant de repos. Ils s'arrêtèrent un instant à un embranchement, scrutèrent soigneusement le sol, et découvrirent sous une touffe d'herbe trois cailloux disposés en un petit tas. Cela signifiait que la route était libre; le berger, qui gardait cette hauteur, avait vu passer la patrouille allemande.

Nous arrivâmes enfin au sommet; d'où nous découvrîmes une autre vallée et d'autres montagnes. Les passeurs nous imposèrent alors quelques minutes de repos; chacun se laissa crouler par terre, et reprit son souffle avec un bruit de forge. Puis nous descendîmes la pente à toute allure, comme des enfants lâchés; l'élan nous jetait les uns contre les autres, nous sautions audessus des obstacles apparus au dernier moment, nous bloquions nos jambes au bord de quelque entonnoir. Mais Jules fit passer un mot d'ordre, une voix devant moi me chuchota de ne pas faire de bruit, car il y avait une grande route dans le fond, et je répétai ces mots au personnage inconnu qui fonçait en trombe sur moi. Nous reprîmes notre sage marche, et, cependant, malgré nos précautions, une pierre dégringolait parfois, qui rebondissait longuement, ou un des camarades s'étalait en étouffant un juron. Mes chaussures craquaient horriblement, aussi agaçantes qu'une porte battante pendant le sommeil, et j'étais l'objet des malédictions des autres, qui me sommaient sur tous les tons de les réduire au silence. Nous fûmes enfin dans la vallée, et j'apercevais déjà la bande sombre du macadam à travers les prairies, quand les garçons en tête se jetèrent à plat ventre dans l'herbe haute qui poussait au bord du chemin. Sans comprendre, nous fîmes de même. Nous demeurâmes cinq minutes enfouis dans les graminées, crispés, tendant l'oreille pour percevoir une rumeur suspecte. Je tâchais de déterminer la direction de ma fuite; au cas où nous serions découverts, nous avions reçu l'ordre de prendre nos jambes à notre cou, de nous ruer dans le noir, chacun pour soi, en abandonnant les poussifs et les blessés à leur triste sort, si nous faisions une mauvaise rencontre. Je m'étais résolu à suivre un des passeurs, ces gens-là s'en tirent toujours, mais où étaient-ils donc. Je n'entendais cependant aucun bruit, et les gens d'avant-garde se relevèrent enfin. Un des jeunes passeurs vint glisser à chacun les instructions. La route était sillonnée de voitures et de patrouilles, il fallait donc faire vite. Dès que son frère s'y engagerait, nous nous précipiterions derrière lui. Nous devions remonter la route sur la droite pendant une centaine de mètres, puis grimper un talus, en haut duquel débouchait un sentier à moitié caché par des buissons. Il fallait s'y engager sans hésiter, et courir pendant quelques minutes, jusqu'au pied de la montagne.

Le programme s'exécuta à la lettre, ce fut un cross en terrain varié. Le peloton, après avoir chargé le long de la chaussée en de longues et régulières foulées, se disloqua dans l'escalade du remblai, puis chacun galopa droit devant soi, follement, à en perdre haleine, jusqu'aux premières pentes. Le lieutenant, tout frais, nous attendait comme un vainqueur prêt à faire encore mieux. Nous nous aperçûmes alors de la disparition de Jules. Le capitaine, d'un ton de conseil de guerre, demanda des explications, l'aspirant déclara que le contrat était violé, la fille haussa les épaules, en personne habituée à ces mésaventures, comme si elle avait des ennuis de domestique. Les frères n'en furent pas gênés pour autant. Jules était malade mais eux restaient et connaissaient la montagne aussi bien que lui. La preuve, c'est qu'ils avaient transporté tout seuls des marchandises en Espagne, et c'était là, de la part de Jules, une bien autre marque de confiance que de les laisser guider quelques évadés. Il n'y avait rien à faire, sinon de les remercier de ne pas être malades eux aussi.

Nous attaquâmes une autre montagne, qui se dressait comme une barre déchiquetée et immense. La montée fut infiniment plus dure et plus longue que la première, nous grimpions le long d'un sillon qui égratignait les parois rocheuses en un trait vertical. Nous marchions courbés, haletants, lançant avec effort un pied devant l'autre, avec la sensation d'un effondrement proche. Pourtant tout le monde arriva en haut, même la fille épuisée qui s'asseyait une seconde pour se relever aussitôt.

Après un court repos, ce fut la descente, nous suivîmes un sentier bien tracé qui accrochait ses méandres au-dessus du gouffre en une capricieuse arabesque. Nous pénétrâmes dans une zone froide, obscure, avec une paroi en face et un trou noir, insondable, en dessous. Nous fûmes assaillis par le grondement de l'eau, et j'aperçus, au-delà des arbres venus à notre rencontre, le reflet glacé du torrent. Nous cheminâmes longtemps au fond de la gorge, sur une piste qui entaillait à peine la pierre, au-dessus de la rivière qui se déchirait avec rage sur des rochers. J'avais ramassé un bâton, et ne posai le pied qu'après m'être assuré du chemin, qui n'avait que quelques centimètres de long et parfois s'évanouissait. Nous avancions comme des aveugles, en tâtonnant; parfois, quelqu'un marchait sur le vide, et n'avait que le temps de se rattraper. Une fois, la fille disparut sans même pousser un cri, heureusement elle s'arrêta en cours de route sur un rebord. Elle en revint indemne, mais avait perdu son sac, qui contenait plus de cent mille pesetas. Elle prit ce malheur avec philosophie : « Ça passera dans les frais », conclut-elle.

Pour traverser les groupes d'arbres, tout dégoulinants d'eau, nous faisions une chaîne, car nous ne voyions même plus nos mains. De temps en temps, la piste s'abaissait au niveau du torrent, que nous traversions sur un tronc vermoulu ou en sautant de pierre en pierre, au milieu des embruns. Enfin, ce sentier tomba dans un chemin plus large, qui nous mena sur un plateau. Nous côtoyâmes quelques fermes perdues, déchaînant les aboiements furieux des chiens, qui, se répercutant de montagne en montagne, s'étendaient à tout l'horizon. « Les maudites bêtes », grognait chacun, mais ces imprécations ne servaient à rien, car ces animaux continuaient encore leur concert bien après notre passage. Nous nous arrêtâmes pour reprendre quelques forces quand nous entendîmes un faible bruit de pas qui provenait de loin, d'une croupe située de l'autre côté du ravin. Nous écoutâmes attentivement, la rumeur semblait se diriger de notre côté. Ne serait-ce pas une patrouille lancée à notre poursuite? Nous nous tournâmes vers les guides, mais ils avaient disparu. Nous ne trouvâmes que deux enfants de dix à douze ans, venus on ne sait quand, qu'ils avaient chargés de nous conduire à la frontière. Hauts comme trois pommes, ils trottinaient autour de nous, avec force gestes. Ils ne savaient pas un mot de français. L'aspirant, qui prétendait connaître l'espagnol, se hasarda dans cette langue, mais les gosses ne comprenaient toujours pas : ils ne parlaient que le basque. Finalement, tout le monde s'exprima par gestes, en les soulignant de quelques mots maintes fois répétés dans la croyance de les rendre ainsi intelligibles. Les enfants finirent par comprendre notre appréhension, et après avoir écouté quelques instants, nous firent signe qu'il fallait repartir tout de suite. Nous déguerpîmes donc et marchâmes grand train jusqu'à un carrefour orné d'un christ. De notre chemin se détachait une piste, qui escaladait la montagne dominant ce plateau. A une centaine de mètres de là s'élevait une ferme dont les chiens s'étaient mis à hurler. Les gosses nous firent signe de rester là, et allèrent frapper à l'entrée de la masure. Ils cognèrent longtemps avant que la porte s'ouvrît. Ils demeurèrent près de dix minutes là-dedans.

Pendant ce temps, nous écoutions croître le bruit des pas que l'écho nous renvoyait avec force; les marcheurs se dirigeaient manifestement vers nous, mais ils étaient encore par-delà la gorge, à deux ou trois kilomètres au moins, nous avions peut-être une demi-heure d'avance sur eux.

Les gosses revinrent enfin, et prirent le sentier ascendant. Ils marchaient très vite, sans souci de la rude pente, s'arrêtant parfois avec impatience pour attendre notre troupe fatiguée. La montée fut horriblement dure, les enfants nous pressaient à la moindre défaillance, la fille s'assit et dit : « Continuez, moi, je n'en peux plus. » Nous l'attendîmes un petit moment, le bruit des pas avait disparu, les poursuivants traversaient sans doute le ravin. Sa défaillance ne dura pas, elle se releva et recommença à grimper. Nous approchions du sommet, quand les gosses, abandonnant le chemin, se lancèrent sur le flanc de la montagne. Nous nous engageâmes aussi sur la pente abrupte; il fallait caler chaque pied sur une touffe d'herbe ou sur une pierre, pendant qu'on s'agrippait avec les mains à des buissons épineux. Le sol friable cédait sous les pas et plus d'un dégringola jusqu'à ce qu'il pût s'accrocher à un arbrisseau, ou fût arrêté par un des pointements rocheux qui crevaient le sable. Pour avancer, en même temps que je cherchais un point d'appui en bas pour les pieds, je m'appuyais avec mes mains sur la montagne, si bien que je marchais un peu comme un crabe. J'aperçus des camarades dans la même posture, ils ressemblaient plus à des animaux qu'à des hommes. Au bout de quelques centaines de mètres, nous étions rompus. L'aspirant essaya de demander aux gosses pourquoi nous ne gagnions pas la cime arrondie, et il s'ensuivit une longue explication silencieuse. Les gosses montraient du doigt les hauteurs à droite et à gauche, et l'aspirant crut finalement comprendre, grâce à quelques mots d'espagnol dont ils émaillaient leur charabia, que les Allemands y avaient installé des postes de gardes qui dominaient les vallées. Nous étions dans la zone surveillée, et nous devions ramper sur le flanc de la montagne pendant encore un kilomètre ou deux. Nous continuâmes notre lente progression, j'entendais deux ou trois camarades ahaner autour de moi, le capitaine exhortait la fille qui ramassait pelle sur pelle, les autres avaient disparu bien en avant, entraînés par le lieutenant incapable de retenir ses ardeurs sportives, les gosses débordés allaient à la recherche des uns et des autres.

Ce fut un miracle que nous nous soyons tous retrouvés sur une grande pierre, où nous nous allongeâmes un moment. Nous ne tardâmes guère à échanger des mots aigres-doux, comme toujours dans les cas difficiles. Chacun resta sur sa mauvaise humeur, et le convoi grimpa vers la crête le long d'une coulée de graviers, sans doute le lit d'un ruisseau desséché. En haut, les enfants se mirent à se disputer, ils n'étaient pas d'accord sur notre position et chacun d'eux proposait un chemin différent. Ils partirent en reconnaissance, et, à leur retour, adoptant un compromis, prirent une direction moyenne. Nous formions une troupe fourbue, étirée en une longue file. La fille marchait à l'arrière d'un pas déhanché et lourd, avec la régularité d'un somnambule bien remonté. Le capitaine, tout raide, lui tenait compagnie, il faisait penser à un grognard de la retraite de Moscou. Le blondin tournait autour d'eux en jetant des mots miséricordieux, l'aspirant leur demandait si ça allait, le lieutenant forçait toujours, puissant et solitaire, si bien qu'il fallait cinq minutes pour le retrouver à chaque changement d'orientation. Nous descendions les versants sur le derrière au risque de nous embrocher sur une arête, montions à quatre pattes, et mettions à profit la moindre occasion pour nous asseoir. Nous grimpâmes et nous redévalâmes, virâmes d'un côté, virâmes de l'autre, au milieu d'une foule de petites montagnes et de petites vallées si analogues que nous les confondions toutes. Les gosses tenaient des conciliabules, inspectaient l'horizon, et repartaient dans un sens toujours nouveau. Cela finissait par ressembler à un cauchemar où l'on tourne indéfiniment en rond, nous nous sentions égarés dans un labyrinthe de chaînes où les Allemands nous découvriraient dès la pointe du jour. « Savez-vous où nous sommes ? » essaya de demander l'aspirant; les gosses baragouinèrent cinq minutes, l'aspirant devina que cela signifiait : « Nous le croyons; si nous ne nous sommes pas trompés, il y a là-bas un ruisseau qui marque la frontière. »

Nous ne tardâmes pas à arriver près d'un filet d'eau, qui faisait comme une rigole au fond d'une énorme tranchée. Les gosses avaient pris une allure précautionneuse : « Attention, beaucoup Allemands », dirent-ils dans leur meilleur français. Nous avions hâte de franchir le ruisseau, nous dégringolâmes le flanc argileux en nous retenant aux branches d'énormes sapins. L'eau rapide écumait sur un lit de gravier, quelques enjambées encore et nous étions hors de danger. Les gosses s'opposèrent violemment à la traversée et nous entraînèrent en un point où le flot s'accumulait en une masse noire et tranquille comme un étang profond. L'aspirant se débattit avec les gosses très excités, il tentait parfois de placer un mot qu'ils recouvraient de piaillements aigus. Il se retourna enfin vers nous, et nous déclara avec le sérieux d'un interprète de conférence internationale : « Ils veulent attendre le jour avant de passer le torrent, je ne sais pourquoi, peut-être pour attendre un passeur qui nous conduira jusqu'à San Sebastian, où se trouve un consulat anglais. » Nous délibérâmes longuement, retournâmes la question sous toutes ses faces, et il s'en fallut de peu qu'on ne passât au vote. Le lieutenant réclamait un coup de force : « ils nous emmerdent ces passeurs »; mais l'aspirant prononça un discours bien balancé pour préconiser la solution de sagesse, le capitaine indécis se grattait la tête, la fille apporta l'appoint décisif en déclarant qu'il fallait échapper avant tout aux gardes civils si nous ne voulions pas goûter aux prisons ibériques.

Nous remontâmes jusqu'au plateau, et nous nous étendîmes dans la bruyère, sous la protection de quelques arbrisseaux. Il était près de trois heures du matin; dans le ciel pâli, les étoiles s'approchaient de la terre comme de gros brillants; autour de nous des masses obscures, reprenant leurs contours, se révélaient peu à peu comme si elles sortaient d'un brouillard. Les corps faisaient des taches sur l'herbe, la brise jouait avec les cheveux, et les dormeurs respiraient d'un souffle égal. L'aube nous réveilla, il était cinq heures, la nature était en pleine vie. Les camarades étaient répugnants avec leurs visages fripés, leurs peaux sales de barbe et leurs têtes en broussaille. Seule la fille paraissait fraîche et dispose, elle étirait son corps puissant avec bonne humeur et bâillait à se décrocher la mâchoire. Nous fûmes durement rappelés à la réalité; non seulement, il n'y avait pas de passeur, mais les gosses eux-mêmes avaient disparu, évaporés au cours de la nuit. Nous étions livrés à nous-mêmes dans un pays inconnu, avec simplement l'espoir que c'était l'Espagne qui se trouvait devant nous. Nous décidâmes de franchir le ruisseau et de nous en remettre ensuite à notre bonne étoile. Nous descendîmes jusqu'au fond du ravin, où nous découvrîmes rapidement un passage, constitué par quelques pierres jetées çà et là au milieu du courant. La fille se risqua la première; en quelques bonds, elle fut sur l'autre bord, où nous la rejoignîmes tous rapidement. Aussitôt, nous fonçâmes de l'avant, vers les hauteurs qui s'étageaient indéfiniment devant nous. Nous trouvâmes un sentier bien battu, qui montait en larges lacets à travers les bois jusque sur un petit plateau arrondi.

De là, nous découvrîmes les pays d'où nous venions; ce réseau de vertes vallées qui venaient se souder à nos pieds après avoir comprimé des monts pelés, c'était la France; cette longue ceinture d'arbres qui zigzaguait dans ce bas-fond, c'était le torrent. Mais étions-nous réellement en pays étranger, n'allions-nous pas rencontrer au détour du chemin une patrouille allemande? Nous nous trouvions au milieu d'une vaste lande, et notre groupe devait s'apercevoir à des kilomètres à la ronde. Mais nous étions seuls à vivre dans l'immense paysage encore endormi; toute cette nature était à nous. Nous suivîmes longtemps le sentier sans rencontrer âme qui vive. Enfin, après un tournant, apparut une petite ferme, seule à l'orée d'un bois. Encore un conseil de guerre. Il fallait savoir, aller se renseigner dans cette bâtisse trapue au risque de tomber dans un piège.

Naturellement, chacun se porta volontaire. Le lieutenant était prêt à s'y rendre, comme il aurait franchi le parapet d'une tranchée, de l'air calme et indifférent de l'officier de cavalerie, le capitaine s'y traînerait en vagabond un peu faible d'esprit, la fille jouerait la dame égarée, mais ce fut l'aspirant qui fut choisi grâce à sa connaissance de l'espagnol, et à son don de deviner le basque. Nous le vîmes frapper plusieurs minutes à la porte, et pénétrer finalement dans la ferme. Il en ressortit peu après, et nous fit signe d'approcher. « Nous sommes bien en Espagne », murmura-t-il de loin comme si nous avions gagné le gros lot. Nous saluâmes cette déclaration par un soupir collectif de soulagement et un pas de guerre. Puis il nous rendit compte de sa mission. « Tout le monde dormait encore, sauf un coq sur un tas de fumier. Enfin, une vieille femme après m'avoir entrouvert la porte, a voulu me la fermer au nez quand elle a compris qui nous étions. Mais j'avais déjà pénétré dans la misérable pièce et demandais impérativement à manger pour nous tous. Cela lui parut si extraordinaire qu'elle se mit à rire. « Nous sommes trop pauvres pour avoir quelque chose », fit-elle. Déçu, je m'éloignais quand elle me rappela pour me dire qu'ils allaient tous descendre au bourg pour assister à la grand-messe du dimanche, et qu'ils nous y mèneraient si nous voulions, nous n'avions qu'à les attendre une heure ou deux au bord du ruisseau qui traverse le chemin cent mètres plus bas. Je me demande si les gens qui livrent les évadés ne touchent pas quelques pesetas.

Nous étions un peu inquiets mais nos appréhensions s'évanouirent grâce aux ablutions faites dans l'eau glacée, amenée par un conduit en bois dans une auge de pierre : c'était le ruisseau. Nous

nous rasions, et la jeune fille se maquillait quand un soldat passa, mais nous eûmes le temps de nous cacher. Toute une population enfantine, venue on ne sait d'où, ne tarda pas à nous considérer avec curiosité, et des garçonnets se détaillaient entre eux des particularités bien étranges, tandis qu'une fillette, le doigt dans la bouche, regardait la dame. Celle-ci voulut caresser ses cheveux sales, mais l'enfant effrayée s'enfuit en poussant des cris. Les garçons s'enhardirent à nous poser des questions et à toucher sur nous des choses qu'ils ne connaissaient pas.

Nous étions déjà de vieux amis quand toute la famille endimanchée fit son apparition. La vieille paysanne était montée sur un bourricot que le mari tenait en laisse, les deux fils déambulaient derrière, superbes dans leurs chemises blanches et leurs bérets. Nous leur emboîtâmes le pas dans la chaleur naissante, sous un ciel d'un bleu foncé très haut au-dessus des montagnes immobilisées en leurs formes épaisses. Après l'escalade d'une croupe en pain de sucre, nous découvrîmes à nos pieds une large vallée avec les points blancs des maisons dans l'étendue verte des prairies. Pendant que nous dévalions le sentier rocailleux vers le bourg, et que les points grossissaient à vue d'œil, les cloches de l'église remplirent l'espace de leurs sons répercutés. Sur les pentes, d'autres groupes dévalaient d'autres chemins pour arriver à temps à la messe.

Nous fûmes enfin au bourg, vidé de sa population par l'office divin. Les maisons trapues, avec des murs peints à la chaux et de grosses charpentes, s'égaillaient le long de la rivière et des chemins champêtres. Sur la place centrale, un bonhomme nous indiqua que l'unique auberge se trouvait sur le torrent, à côté du pont international. Nous aperçûmes des soldats allemands qui montaient la garde de l'autre côté, et ce voisinage fâcheux nous amena à pousser à un autre village, à quelques kilomètres de là. Nous allions joyeusement par des sentiers bordés de noisetiers, et nous rencontrions des paysans qui nous saluaient, mais pas un seul uniforme. L'été était merveilleux, la contrée enchanteresse, les craintes s'étaient envolées avec le soleil, et nous ne pensions qu'à satisfaire notre appétit dans une salle bien fraîche. Le hameau surgit au milieu des arbres, dans un vallon rempli d'eaux courantes. Les enfants dans les rues, les bonnes femmes au seuil des portes, les paysans rentrant des champs, nous guidaient tous, sans même une question de notre part, vers le bistrot du lieu. Ils s'assuraient d'un mot que nous étions bien des Français, et nous expédiaient nous restaurer dans l'auberge.

Nous fûmes accueillis par une matrone bouffie de graisse jaune, grasse de cheveux, énorme de poitrine, et qui cachait un christ dans les plis de son cou. Sur le mur s'étalait le portrait d'un général espagnol décoré de la Croix de Fer, le chef de la division bleue. Après s'être enquise de notre solvabilité, l'hôtesse, qui condescendait à accepter l'argent français à un change prohibitif, eut un geste résigné pour admettre chez elle ces hors-la-loi, et nous fit conduire dans la salle commune par une forte fille également munie d'un christ entre les seins.

Nous achevions nos agapes – haricots et vieille bidoche – et nous admirions l'imposant total de l'addition quand entra le garde civil. Son étrange chapeau et son harnachement le rendaient un peu bandit, mais il entreprit de nous rassurer d'un bon sourire et de discours infinis. Il était désolé de nous déranger, mais ce ne serait qu'une simple formalité, il nous priait de nous rendre cet après-midi, quand cela nous dérangerait le moins, à la maison des gardes, cette grande maison là-bas, la plus belle du pays. Il se ferait un plaisir de venir nous chercher vers quatre heures, par exemple, quand la chaleur ne nous incommoderait plus. Il s'en alla, après avoir accepté une cigarette et claqué les talons.

Le repas terminé la pièce fut envahie par une bande de Français. C'était la précédente équipe de la comtesse, arrivée depuis deux jours. Elle se composait de messieurs âgés et importants entourés de deux ou trois jeunes gens révérencieux, et d'une brave dame qui n'en revenait pas de s'être lancée dans une pareille aventure. Elle pleurait rétrospectivement d'émotion, pendant que ces messieurs se plaignaient de leurs courbatures. Ils avaient eu bien des mésaventures, les Allemands avaient tiré sur eux, et cela avait été une drôle d'escapade, avec une femme épuisée, un monsieur ventripotent et un autre qui boitait. Les messieurs étaient des fonctionnaires tunisiens, qui, déportés, comme gaullistes, regagnaient leurs ronds-de-cuir. La résistance se cachait sous les deux aspects traditionnels et opposés du gratte-papier, le pète-sec et le bon enfant. Le premier perdait son petit corps desséché dans des vêtements flottants, d'où sortaient une tête en lame de couteau, des mains crispées et des pieds d'enfant. Il parlait d'une voix en vrille, avec des sons plus larges pour les mots décisifs, et son costume gris cachait une ribambelle de rubans ternis, depuis la Légion d'honneur jusqu'à la médaille militaire; il avait une jambe raide, souvenir de la dernière guerre. L'autre était l'heureux possesseur d'une figure toujours réjouie et d'une cordialité à toute épreuve; il battait la mesure d'une main tandis qu'il étourdissait l'interlocuteur d'éclats stentoriens épicés de l'accent du Midi. Son bedon était comprimé dans un costume à carreaux, où la rosette brillait de mille éclats. Il prenait, sous prétexte de politesse, un air de fausse modestie pour débiter ses titres et qualités, puisqu'il n'avait pas de carte de visite où tout cela était inscrit. La dame était charmante, elle devait orner merveilleusement un salon de petite ville avec son air distingué, ses joues rosées déjà ratatinées, et ses fautes de français. Tout disait l'épouse fidèle, qui s'était embarquée dans cette galère pour retrouver l'époux perdu sans ses soins.

La bande se mit à table, et la patronne eut pour eux presque une expression de respect. Ces gens voulaient manifestement se refaire, et n'épargnaient pas à cette besogne les billets dont ils semblaient bien plus garnis que nous. Leur assurance de bons clients déjà connus et appréciés, la calme dignité de leurs propos, puis la satisfaction de leurs estomacs presque pleins plaisaient à l'hôtesse.

Nos deux groupes restèrent très nettement séparés; les vieux s'en tinrent simplement à quelques conseils d'aînés, qui se résumaient ainsi : ne faites pas les malins avec les Espagnols car tout le monde n'en retirera que des embêtements. Ils redoutaient les tracas que notre imprudence serait susceptible de leur attirer. L'aspirant prit la mouche, et parla d'aller installer nos pénates en une autre auberge. Le pète-sec haussa les épaules avec commisération : « Vous êtes des enfants. Vous ne vous rendez pas compte que vous avez été

dirigés ici par les Espagnols, à votre insu, il est vrai, comme vers un centre d'accueil payant ? N'avez-vous pas remarqué que chacun vous a aiguillés d'une parole, d'un geste ou d'un sourire, vers ce charmant village, et plus particulièrement, vers cette honorable pension, où le garde de service vient, chaque jour après le déjeuner, prendre possession de la cargaison d'arrivants ? Les militaires en ce pays sont remarquables par leur amour du moindre effort et leur libéralité envers la population civile. Au lieu de guetter, de poursuivre et d'arrêter les évadés, les gardes, soldats, policiers, indicateurs, phalangistes, requetés et autres individus du même acabit, ont aussi leur filière qui aboutit en ce lieu; c'est alors la liberté surveillée jusqu'à ce que la prise soit assez grosse pour être évacuée. Tous ces bons militaires, de quoi vivraient-ils, sinon des primes perçues par tête d'évadé ? Cela leur permet d'avoir la générosité d'encourager le commerce, en nous laissant dépenser une bonne partie de notre fric, avant de nous fouiller pour nous prendre le reste en vertu des lois sur l'importation des capitaux. En arrivant en Espagne, nous importons deux choses interdites, nos personnes d'abord, notre argent ensuite. Pourvu qu'ils ne fourrent pas nos personnes en prison, et notre argent dans leur poche ! »
Ces sombres perspectives rencontrèrent l'incrédulité générale, sauf chez la fille qui hochait pensivement la tête.

Sur ces entrefaites, une dame aux cheveux blancs vêtue d'une robe noire très montante et chaussée de godillots de marche, entra dans la salle d'un pas décidé, et vint s'asseoir à côté de nous. Elle était comme une enfant devenue soudainement très vieille : un réseau de petites rides assiégeait des yeux bleus et jeunes, et des sillons ravinaient sa peau rosée, jusqu'à sa bouche charmante qui avait pris l'habitude de s'évaser en avant. Tout était raide, propre, méticuleux. Elle avait simplement une façon de hocher du menton par petits coups secs, et de jeter la tête de côté en fermant ses paupières qui surprenait un peu. Elle nous demanda si nous étions des Français évadés, et, sur notre réponse affirmative nous raconta aussitôt son histoire. Elle était une vieille demoiselle anglaise, qui travaillait depuis vingt ans dans une firme britannique à Paris. Elle parlait parfaitement notre langue, mais avait conservé intactes dans sa tête toutes les notions traditionnelles sur les Français, qui étaient enseignées aux petites misses, lors de l'époque victorienne. Elle devait avoir vécu dans les îlots purement britanniques de la capitale, ne se risquant chez les Français que dans les grandes occasions. Les événements de 40 avaient anéanti le petit univers calfeutré de ses thés, de sa machine à écrire, de l'office à l'église anglicane le dimanche, et des cartes illustrées échangées avec les cousins de l'île. Elle avait vécu cachée, traquée, affamée, fuyant de garni en garni, et toujours convaincue de l'invincibilité d'Albion. Elle était devenue un peu folle, voyant la Gestapo partout et se méfiant de tous les Français, depuis le concierge qui la ravitaillait jusqu'à la voisine chez qui elle allait écouter la radio. Un beau jour, à la fin de 42, elle fut présentée à un monsieur très bien, qui, par patriotisme, se chargea de la faire filer en Espagne. Mais l'évasion exigeait mille préparatifs, et il lui demanda peu à peu toutes ses économies, à peu près une centaine de mille francs. Quand elle fut bien à sec, il la munit d'instructions, et l'expédia dans une petite ville proche de la frontière. Tout devait marcher comme chez Cook.

Elle mit quinze jours à trouver le passeur, qui refusa de s'occuper d'elle. Il n'avait reçu que deux mille francs, et se ferait mettre à l'index par la corporation s'il travaillait pour des prix pareils. Elle paraissait encore scandalisée par l'expression du passeur, qui lui demanda de « cracher au bassinet ». Elle avait beau protester qu'elle avait déjà donné cent mille francs, l'homme lui jura par tous les saints qu'il n'avait pas vu la couleur de tout cet argent. Enfin, en raclant le fond de ses poches, elle réussit à trouver deux ou trois billets de mille qui arrivèrent à émouvoir le passeur. Ils partirent ensemble, mais, au beau milieu d'une forêt, il l'abandonna au profit de clients plus riches, en lui disant de l'attendre. Enveloppée dans son imperméable, assise au pied d'un grand arbre, sans manger, sans dormir, sans remuer, elle demeura là deux jours entiers sans voir âme qui vive. Elle avait résolu de mourir sur place plutôt que de s'en aller. Mais elle n'eut pas à mettre à exécution une pareille résolution, le passeur revint par acquit de conscience le troisième jour, et fut tout étonné de retrouver cette cliente coriace. Cette fois-ci, il ne put se dérober, et la mena à marches forcées vers la frontière. Elle était tombée sur les Espagnols comme saint Georges sur le dragon, débordante de trois années de nationalité britannique rentrées. En dépit de ses démonstrations, ils la portèrent sur leurs listes et la reléguèrent à l'auberge. Elle finit par nous donner un bon conseil : « Méfiez-vous des Espagnols, surtout des gardes civils. N'en suivez jamais un dans un sentier écarté. Ils vous attirent dans des coins solitaires pour vous livrer aux Allemands. »

Pendant ce récit, la salle s'était remplie d'une foule bigarrée d'évadés. Deux pompiers de Paris, en uniforme, nous firent part de leurs malheurs financiers. Un petit ouvrier du Nord, âgé de dix-huit ans tout au plus, bégayait de timidité en répondant à nos questions. Quand ses parents avaient été déportés, il avait résolu de rejoindre de Gaulle. Comme un camarade lui avait dit qu'on pouvait passer par l'Espagne, il était descendu à pied vers le Sud. Travaillant de-ci, de-là, pendant quelques jours, il avait mis deux ou trois mois pour arriver dans le pays basque. De braves fermiers l'avaient présenté à un passeur, qui l'avait pris en surplus dans une expédition, à l'œil. Un grand diable d'Arabe basané comme un nègre et fort comme un turc, se réjouissait du retour au pays natal après quatre ans dans les barbelés, en chantant une lugubre mélopée. Un prêtre démocrate faisait de l'anticléricalisme, qui devait rénover l'église; un médecin déraisonnait sur l'art, deux officiers se montraient maîtres de la stratégie en chambre, un monsieur anonyme défendait le double jeu à l'indignation des auditeurs; des Basques français se poursuivaient à travers les tables. La patronne, en état d'alerte dans la pièce voisine, attendait que quelque chose fût cassé pour venir en réclamer le remboursement.

Pour nous remettre de ce tumulte imprévu, nous allâmes à trois ou quatre camarades faire un tour dans le sentier aux noisettes. Nous rencontrâmes l'Anglaise, avec qui nous fîmes un bout de chemin. Puis le garde civil de tout à l'heure tomba sur nous avec un air courroucé et des flots de paroles; l'aspirant étant absent, nous ne le comprenions guère mais avec des gestes et quelques mots racolés ici et là, nous parvenions quand même à le deviner. Après avoir montré de la main un chemin avec une grande maison au bout, il écarta quatre gros doigts pour nous rappeler l'heure. Ma foi, nous avions complètement oublié sa visite, et il avait tellement couru après nous qu'il était tout en sueur. Nous nous apprêtions, un peu penauds, à l'accompagner, quand l'Anglaise s'accrocha à mon bras de toutes ses forces, si bien que je la traînai sur quelques mètres pendant qu'elle nous conjurait avec la fureur de l'âme possédée de la sainte vérité : « Ne le suivez pas, cet homme vous attire dans un guet-apens, vous allez à votre perte »; dans son effort de persuasion, elle parlait d'une voix saccadée, haletante, branlant du chef et agitant son poing; ayant appelé à son secours le Seigneur tout-puissant, elle se dressait, telle une prophétesse combattant l'esprit du mal, contre l'Espagnol qu'elle traitait de perfide démon, de serpent tentateur. Le brave homme, devant cette avalanche, ouvrit la bouche toute grande et roula ses yeux dans un étonnement stupide, puis il se fâcha tout rouge. Sa physionomie de bon garde peu malin, et qui a trop chaud se transforma en un masque tourmenté où la bouche crachait des invectives et les yeux luisaient d'éclairs; ses bras battaient comme des ailes de moulin. Les deux adversaires ne tardèrent pas à marcher l'un contre l'autre en se lançant des défis homériques, et s'immobilisèrent dans l'attitude de coqs prêts à se sauter à la gorge, elle se dressant sur ses pieds, lui baissant la tête afin de s'expliquer au même niveau. Leur tête-à-tête dura une bonne minute, il lâchait de puissantes coulées ibériques, elle déversait en un jaillissement panaché des mots anglais, français et même espagnols. Il s'aperçut le premier qu'ils ne se comprenaient pas, se moucha bruyamment en manière de jeter l'éponge, et fit un geste dédaigneux pour nous dire de nous en aller avec la triomphatrice. Celle-ci nous ramena vers l'auberge, marchant la dernière pour protéger la retraite. Quand nous nous fûmes éloignés d'une vingtaine de mètres, l'Espagnol éclata de rire, et se tapota le front pour bien montrer qu'elle était folle. Cela n'entama en rien la dignité retrouvée de l'Anglaise qui, dans cette victoire, voyait la force irrésistible du droit.

L'Espagnol revint bientôt à l'auberge avec deux confrères; il ne s'agissait manifestement plus de badiner, cela se voyait à l'œil sévère, et à la mine vexée de notre cerbère. Nous nous rendîmes en cette honorable compagnie, après nous être munis de toutes nos affaires, à la maison des gardes. Nous entrâmes dans une pièce toute nue – simplement un gros Franco bien gras au mur – où trois gardes, des officiers, à en juger par la prodigalité des dorures, épaulettes et boutons, assis sur une banquette devant une table de bois blanc, formaient un jury à la fois cérémonieux et redoutable. Leurs trois faces huileuses, émergeant de trois curieux instruments de cuir verni, se redressèrent à la fois pour nous contempler avec l'indifférence nécessaire. Un jeune secrétaire s'excusa sur le pénible devoir qui leur était imposé, mais ils devaient obéir aux consignes. En conséquence, c'est avec le désespoir au cœur, mais avec fermeté qu'ils nous extirpèrent nos couteaux, lames de rasoir et autres objets superflus. Après nous avoir demandé de jurer sur l'honneur que nous avions tout livré, ils procédèrent à l'inspection des musettes. Quand ils découvrirent dans mon barda un canif oublié, ils se demandèrent si je n'avais pas commis un attentat contre la sûreté de l'Etat, et si cela ne méritait pas le cachot immédiat. Après délibération, leur indulgence sans bornes voulut bien n'y voir qu'une étourderie, et ils m'acquittèrent non sans des avis bien sentis.

Lorsqu'ils eurent jeté des regards non dépourvus de satisfaction sur le butin, ils nous demandèrent des précisions gênantes sur notre argent. Puis avec douceur mais esprit de suite un garde nous palpa, tâta nos doublures, fouilla nos poches; le triomphe de tous était triste quand il mettait la main sur nos billets. Après nous avoir laissé de quoi payer la patronne, ils nous remirent gentiment un reçu, car, en Espagne franquiste, on vole dans les formes. Enfin, d'un geste paternel, le chef nous congédia; nous étions libres, à condition de ne pas nous en aller.

La fin de la journée fut délicieuse. Les habitants du village vivaient encore dans une simplicité antique, et chacun nous choya à sa façon. Les vieux paysans nous invitaient à boire dans les petits bistrots, les garçons nous donnèrent une démonstration de pelote, et les filles se laissaient gentiment aborder. Toutes les chambres de l'auberge étant occupées par la bande douillette des vieux messieurs, nous allâmes chercher des lits de par le village; chaque maison nous offrit ce qu'elle avait de mieux : une paillasse dans un grenier, au milieu des haricots séchés et des saucissons. Le soir, ce fut le bal sur la grande place; un bal rustique avec des chœurs montagnards et une musique sauvage. Nous essayâmes d'imiter les danseurs dans leurs exercices, ce qui provoqua l'hilarité générale, puis filles et garçons reprirent leurs ébats sans plus s'occuper de nous.

Je fus réveillé le lendemain par toute la gamme

des bruits de la campagne, le maudit coq, les charrettes gémissantes, le treuil du puits voisin, les meuglements des vaches. Je provoquai un certain étonnement quand je demandai de l'eau pour me laver : tout le monde sait que l'eau ne sert que pour le linge. Finalement, avant de pouvoir rejoindre les camarades, je fus gratifié d'une énorme tasse de café au lait, que je dégustai sous les questions de l'hôtesse, auxquelles je répondais par des éclats de rire finauds.

Au début de l'après-midi, le garde accourut encore une fois affolé; il allait d'évadé en évadé, demander où étaient la jeune fille et le blondin, et chacun répondait par un hochement de tête négatif. Nous leur avions dit au revoir à la fin de la matinée, et souhaité bonne chance au moment où ils montaient en voiture. La fille n'avait pas perdu tout son argent dans la montagne, elle en avait encore assez pour passer un coup de téléphone à San Sébastian. L'aspirant avait pour elle un respect infini depuis qu'il s'était rendu compte que sa puissance était réelle : une auto allait venir la voler dans ce village à la barbe de tous nos gardes. Il lui faisait maintenant une cour à la fois galante et respectueuse, mais il eut beau se montrer touché par son charme, et admettre que son cercle de relations battait de beaucoup le sien, il ne put ébranler la faveur du blondin. C'est en vain qu'il l'emmenait en des allées et venues à deux, elle appelait toujours le blondin après quelques instants, et lui offrait son bras potelé. Ce dernier vivait dans son sillage; comment résister à l'attrait d'une espionne qui était une fille bien née, car elle lui avait dit son nom, mais sous le sceau du secret; nous autres ne connaissions qu'un prénom genre opérette. Voilà la guerre comme il la comprenait : l'aventure, l'aristocratie, une femme énigmatique. Pauvre garçon, je devais le retrouver plus tard en butte aux vexations de tous les sergents d'un régiment à l'entraînement en plein bled. Pour l'instant, il était enivré par ce voyage clandestin à deux. Elle avait de faux papiers espagnols pour traverser les barrages, lui comptait les franchir grâce à cette délicatesse insinuante qui lui permettait tout dans le noble faubourg et les préaux des écoles. Comme il avait bon cœur il était bien ennuyé de nous lâcher comme ça, et obtint de sa protectrice qu'elle organiserait un second voyage le lendemain pour en emmener d'autres. « Ça coûtera quelques milliers de pesetas au gouvernement, mais vous valez bien ça. » Nous les vîmes vers onze heures partir en promenade sur la route carrossable qui montait au flanc de la montagne, nous discernâmes longtemps leurs silhouettes unies entre les groupes d'arbres, puis ils disparurent derrière un tournant. Au bout d'un quart d'heure, nous perçûmes nettement le bruit d'une voiture qui s'arrêta et qui repartit; puis tout redevint silencieux.

Les Espagnols avaient donc rapidement découvert cette fuite et même l'identité des échappés. Nous redoutâmes d'abord quelques répercussions fâcheuses, mais l'après-midi se déroula sans rien d'anormal, sinon que notre ami le garde ne nous quittait plus des yeux. Il était tout triste, le pauvre homme, il n'était pas habitué à un service si exténuant, nos prédécesseurs en usaient beaucoup mieux, paraît-il, ils attendaient paisiblement, en clients sérieux, en amis de la nature, le jour déchirant, mais inévitable, du transfert. Nous remontâmes le brave homme en lui offrant un verre, qu'il ne but qu'après son déharnachement, ce qui représentait cinq minutes; son air sombre fit place à un sourire béat qui découvrait des dents de loup, et il nous affirma que ce ne serait rien, si nous nous tenions sages désormais. Nous pûmes nous disputer en paix entre nous, il n'y avait que trois places pour cinq candidats dans la voiture de demain. Chacun devait partir, non par égoïsme naturellement, mais par suite d'une fâcheuse mais inéluctable nécessité : les officiers étaient obligés de rejoindre leurs régiments, l'aspirant avait une lettre confidentielle à remettre, et les autres ne manquaient pas de bonnes raisons. D'ailleurs la fille avait promis à chacun de nous à peu près, qu'il serait du voyage. Les postulants les plus éliminables proposèrent de tirer au sort ce que les autres refusèrent. Nous nous lançâmes dans le système des alliances et il se fit un nombre considérable de combinaisons, replâtrages, et divorces. Nous nous servîmes d'arguments sentimentaux, patriotiques, logiques, chacun découvrait bien pour les autres des raisons de s'abstenir, mais pas pour soi. Le soir, nous tenions encore des conciliabules sans être plus avancés. Les vieux nous regardaient d'un œil mauvais, prévoyant toutes les catastrophes que cette agitation pourrait provoquer. Ils essayèrent de nous donner quelques conseils de prudence, mais nous leur rîmes au nez, en leur assurant que nous ne complotions rien du tout.

L'atmosphère subitement s'assombrit le lendemain matin. Le garde avait retrouvé une mine plus renfrognée que jamais et refusa tous les verres offerts. De nouveau, il ne nous quittait plus d'une semelle et nous apercevions partout les coiffures biscornues de ses confrères. Il nous confia enfin, comme s'il trahissait un secret d'Etat, que le commissaire régional à la sûreté était entré dans une colère épouvantable à la nouvelle de l'escapade, et que nous étions bons pour la prison. Après le déjeuner, il revint nous mander officiellement que le commissaire attendait tous les nouveaux arrivés à quatre heures au poste de garde du bourg. Cette nouvelle nous jeta dans la plus grande perplexité. Aurions-nous le temps d'être de retour au village pour le rendez-vous au haut de la côte à cinq heures et demie? Devant ces nouvelles perspectives, un esprit de sacrifice se dessina nettement parmi nous. Chacun était prêt à offrir sa place au voisin si bien que nous nous querellions maintenant pour ne pas partir. Il nous paraissait manifeste que le blondin avait été arrêté, et qu'il allait payer son audace de quelques mois de cachot. L'aspirant déclara que c'était tant pis pour lui, qu'il n'avait qu'à ne pas suivre la première aventurière venue et proposa une solution à laquelle nous nous ralliâmes tous d'enthousiasme. Pour déterminer les heureux partants, il s'agissait d'oublier son intérêt personnel, et de faire profiter de l'occasion les plus défavorisés d'entre les évadés, ceux qui, à cause de leur manque de titres ou de relations, risqueraient de moisir des mois en Espagne. Ne serait-ce pas une bonne et patriotique action que de laisser nos places aux deux pompiers, qui ne manqueraient pas, avec leur sens de la discipline et leur entraînement militaire, de faire d'excellents soldats ? Et ne pourrions-nous pas y ajouter, en hommage à l'Angleterre, cette vieille fille qui avait manifestement besoin de repos ?

Nous ne fûmes pas longs à gagner les pompiers, qui nous remercièrent, les larmes aux yeux, de notre générosité. L'Anglaise accepta aussitôt, comme une chose qui lui revenait de droit. Nous réglâmes l'opération de la manière suivante : l'Anglaise, qui n'était pas convoquée chez l'Espagnol, irait attendre la voiture au point convenu à cinq heures et demie; elle ferait patienter le chauffeur jusqu'à l'arrivée des pompiers, qui iraient la rejoindre dès la fin de l'entrevue avec le commissaire; toutefois, elle pourrait partir avec l'auto à six heures s'ils n'étaient pas encore là.

Nous fûmes tous à l'heure devant le commissariat. Nous nous y étions rendus par le chemin aux noisetiers, en petits groupes préoccupés, chacun se demandant s'il n'avait pas lâché la proie pour l'ombre de ce sacrifice généreux. Nous ne remarquâmes rien du paysage que nous avions trouvé si délicieux la première fois, seuls les pompiers batifolaient. Nous attendîmes plus d'une heure le bon plaisir du potentat. Le commissariat se trouvait à côté du pont international, et était si étroitement accolé à l'auberge qu'il en semblait une annexe. Nous nous assîmes dehors, sur quelques vieux bancs dispersés sur une petite place, et notre plaisir était de regarder moqueusement par-dessus le pont les sentinelles allemandes dont l'une fit semblant de nous mettre en joue, ce qui calma les ardeurs.

Nous fûmes enfin reçus, et je vis le premier complet-veston rencontré depuis plusieurs jours dans ce pays d'uniformes verts et de chemises blanches. A l'intérieur du complet-veston, quelqu'un était très en colère. Autrement, pourquoi taperait-il sur la malheureuse table comme sur un républicain et roulerait-il des yeux méphistophéliques, et gueulerait-il comme un putois? L'interprète officiel, l'aspirant, essayait de placer un mot, mais ses timides essais étaient noyés dans une nouvelle avalanche cacophonique, avec trépignements, murs branlants, mains dressées au ciel à la Hitler ou cognant sur des planches déjà fortement disjointes par des exercices antérieurs. Nous étions terrifiés, mais la bonne parole nous fut portée par la patronne de l'auberge, une Parisienne décharnée qui avait épousé un Basque par amour. Elle entra dans la pièce comme chez elle, et nous glissa, pendant qu'il reprenait enfin le souffle : « Ne vous en faites pas, il crie aussi fort parce qu'il n'a pas encore eu sa colère de la journée, il se calmera quand il sera fatigué. » Le commissaire, furieux, balaya la femme d'un revers de la main, mais de loin, symboliquement, et condescendit à écouter les explications que nous pouvions fournir à ses justes griefs. L'aspirant déploya un remarquable talent de dompteur de fauves, par la douceur; il commença petitement, humblement, en sujet obéissant qui, dans son émoi, trouve des mots inadéquats. Puis, comme les réactions adverses diminuaient d'intensité au fur et à mesure, et qu'elles se bornèrent enfin à des questions d'une sécheresse inquisitrice, il fit monter sur sa figure et dans ses gestes son charme enveloppant, mit dans sa bouche le miel de l'éloquence, et s'exprima en harmonieuses périodes dont la musique charma l'Espagnol tout comme un serpent. Le commissaire ne tint pas longtemps à ce régime : il éclata enfin de rire, bourra les épaules de l'aspirant d'amicales tapes, serra la main à chacun de nous, et appela la patronne pour une tournée générale.

L'aspirant, épuisé, ayant mal aux reins à force de courbettes, retrouva son souffle de voix pour nous interpréter la scène. « Vous avez vu comment il m'a reçu. Nous avions violé les lois de l'hospitalité, commis un véritable abus de confiance. Comment, il nous avait gentiment traités en touristes, hébergés dans un village charmant au lieu de nous enfermer dans quelque prison, comme le prescrivaient ses instructions, pour avoir indûment pénétré dans ce noble pays, et c'est comme cela que nous le récompensions ! Il se demandait ce qui le retenait de nous livrer aux sentinelles allemandes de l'autre côté, un sens de l'honneur que nous ne pouvions sans doute pas comprendre. Il était pourtant si bien disposé à notre égard, comme tous les Espagnols d'ailleurs ! Il avait oublié les affronts, les insultes de nos compatriotes, car il aimait la France malheureuse. Au bout de quelques jours, nous aurions eu à choisir entre les consuls anglais et américain, sans parler des représentants officieux d'Alger. Quelle folie avait bien pu nous prendre ? L'honneur espagnol n'est-il pas la meilleure de toutes les garanties ? Vous avez vu mes efforts pour le calmer. Je l'ai assuré que nous ignorions tout de cette malheureuse escapade, que nous étions tous touchés de la délicatesse de l'accueil reçu, et que nous ne craignions rien, puisque nous avions l'honneur espagnol pour nous. Il m'interrompit pour me faire toucher du doigt tous les raffinements, toutes les susceptibilités de cet honneur, et je lui fis remarquer qu'en ma qualité d'officier français, j'espérais être à même d'en saisir les nuances délicates. Je l'assurai pour finir que nous ne préparions rien de nature à le contrarier. Il était indispensable de retenir les pompiers et l'Anglaise, autrement, ce serait une catastrophe. La voiture reviendrait à vide, mais tant pis pour la fille, elle n'avait qu'à se mêler de ses affaires. »

L'hôtesse était revenue avec des bouteilles, et

nous nous rangeâmes, verre en main, autour du commissaire : « Je bois à la santé de la France », fit-il en levant sa coupe, et il entama la fameuse antienne : « Tout homme a deux patries. » Nous voulûmes lui rendre sa politesse en payant une tournée, mais le commissaire, d'un geste de grand seigneur, arrêta nos velléités, en disant à la patronne de remettre ça. Nous nous en allâmes finalement dans la chaleur communicative des banquets.

Dehors, nous exposâmes aux pompiers que rien ne marchait plus, mais ils voulaient partir quand même, il fallut que l'aspirant fît sa grosse voix en roulant ses gros yeux ronds. Mais une autre inquiétude nous avait saisis : il était près de six heures, et l'Anglaise allait partir. Nous revînmes au galop, pour entendre le bruit, tout là-haut, d'une voiture qui s'en allait. Nous étions consternés. De quoi allions-nous avoir l'air après toutes ces assurances ? Quelles seraient les réactions ibériques ? Peut-être n'attacheraient-ils pas trop d'importance à une vieille femme inoffensive et un peu folle. En tout cas, nous nous représentions avec amusement la tête qu'ils allaient faire à San Sebastian quand ils verraient que l'auto ne ramenait, pour tout gibier, qu'une Anglaise toquée, et de plaisanterie en plaisanterie, nous en vînmes à envisager l'avenir avec un optimisme, hélas mal fondé.

Nous étions en plein dîner, quand une troupe cerna l'auberge; notre ami le garde, à la tête du détachement, nous somma de ne pas quitter la salle, et mit deux sentinelles à la porte pour être sûr d'être obéi. La table des vieux fut vite catastrophée. La bonne femme commença à sangloter et le pète-sec se dressa sur ses ergots pour nous lâcher nos vérités. Il parla de la sottise et de la présomption de jeunes godelureaux qui ne connaissaient rien à la vie, et qui feraient bien mieux de se tenir tranquilles. Notre lieutenant, vexé, essaya de répondre quelque chose de digne, mais ne trouva rien de mieux que de déclarer que ce n'était pas sa faute. Nous restâmes là deux heures, puis chacun fut autorisé à aller chercher ses affaires sous l'escorte vigilante d'un garde. Enfin, un bonhomme armé d'un énorme trousseau d'énormes clefs nous mena à la prison du lieu, une piécette rustique avec un peu de paille, faite pour les besoins modérés du village. Quand nous nous fûmes finalement entassés, le geôlier rabattit une puissante barre, ferrailla dehors deux minutes dans une antique serrure, et nous laissa dans le noir, avec nos réflexions. La nuit fut pénible; malgré un extraordinaire enchevêtrement, nous ne pûmes nous étendre, et restâmes dans la position assise, départageant avec peine ce qui nous appartenait des corps d'autrui. Malgré tout, je m'endormis, pour être réveillé par une irruption de lumière; les gardes avaient ouvert la porte pour nous emmener ailleurs.

Nous fûmes vite rassurés. Nos fantaisies avaient tellement lassé le commissaire qu'il avait obtenu de se débarrasser de nous, sans se soucier des intérêts du commerce local et sans doute des siens. Nous étions dirigés sur Irun, pour affectation ultérieure. Certainement, on allait nous remettre à une autorité alliée, sans cela pourquoi nous aurait-on justement envoyés dans une ville à consulat? En attendant, nos gardes ne pouvaient que refuser tout ce que nous leur demandions, mais les ordres sont les ordres, et comme soldats ils devaient obéir; ils étaient sûrs que des Français comprendraient de pareils sentiments, et s'appliqueraient à faciliter leur pénible devoir. Ces recommandations étaient superflues car, dans l'autocar comme dans le teuf-teuf, il aurait été difficile de satisfaire le moindre caprice : nous disposions à peu près d'un gardien armé et chapeauté, vigilant, par évadé. Le train longea longtemps la Bidassoa, nous permettant de voir pour la dernière fois, dans la lumière du matin, la France.

Puis ce fut Irun, éventré par les obus. En guise de consulat, nos surveillants nous conduisirent à une belle maison dans un parc, remplie d'officiers espagnols réglant avec des Allemands en uniforme des questions soi-disant frontalières. On les aurait crus alliés, si grande était la cordialité réciproque. Nous y retrouvâmes le blondin, amené là entre quatre sbires, après arrestation sur la route, interrogatoire et prisons, le processus habituel, quoi. Sa belle compagne s'en était tirée grâce à ses papiers, lui avait eu plus de peur que de mal, et riait aux éclats au récit de nos propres mésaventures. Ce furent des formalités infinies, questionnaires, empreintes digitales, photographies. Les secrétaires n'insistaient nullement pour connaître la vérité, ils se contentaient d'avoir quelque chose à inscrire. Nous nous déclarâmes tous Français, patriotiquement. J'entrevis, par-dessus une épaule, en face de mon propre nom, ce mot : Miranda, qui se retrouvait sur les fiches de mes camarades; des paris s'établirent, les uns soutenant que c'était une femme, les autres une ville.

La question n'était pas résolue quand nos gardes nous emmenèrent dans un restaurant, le meilleur de la ville, prétendaient-ils. Et les consuls, leur demandâmes-nous ? Vous les verrez après, nous assurèrent-ils. Qu'est-ce que c'est Miranda, fis-je à mon tour, mais ils l'ignoraient. Notre convoi dépassa le centre de la ville, entra dans un faubourg piteux, puis s'engagea dans un chemin recouvert de scories, qui longeait la gare. Nous nous étonnions de la position de ce restaurant si chic quand nous nous arrêtâmes devant un grand hangar, avec des sentinelles à la porte et des évadés dedans. Nous étions arrivés à destination. C'était une usine désaffectée, se composant d'une immense salle séparée en deux par une cloison de bois. La nudité des lieux était absolue, à part quelques planches érigées en tables. De grandes taches d'humidité formaient la décoration des murs, et une litière de poussière. Les évadés vivaient là-dedans pendant quelques jours, jusqu'à leur évacuation à Miranda, le camp de concentration le plus célèbre d'Espagne.

Les Espagnols n'avaient cependant pas complètement menti, ils sont trop intelligents pour mentir tout à fait, mais ils excellent à interpréter la vérité. Nous n'allâmes pas au restaurant, mais il vint à nous, sous l'aspect d'une énorme maritorne suivie de marmitons, tous surchargés de plats fumants et odorants. Une grosse femme faisait tournoyer une louche au bout de ses bras rouges, et flanquait jovialement d'énormes portions jusqu'à saturation des appétits les plus exigeants. Nous avions quitté l'univers normal pour celui des accumulations d'hommes : les repas ressemblaient à des pâtées. Les gueules bâillantes annonçaient l'heure de la mangeaille, des hurlements saluaient l'arrivée de la procession culinaire, les bruits de mâchoire signalaient la déglutition. Nous devions ces largesses aux consuls alliés, si pleins de zèle, qu'ils avaient ouvert dans leurs budgets des crédits spéciaux pour l'alimentation des évadés en transit.

Nous prîmes rapidement l'aspect des habitués de lieux de détention, grâce aux costumes lamentablement avachis et à la saleté invincible. Chaque jour, l'extérieur de l'homme du monde se perdait dans l'anonymat de la crasse; on essayait de se rattraper par la dignité morale et le ton mondain. La toilette était forcément rudimentaire, avec un seul robinet en état de marche; les waters étaient si infects que les évadés avaient transformé la douche en pissotière supplémentaire, si bien qu'il fallait du courage pour s'y laver. La puissante odeur des latrines parfumait tout, s'imprégnant dans les costumes, baignant le sommeil, présidant à nos festins. Le soir, se déroulait une petite cérémonie curieuse, l'adjudication des planches. Nos gardiens les rassemblaient dans la salle la plus petite, après en avoir mis les gens à la porte, puis procédaient à la répartition. Chaque bout de bois était l'objet d'une âpre compétition. Les favoris à pourboires en ressortaient avec des panneaux entiers, ceux qui jouent des coudes, arrachaient une plaquette, les imbéciles s'en revenaient les mains vides. Puis, pendant une heure, chacun faisait une construction bizarre en guise de lit, qui, souvent, s'écroulait comme un château de cartes, pendant la nuit. Des groupes dormaient en collectivité sur des bat-flanc, quelques privilégiés connaissaient la solitude sur des planches personnelles, les malheureux se creusaient un trou dans les détritus qui les protégeaient du ciment.

Nous avions perdu les gardes civils qui, sous leur aspect de bons enfants, cachaient un amour du règlement bien intempestif. Nous étions surveillés par des troufions espagnols qui, n'ayant pas d'ambition hiérarchique, formaient une troupe dépenaillée occupée à se la couler douce. Braves garçons, ils nous toléraient une zone d'influence sur le petit chemin où nous nous promenions, quittes à nous rappeler d'un sifflement bref quand nous dépassions vraiment trop les bornes permises.

C'est là que certains camarades, chargés de commissions, de friandises et de nouvelles venaient nous voir parfois, ils daignaient pénétrer pour quelques minutes dans l'infect bâtiment en témoignage de solidarité. En effet, les jeunes au-dessous de vingt ans et les vieux au-dessus de quarante ans, sans compter les femmes et les petits enfants, logeaient en ville en attendant d'être dirigés directement sur Madrid. Le blondin, qui s'était déclaré dix-huit ans, et qui à vrai dire les paraissait, venait nous voir pour nous apporter des échos et des espoirs du monde extérieur; il était de nouveau en plein complot pour filer à San-Sebastian revoir sa blonde, et il nous promettait de lui parler en notre faveur. « Dis-lui surtout que nous comptons sur elle », lui recommandait l'aspirant. Les deux vieux, sans rancune, venaient faire une petite promenade de notre côté en fumant le cigare, et nous donnaient paternellement des paroles de consolation et de résignation. La grande pensée du groupe était de toucher une personnalité extérieure pour éviter l'imminent séjour à Miranda. Le blondin nous avait mis du baume sur le cœur en nous annonçant la visite prochaine du consul gaulliste, il vint en effet. Par un hasard heureux, nous étions plusieurs à le connaître, et il fut charmant. Jamais je ne vis une pareille cordialité. Son jeune embonpoint, sa figure ronde et rasée lui donnaient une face de lune vivifiante, dont la qualité tonique était relevée par des rires courts et approbatifs. Oui, il eut cette audace de nous serrer la main, sans crainte des contagions et de la vermine, lui dont la peau luisante disait les lavages fréquents, lui dont le clair complet de flanelle avec la chemise assortie montrait l'impeccable élégance. Certes, il s'occuperait de nous, nous avions toute sa protection, mais il faudrait quand même passer par Miranda; nous pouvions y partir avec espoir, certainement, mais il était prudent de se munir d'une certaine patience.

Son devoir accompli, il alla rejoindre sa femme, dont j'aperçus la délicieuse silhouette à quelque cinquante mètres de là. Le lendemain, ce fut son collègue américain, très businessman : grand, mince, sec, lunettes d'or, yeux bleus perçants, mains dans les poches, questions précises, notes sur un petit carnet, protestations aux soldats espagnols contre l'état sanitaire du lieu et départ dans une grosse voiture.

Les dés étaient jetés. Le lendemain, un peloton, au moins, de gardes civils nous conduisait au train qui nous emmenait à Miranda.

*DEUXIÈME PARTIE*

# Miranda

Nous étions partis à l'aube, et nous n'avions encore rien mangé. Avec nos dernières pesetas, nous achetâmes dans de misérables gares, des cornets de cacahuètes et quelques bouteilles de bière tiède, et nous fîmes un festin sous l'œil paternel du garde, car, pour être gardés, nous étions gardés. Ces messieurs, leur service fini, nous repassaient à des successeurs également armés, maigres et bienveillants. Nous invitâmes notre cerbère à partager nos agapes, ce qu'il fit le plus naturellement du monde en vidant à lui seul la moitié des bouteilles; en échange, il nous paya en faux espoirs, qui constituent, comme chacun sait, la monnaie nationale. Puis il se tut, et nous fîmes de même, écrasés par la chaleur, abrutis, ruminant de pauvres pensées. Le train aussi était à bout : il haletait dans la montée des sierras, dont les crêtes déchirées se refermaient toujours sur nous. Nous étions abattus et méfiants; comme on nous avait trompés, depuis le début! Comme ils devaient rire en eux-mêmes, ces gardes qui nous conduisaient au camp comme des malfaiteurs! O mirages des jours passés, gueuletons offerts par la générosité anglo-saxonne, cigares de luxe, lits véritables, et surtout plaisir de quitter cet accueillant pays, où étiez-vous donc ? Maintenant le train traversait de mornes plateaux, sans arbre, sans eau, sans joie, avec, dans le lointain, des nuages et des montagnes.

Nous devions approcher, car les gardes qui s'étaient mis à l'aise – sans toutefois lâcher leur carabine – se réajustaient avec méticulosité. Ils avaient des grâces d'éléphants pour enfoncer, sur leur solide caboche, l'extraordinaire ustensile noir qui leur servait de coiffure. Le nôtre s'était endormi, mais il dormait d'un sommeil de garde, entrouvrant l'œil à chaque secousse. La sueur coulait sur son visage mat, délayant les couches de crasse en larges traînées. Maintenant, il passait sur son front un immense mouchoir à carreaux, et désignant du doigt quelques maisons à l'horizon, nous dit « Miranda ».

Penchés par les portières, nous aperçûmes, en bas du remblai, des petits cubes blancs tout luisants sous l'attaque du soleil, des petits cubes mignons et symétriques, disposés comme sur un échiquier. Des gens se promenaient à l'entour, nous leur fîmes de grands signes auxquels ils ne répondirent pas. Les freins grincèrent, le train s'arrêta enfin. Des wagons abandonnés traînaient sur des voies de garage, et une poussière noire montait des tas de scories. Des vieilles femmes édentées vinrent nous vendre des oranges, quelques jeunes filles nous souriaient. Nous nous rangeâmes vaguement en groupes, et par une ruelle sale, nous acheminâmes vers le camp. Nous ignorions que nous étions des privilégiés, que nous avions échappé aux quelques mois de cachot qui étaient la rançon habituelle du passage en Espagne. Miranda n'était qu'un centre régulateur qui recueillait tous ceux qui avaient déjà expié en prison le crime d'avoir cherché refuge en Espagne. Ces malheureux restaient là jusqu'à ce qu'un bon marchandage, un sac de blé contre un évadé, ait permis de s'en débarrasser.

Le camp était près de la gare. Il se présentait de l'extérieur comme une de ces jolies casernes neuves où les recrues ne cessent de repeindre les guérites et de dessiner, avec des fleurs et des coquillages, les emblèmes du régiment. Tout près du portail, une petite piscine surprenait en ces lieux sévères, charmante avec ses dalles reluisantes et son tremplin élancé elle était et resta éternellement à sec. C'était une concession à l'esprit moderne, qui est l'esprit du mal, un attrape-nigauds pour commission d'enquête. Aussi les Espagnols se gardaient bien de l'utiliser. Les enceintes se succédaient, les grilles se refermaient, les soldats reprenaient leur garde interrompue. A quoi rêvaient-ils, ces soldats, ils étaient si petits, si petits, et si détachés ! Ils paraissaient miteux avec leurs vêtements usés, leur crâne tondu et leurs savates. En vérité, tout cela avait si peu d'importance qu'ils reposaient aussitôt leur fusil contre le mur et ne le reprenaient que lorsqu'un officier, impeccable, sanglé, chamarré, couvert de cuirs et de dorures, passait en frappant le sol d'un pas martial. Bien au-delà de toutes ces enceintes, les sierras dentelées étreignaient non seulement le camp mais aussi la petite ville démodée. Nous nous sentions déjà affreusement prisonniers. Assis sur son petit balluchon, chacun attendait son tour d'enregistrement. Là-bas, une porte s'ouvrit, et une longue colonne sortit en chantant. C'étaient des libérés, les premiers à partir depuis des mois. Ils agitèrent les bras et nous crièrent courage. Nous les regardâmes tristement. Entrée, sortie, le cycle sera-t-il long ?

Nous franchîmes encore une porte, et l'intérieur du camp s'étala brusquement devant nous : devant une grande cour parsemée de cailloux, au fond des baraques similaires, peintes à la chaux, mornes. Le soleil tapait là-dessus sans pitié; aucune eau, aucun ombrage, aucune verdure; seuls des arbrisseaux desséchés exhibaient leurs mutilations. Tout était étrangement silencieux, presque assoupi.

Quelques internés rôdaient ici et là, traînant la savate, crevant d'ennui; d'autres dormaient dans les ombres dures des blancs pavillons. Sauf le slip, ils étaient complètement nus. Des poils noirs salissaient les figures, et de longs cheveux retombaient dans le cou; par opposition, certains étaient tondus comme des œufs : c'était la fameuse coupe Miranda, sanction particulièrement appréciée des autorités. La peau avait pris les aspects les plus étonnants, certains épidermes étaient tannés comme du vieux cuir, d'autres semblaient mal cuits, avec de grosses plaques rouges crevées de boursouflures. Les nouveaux internés exposaient encore une pâleur obscène. Tous les types humains se trouvaient réunis là. Un gros pépère courut vers nous, son caleçon mal ajusté retenu par la saillie de son ventre; un binoclard malingre, étendu près de là, délaissa un instant son livre et nous regarda avec indifférence; son nez dépouillé était une plaie que les lunettes chevauchaient. Des durs promenaient avec fierté leurs tatouages; des navires voguaient toutes voiles dehors, des cœurs étaient percés de flèches énormes, une chasse à courre ceinturait un bonhomme. Quelques soldats aux treillis déchirés faisaient des corvées; ils étaient résignés, eux, à être misérables. Les internés se plaignaient, mais étaient-ils plus à plaindre que leurs gardiens ?

Notre arrivée secoua un peu la torpeur, quelques détenus se mirent à nous crier : « Déclarez que vous êtes des prisonniers évadés d'Allemagne. » Perplexité. Les Espagnols n'avaient-ils pas déjà nos déclarations antérieures ? N'allions-nous pas au-devant de graves ennuis ? Les secrétaires, des internés, tranchèrent la question en mettant d'office « prisonnier évadé » et suggérèrent même le numéro du stalag. Les Franquistes, tout le monde le savait, respectaient scrupuleusement les conventions internationales, et, par conséquent, relâchaient plus rapidement les prisonniers évadés. Nous avions tort de tant nous inquiéter ! Nous ne savions pas encore que les Espagnols font semblant de tout croire, quitte à ne rien faire. Le mieux, dans ce pays, est de se laisser guider par le hasard. Il est inutile de s'épuiser en vains calculs, les décisions des Espagnols sont imprévisibles, car la logique ibérique obéit à des critères qui nous échappent complètement.

L'entrée au camp ressemblait beaucoup à l'incorporation au quartier, mêmes perspectives de cours tristes et de pavillons réglementaires, mêmes queues pour recevoir de mauvaises couvertures et une gamelle, même abrutissement de gens liés à des corvées et à des règlements. Les cabos s'emparaient de nous avec l'indifférence des sergents rempilés (le cabo était l'interné français responsable d'un pabellón devant les autorités espagnoles). J'échus à la baraque n° 2; elle ne se différenciait de la caserne que par une tristesse plus fade, une pauvreté plus minable, un ennui plus infini. Deux étages d'alvéoles s'ouvraient sur un couloir sombre. Rien que des planches non équarries, du ciment défoncé, des tas de poussière, tout cela jonché de tristes débris de la vie humaine : hardes accrochées à des clous, boîtes de conserve ouvertes, cendres refroidies autour d'un réchaud renversé. Nous fûmes entassés à cinq dans une des cases. Ecœuré, je m'en allai à l'exploration du camp.

La chaleur était tombée, tirant les internés de leurs repaires. Brusquement, le camp endormi s'était réveillé, les gens couraient à leurs plaisirs ou à leurs affaires. Le camp présentait deux aspects opposés. Entre les baraques d'habitation, les ruelles étaient consacrées au business, tandis que de l'autre côté, près des pavillons d'intérêt général (douches, waters, infirmerie, etc.) les représentants des classes supérieures faisaient leur petite promenade apéritive.

Le quartier populaire avait le pittoresque d'un marché oriental, l'étrangeté de quelque conte des Mille et une nuits bon marché. Une foule dépenaillée grouillait partout; tout cela se heurtait, s'injuriait sans vergogne, en mille langues. Dans un coin, deux types se battaient, au milieu des hurlements des badauds; j'entendais le bruit assourdi des coups sur les corps; quand l'un fut tombé à terre, son adversaire lui donna de grands coups de pied dans le ventre sans que personne n'intervînt. Un borgne, vieux, et sale comme Job, demandait la charité; accroupi sur une pierre, il faisait sonner quelques pesetas dans une boîte de conserve vide pour exciter la générosité; mais il avait dû les y mettre lui-même, car je n'ai jamais vu quelqu'un lui jeter la moindre piécette. Les marchands ambulants glapissaient à qui mieux mieux. L'un criait « fourneaux à vendre, fourneaux à vendre » et l'écho lui répondit « marchand d'habits, marchand d'habits ». Des inconnus abordaient les passants, tirant de leurs poches des cigarettes froissées, des tronçons de chandelle, des bouts de chocolat. Un garçon, le torse nu, tenait une table de jeu; assis sur un tabouret il agitait en l'air un cornet, puis renversait les dés sur un carton barbouillé de carrés et de chiffres; les joueurs accumulaient les billets crasseux sur la planche, tandis qu'il officiait : « Faites vos jeux, rien ne va plus, le cinq gagne. » Parfois, un coup de sifflet résonnait, table et tréteaux étaient escamotés en un clin d'œil, de paisibles promeneurs coudoyaient le sergent espagnol qui était venu déranger ces honnêtes gens.

Plus loin, un complaisant me proposa dans le creux de l'oreille de me servir d'entremetteur pour la vente d'une montre ou l'échange de quelques dollars, en se contentant d'une petite commission. L'agitation redoublait devant la porte de la baraque XI, qui servait de Bourse ou plutôt de marché aux puces, à Miranda. Des costauds dévisageaient les inconnus, et ne s'effaçaient que sur un signe discret d'un des leurs. Lorsque j'eus franchi le seuil, des bruits assourdis, des relents curieux me frappèrent avant que je me fusse habitué à la pénombre. Le long corridor semblait vide, mais les couvertures qui fermaient les cases se soulevaient lorsque je passais. J'écartai une de ces tentures, un Chinois était affalé sur une couche, il releva un peu la tête, et, sans me regarder, montra du doigt quelques miteuses marchandises sur une planche. « C'est tout? » demandai-je. Il ferma les paupières en signe d'assentiment, et se recoucha.

La lueur de la bougie donnait une teinte cireuse à sa peau, et soulignait les rides de sa figure. Je m'en allai un peu plus loin. Un colloque s'engagea quelque part, des éclats de voix émaillaient une âpre discussion, et tout redevint silencieux.

Des hommes arrivaient, portant de gros paniers; ils entrèrent dans une case, et j'entendis les heurts cristallins de bouteilles qu'on décharge. « Combien ? » demandai-je. Un type s'approcha et me regarda soigneusement. « Tout est vendu », fit-il, et il me repoussa.

Au fond un gramophone nasillait un air swing; je me rendis vers cette musique; les cloisons étaient abattues, des bougies fixées sur des boîtes de conserve éclairaient un bistrot. Le matériel était simple : des tables branlantes recouvertes de tissu jaune, des bancs boiteux collés aux murs; sur les parois, quelques photos de vedettes américaines et paradoxalement, un portrait du général de Gaulle. Je m'installai dans un coin, et j'examinai les graffiti tracés par mes prédécesseurs : des noms de tous les pays, des bonshommes au cocufiage apparent, des femmes à poil, des inscriptions patriotiques. Des jeunes gens bien mis dégustaient des tasses de chocolat, et piquaient parfois un éclair ou un baba dans une assiette de gâteaux. Une fumée aromatique montait de leurs mégots entassés dans un cendrier. Ils avaient toute l'insouciance d'habitués de bars chic, et se livraient à des commérages. Deux gaillards, beaucoup plus ordinaires, fumaient des cigares, et se parlaient à voix basse. Des garçons, torse nu, mais serviette sur le bras, s'empressaient avec une obséquiosité professionnelle. Un monsieur bien mis allait de table en table placer un mot : c'était le patron. « Vite, Jacques, Monsieur attend », dit-il en me désignant. Je commandai un chocolat, et me renfonçai dans mon coin. J'aperçus le large dos du maître queux penché sur son fourneau où ronflait le feu. La salle se remplit, tout le monde semblait se connaître. La fumée des cigarettes estompait tout. Les garçons s'affairaient « un chocolat, un ». Le patron parlait avec un beau garçon, très blond, aux yeux bleus, était tout sourires, et de temps en temps riait de façon distinguée. Son interlocuteur était très à l'aise, des gens venaient lui serrer la main. « Je retiens mon tour pour ce soir », cria l'un des jeunes gens. L'éphèbe haussait les épaules. « Tu peux te fouiller, carcasse », répondit-il. « Messieurs, messieurs, je vous en prie » disait le patron. Tout le monde s'amusait. « C'est la belle Hollandaise », me confia mon voisin. « Cher ? » demandai-je. « Ça dépend. Il a des amants de cœur et des amis sérieux. Ceux-ci casquent. » « Et les Espagnols ? » « S'en foutent, tant qu'il n'y a pas de grabuge. D'ailleurs, ils l'invitent, quand ils font une petite fête. » J'aperçus à ce moment le cabo de la baraque. Je lui fis signe de venir, il avait été gentil pour moi tout à l'heure. On se tassa. Je commandai une tournée de chocolat. « C'est drôle », dis-je. « Tu changeras d'avis avant peu, il y a quatre mois que je suis ici, tu comprends. D'ailleurs, le camp, c'est pas ça. Ici, c'est la racaille. » Il m'entraîna dehors. « Allons faire un tour sur la promenade des Anglais. »

Nous nous esquivâmes, et je respirai avec plaisir l'air du dehors. Les montagnes avaient perdu de leur dureté, de petits nuages traversaient le ciel. Nous fîmes quelques pas en silence, nous traversâmes les rangées de baraques, puis nous tombâmes dans une cour, bordée de l'autre côté par d'autres baraques. Des arbrisseaux délimitaient une large allée, qui allait du portail jusqu'aux cuisines, dans le fond. Des garçons, par petits groupes ou par bandes, allaient et venaient pendant des heures d'un bout à l'autre de l'allée. Ils étaient propres, ils avaient mis des chandails, à cause de la fraîcheur du soir, et presque tous étaient rasés; certains s'étaient coiffés avec soin. Ces groupes s'égaillaient, se reformaient, c'était un quadrille, d'où parfois un exécutant se retirait, traînant dans la cour sa grande ombre avec lui. Les autres marchaient toujours, en devisant calmement. « Ce coin est réservé aux classes supérieures, me dit le cabo. Dans le camp, il y a des gens très bien; ils ont beau être déshabillés comme tout le monde, ça ne fait rien. Le faubourg Saint-Germain donne beaucoup : tu vois ces gamins qui discutent économie politique, ils se croient encore aux Sciences Po. Les officiers sont nombreux aussi; beaucoup, depuis la dissolution de l'armée d'armistice, essaient de rejoindre l'Afrique. Il existe une société de huit médecins; sa raison sociale est de réparer l'omission de la Croix-Rouge de Madrid, qui n'a pas inscrit les membres du corps médical dans la liste des gens à relâcher par priorité. Ces messieurs tiennent des conciliabules toute la journée. On trouve des hommes d'affaires, inquiets pour les intérêts qu'ils ont en Afrique, et des fonctionnaires, désireux de passer dans l'administration concurrente. Ce jeune barbu un peu sale, c'est un inspecteur des finances et, paraît-il, l'homme le plus élégant de Paris. Enfin, il y a des gens venus sans raison apparente, des petits Rastignac qui font des rêves d'avenir, résolus, à défaut de Paris, à conquérir Miranda, en attendant Alger. » « Que devient le Français ordinaire, le petit gars qui est parti pour ne pas travailler pour les boches? » « Celui-là, on le voit peu, quoiqu'il soit la majorité; il vaque à ses affaires; manger, dormir, ce sont deux problèmes suffisants pour remplir la journée. Il faut du courage pour tenir le coup, quand on n'a pas de relations à qui écrire, pas d'autre argent que celui que donne la Croix-Rouge. » Nous marchions déjà depuis un certain temps. « J'ai soif, dit-il, allons acheter des oranges à la cantine. » « La cantine? » « Oui, tu ne vois pas la queue devant cette cabane? Les Espagnols ont monté cette cantine voici quelques mois. Les prix sont fortement majorés, de façon à pouvoir consacrer de substantiels bénéfices à l'amélioration des installations du camp, c'est-à-dire à permettre aux pauvres officiers espagnols de faire digne figure. D'ailleurs, il faut se dépêcher, autrement les estraperlos vont avoir tout raflé; ils achètent tout, pour revendre à prix d'or dans le camp. »

Nous piquâmes un cent mètres, et prîmes place au bout de la queue. Je contemplais avec incrédulité les merveilles entassées à l'intérieur, les gros paniers de fruits, les biscuits dans leurs boîtes, et ces jambons fumés pendus au plafond. A côté, les flacons de parfum, les cartes illustrées, et ces savates de toile qui me rappelaient ces bazars dans les plages bon marché où, enfant, j'allais acheter des pelles pour construire des châteaux forts. Dedans, un gros pépère de soldat ne semblait pas ému du tout; emmitouflé dans un tablier blanc, il répétait les gestes éternels de l'épicier. Avec quel art, armé de son coutelas, il taillait le saucisson ou découpait le touron! Et quelle sûreté pour jeter les oranges dans la balance émaillée importée d'Angleterre ! Quel dédain quand il choisissait une orange malvenue pour faire le poids ! Parfois, il arrachait aux régimes de bananes accrochés au plafond un fruit bien mûr, qu'il dégustait à petites bouchées. Tous ces gestes, il les faisait lentement, méthodiquement, comme si la queue n'existait pas. Cependant, quand notre tour arriva, la boutique semblait avoir été livrée au pillage ; quelques fruits écrasés traînaient dans les paniers, deux ou trois bananes vertes restaient piteusement à chaque régime, des débris de biscuits jonchaient le comptoir. Seuls, les jambons inviolés demeuraient dans toute leur gloire, car ils n'étaient pas à vendre aujourd'hui. Le cabo réussit à se faire donner une livre d'oranges et une livre d'amandes, tandis que les garçons derrière nous s'en allaient les mains vides.

Nous nous assîmes, pour manger nos fruits, sur un banc placé tout près des barbelés, face à la sierra. Nous cassions nos amandes avec des pierres.

Les montagnes s'immergeaient dans le soir. Dans la plaine, devant nous, des paysans regagnaient leur demeure, et une vieille bonne femme disparaissait sous le tas de fagots qu'elle portait sur le dos. Je demandai : « Tu as parlé des estraperlos tout à l'heure, que sont-ils exactement ? » « On appelle ainsi les gens du marché noir. La structure économique du camp est sous la dépendance des membres de brigades internationales qui, pour des raisons incompréhensibles – mais tout n'est-il pas incompréhensible en Espagne ? – n'ont pas été mis à mort. On a beaucoup fusillé à Miranda autrefois. Les survivants sont là depuis des années, ils ont passé à travers la guerre civile, les exécutions, les mauvais traitements. Ils n'ont aucune chance de sortir du camp, sauf en cas de révolution. Les autres entrent et partent, eux demeurent. Désœuvrés, ils se sont mis peu à peu au marché noir, maintenant, ce sont des capitalistes riches et redoutés. Les plus puissants vivent entourés d'une cour de rabatteurs et de parasites. Toutes les activités économiques normales se retrouvent, en miniature, au camp. Ils tiennent le gros commerce, pratiquent des opérations de banque, font de l'usure. Ils sont arrivés à créer des monopoles, à établir de véritables accords de cartel, influent sur les cours par des spéculations, et constituent des stocks de marchandises. Ces gens vivent en général en bonne harmonie, mais parfois de petites guerres civiles éclatent dans cette pègre. Les Espagnols ramassent alors des types avec des couteaux dans le ventre pendant quelques jours. La loi du silence s'applique rigoureusement, les semblants d'enquête ne donnent jamais rien. D'ailleurs, les internés ordinaires les connaissent peu, car ils se servent en général d'intermédiaires, et n'apparaissent que pour la conclusion d'une grosse affaire.

— En connais-tu ?

— Quelques-uns. Le roi des montres, d'abord, je lui ai vendu la mienne, pour une bouchée de pain. C'est un Belge ou un Hollandais, déjà âgé, chauve, avec un double menton et un gros ventre. Il ne fait rien, il passe son temps dans une case qu'il occupe seul, couché sur un véritable lit de camp, à fumer et à lire. Il a des bouquins dans toutes les langues. Il ne se déplace jamais, il attend qu'on lui amène le client. J'ai d'abord passé par deux autres types avant d'arriver à lui... chaque fois que j'étais d'accord pour le prix, le type me disait que ce n'était pas lui qui avait l'argent, mais un autre; enfin je suis arrivé au Hollandais; il a pris la montre, l'a soupesée et m'a dit : « Cent pesetas. » Je protestai, déclarant qu'on m'en avait offert deux cents. Il bâilla, « Cent, pas un sou de plus; vous ne la vendrez pas ailleurs. » J'ai cédé. Un autre phénomène, c'est l'Italien qui tient la table de jeu. Tu l'as vu? Il travaille toute la journée. Mais après le dîner, il a le cafard et se soûle. Il va au cabaret, pas à celui du XI, qui est réservé à la bonne société, mais dans un autre caboulot crasseux, avec simplement quelques planches, et des boîtes de conserve en guise de verres. Le patron est un vieux matelot tatoué de haut en bas. C'est fréquenté par les estraperlos et leurs copains. L'Italien est tout seul, il boit, boit, insulte tout le monde, puis tire son couteau et se jette sur quelqu'un. Le patron, habitué, l'assomme. Le lendemain, il a repris sa place, comme si de rien n'était. Le type le plus redoutable, c'est le changeur. On n'a jamais pu découvrir qui c'était. Mille suppositions ont été faites sur son identité. Certains prétendent qu'il n'est autre que le colonel espagnol commandant le camp; c'est inexact : le colonel se contente de prélever son bénéfice. En tout cas, ce changeur est la puissance d'argent du lieu, le nouveau veau d'or, le trust fait homme. Mais son sort n'en est pas moins triste que celui de ses confrères. Toutes les lois de la société capitaliste sont observées, sauf la plus sacrée : le respect de l'épargne et du bas de laine. Le système économique du camp est inachevé, parce qu'il n'y a pas de coffre-fort. L'argent si péniblement acquis à la sueur du front s'envole toujours comme de la fumée. L'or est frappé de malédiction en ce camp. Les fortunes, quand elles sont mûres, s'écroulent comme des fruits véreux.

Les instruments de la justice sont les voleurs et les Espagnols. Quel supplice d'avoir de l'argent, et de ne pouvoir le cacher. Comment dissimuler quelque chose quand on vit en communauté ? Un beau jour, en dépit des insomnies et des alarmes, le magot disparaît.

Le Chinois de la XI vient d'y passer. Avant-hier, vers minuit, des hurlements ont déchiré la baraque. On aurait dit qu'on égorgeait quelqu'un, ça venait de chez le Chinois. On l'a trouvé qui se tordait sur le sol, et, le pauvre vieux, il sanglotait à fendre l'âme, des sanglots sans larmes qui décomposaient sa figure de pomme ratatinée, puis il se mit à supplier et à menacer : « On m'a volé, on m'a volé, je vais me plaindre au colonel, il fera pendre tout le monde. » C'était une représentation inédite de *L'Avare,* l'assistance se tordait de rire. Quelques facétieux se mirent à le tapoter dans le dos. « Mon pauvre vieux, c'est-y bien vrai, et quand que c'est arrivé, et combien que t'avais ? » Cela a ramené le bieux bonze à la réalité, il a mis tous les types à la porte, et l'on n'a plus rien entendu. Le lendemain, il avait repris sa position habituelle, avachi sur sa paillasse, devant sa sale camelote. Mais les Espagnols contribuent également de tout leur pouvoir à cette œuvre de justice. Pour eux, le camp de Miranda est une affaire, faut que ça rapporte. Ils ont retrouvé les méthodes des satrapes pour dépouiller un estraperlo bien à point. Quand la fortune du bougre est arrivée à maturité, il est convoqué chez le colonel. Après de paternels sermons il est mis en face de dossiers perfectionnés, car les Espagnols sont des gens d'ordre. S'il s'obstine à nier, les arguments frappants sont employés contre ce pêcheur endurci jusqu'à récipiscence. L'estraperlo finit toujours par dégager son argent, pour recommencer avec le même succès. » – « Mais d'où vient la marchandise? Comment l'introduit-on au camp malgré les amendes, les barbelés, les miradors? » On voit des types qui flânent au café, à boire des vins fins et fumer des cigares; ils ont des domestiques pour toutes les corvées. Mais tu peux les compter sur le bout des doigts. Nous, on vit d'ersatz. Le camp est un village d'artisans, et la matière permise est la boîte de conserve. Tous les métiers s'étalent sur le trottoir avec la simplicité des temps antiques; les forgerons robustes, les fondeurs mystérieux, les fumistes, les blanchisseurs ont retrouvé les cris des vieux compagnons. Le camp a ses chefs-d'œuvre, comme l'immense fourneau du bistrot de la XI. Mille autres petits négoces prospèrent.

Le savetier répare sans clou, le coiffeur fait une beauté pour deux pesetas... évidemment, le peigne est sale, les ciseaux rouillés mais les délicats peuvent aller au salon officiel de coiffure, avec des fauteuils qui se renversent, et de véritables lavabos. Seulement, c'est dix pesetas. Au camp, tout a une valeur marchande, le moindre bout d'étoffe, miette de charbon, un morceau de bois. Les estraperlos n'ont sans doute jamais fait d'économie politique, mais ils ont redécouvert la fameuse loi de l'offre et de la demande, ce sont des spéculateurs capables de rendre des points à leurs congénères des véritables bourses. A un nouveau venu, ils ne laissent que la peau. Les arrivants se dépouillent dans un ordre constant : d'abord les objets chers, proies habituelles des monts-de-piété, puis après la défaite des préjugés bourgeois, tout le reste.

Les plus prudents gardent de quoi s'habiller

pour le jour de la libération, mais nombreux sont ceux qui partent en chemise, les pieds enveloppés dans des bandes. J'avais un camarade, très avare, mais très avisé sous ses dehors d'intellectuel dans la lune. Il avait sauvé, et avec quelle peine, un manteau de cuir. Il avait un très gros appétit, mais ne voulait pas vendre son manteau. Il avait faim, et avait pris l'habitude de vivre en parasite. Mais, maladroit et goinfre, personne ne pouvait plus le voir. Il dépérissait, se laissait mourir de faim, et ne vendait toujours pas son manteau. Un jour, il me dit : « Je vais vendre mon manteau. » « Tu capitules », répondis-je. « Non, mais j'ai appris qu'à l'armée, on vous donne des manteaux américains en cuir. Le mien a déjà quatre ans et m'avait coûté mille francs. Je peux en avoir 250 pesetas. C'est une bonne affaire. » Le jour même, il vendait. Il ne se jeta pas sur la nourriture, mais achetait judicieusement, et mangeait en cachette, pour faire durer longtemps. Il est un des rares qui ait réussi à sauver sa montre, une tocante de famille, en or, qui sonne comme un carillon. Mais les estraperlos ont d'autres fournisseurs : d'abord ces salauds de cantiniers, puis les petits soldats. Tout ce qui entre dans le camp est gonflé : les capotes s'arrondissent de paquets dissimulés, les charrettes s'enflent de ballots recouverts de bois ou d'oignons; si des femmes entraient, elles seraient certainement enceintes. »

Le soir tombait, il m'offrit une cigarette. A côté de nous, quelques soldats mangeaient leur rancho. Accroupis sur leurs talons, ils formaient un demi-cercle autour d'une grosse marmite remplie d'une soupe nauséabonde. Ils plongeaient leur écuelle à même le rancho, et, levant le récipient, faisaient couler le liquide dans leur bouche, soufflant et s'ébrouant; puis ils passaient leurs gros doigts dans la gamelle, pour recueillir les tronçons de légumes collés à la paroi. Ils grignotèrent quelques oignons sur du pain noir, et se passèrent une gourde remplie d'eau. Ils mangeaient silencieusement, puis s'étendaient sur leur capote jetée à même le sol. Ils formaient des masses inertes et enchevêtrées, comme les troupeaux quand ils s'endorment. « Les pauvres, dit le cabo, pour eux, nous sommes des richards. On se plaint de dormir sur du ciment, de vivre dans la vermine, de mourir de faim. Eux, ne connaissent pas autre chose. L'Espagne est encore bien primitive... Ils sont heureux d'être au camp, ils gagnent quelques pesetas. » La cigarette se terminait, je jetai mon mégot, un soldat se déplaça pour le ramasser. « Ils vendent des cigarettes et n'en fument pas. C'est trop cher. » « Crois-tu qu'ils me vendraient des cigarettes ? » « Pas ceux-là, le marché se tient près des waters. Tu les auras pour pas cher, quatre ou cinq pesetas le paquet, les cours sont tombés. »

Nous marchâmes vers un pavillon, qui se signalait par une odeur caractéristique. Un soldat, engoncé dans sa capote, se tenait appuyé contre le mur. Sa tête était penchée sur son épaule droite, et il nous vit venir sans bouger. « Cigarrillos, murmura le cabo. Cinco pesetas, señor. » Il tira de dessous sa capote un paquet, vérifia les billets d'un coup d'œil, et reprit sa pose, immobile et taciturne dans le crépuscule. « Ça va être l'heure de la bandera. Rentrons. »

L'agitation s'était calmée dans le camp, à travers les cours vides, les nuages de poussière retombaient par terre. Seul un blanchisseur, fatigué d'avoir trimé toute la journée dans un lavoir sans eau, tordait un dernier caleçon. Des hardes tendues sur des ficelles donnaient à cette cour une teinte de familiarité, un air de vie de famille; comme dans toute l'Espagne, le linge faisait contrepoids à la tristesse, à la décrépitude. Sur la terre ibérique, la lessive n'est pas reléguée, comme chez nous, dans des coins obscurs, mais s'étale triomphalement aux fenêtres. Les grandes bâtisses de Bilbao seraient hideuses avec leurs murs fissurés et souillés, si, à chaque embrasure, la lessive ne formait un parterre multicolore et joyeux, s'étalant au soleil avec autant de fierté qu'une mantille sur les épaules dodues d'une señorita. Sur une pierre, un garçon regardait les lointains nostalgiques. Le cabo cria : « Bandera », mais il eut un geste las. Nous le laissâmes accroupi dans sa pose de pleureuse. Il était du départ, mais il y avait eu contrordre. Il avait joué canadien, et il avait perdu.

Le cabo, en s'éloignant, se signa. Devant mon air étonné, il rougit et voulut s'expliquer : « Au camp, on devient superstitieux. Partir, c'est une telle hantise. Des heures durant, je calcule mes chances pour retomber dans les mêmes angoisses. Aucune sorcière pour annoncer l'avenir. Aussi, quand je suis fatigué de supputer, je me tire les cartes ou j'interprète mes songes. Un soir, je n'ai pu m'endormir, parce que des corbeaux s'étaient envolés sur mon passage. » — « Comment ce garçon a-t-il pu jouer canadien puisqu'il est Français ? » « Mais le camp c'est la kermesse des faux noms, la foire aux grades empruntés, la bourse aux nationalités usurpées. Les Espagnols jugent plus économique de tout croire. Seul le bureau français recherche la vérité, mais il est un peu comme Diogène avec sa lanterne. Il y a un an, quand les Espagnols refoulaient les évadés français sur les postes frontières allemands, il fallait se déclarer citoyen anglais et réclamer la protection du consul de Sa Majesté. Un beau jour, quand la victoire allemande parut incertaine, les Espagnols accordèrent l'hospitalité aux évadés français, l'hospitalité des prisons, bien entendu. Dans cette époque incertaine, chacun se mit à jouer sur un pays, comme on mise sur des chevaux, le tout était de tomber juste. Les possibilités de choix s'agrandirent. Des innovateurs recoururent aux Etats nordiques, aux Etats neutres, à la principauté de Liechtenstein. Les gouvernements fantômes soutenaient leurs soi-disant nationaux tout autant que les grands alliés. Les consuls neutres se débattaient pour sortir leurs protégés des prisons. Seuls les Français croupissaient dans les forteresses et les camps. La Croix-Rouge française, c'est-à-dire la diplomatie dissidente, s'installa à Madrid, ce qui prit du temps, elle s'organisa, ce qui prit du temps, elle se mit au travail, ce qui prit du temps. Les pauvres Français se rendaient chaque jour chez les Espagnols pour démontrer qu'ils n'étaient pas Français, mais appartenaient en réalité à un pays entièrement différent. Et les gens sortaient, au moins un peu, sauf les Français.

Puis, tout à coup, à la surprise générale, la machine se mit à tourner, les Français commencèrent à partir, alors que les autres ne s'en allaient plus. Des rumeurs se répandirent dans le camp, suscitant une fièvre générale. La Croix-Rouge aurait signé un accord avec les Espagnols, des convois étaient prévus à la cadence de un par quinzaine, des navires français seraient spécialement affectés au transport des internés. Les chefs du bureau français confirmèrent ces bruits. La

Croix-Rouge choisit un représentant français à Miranda, un épicier honorablement connu dans cette ville, et les internés aperçurent fréquemment ce gros personnage barbu se rendant chez le colonel avec une mine importante. Une vague d'espoir déferla sur le camp, les jeunes discutaient avec passion quelle arme ils choisiraient en arrivant en Afrique, les soldats chevronnés racontaient des souvenirs de guerre. Le groupe français s'enfla démesurément, les nouveaux s'y inscrivaient d'office, et des garçons qui avaient prouvé aux Espagnols qu'ils n'étaient pas Français revenaient leur expliquer qu'en réalité ils l'étaient. Les Espagnols prétendaient avec leur mauvaise foi habituelle, qu'on ne peut décemment pas changer de pays tous les jours, et le camp était plein des lamentations des Français non Français, jaloux des Français qui partaient. »

« Pourtant les évadés vivent par groupes nationaux ? » Oui, c'est un phénomène spontané. Chaque pavillon est national, seules les ruelles appartiennent à tout le monde, comme la haute mer; en somme, on vit chez soi, comme si les autres n'existaient pas. Chaque groupe s'est organisé lui-même, puisque les Espagnols ne s'occupent de rien.

Les Canadiens constituent un ensemble discipliné, hiérarchisé, militarisé. Cela sent de loin le gentleman, cela a beaucoup du mess. Les baraquements, propres et sévères, ne montrent aucun luxe. Sur les portes, des pancartes, sur les murs, des règlements minutieux, partout l'Union Jack. Des garçons jouent placidement au bridge, d'autres lisent confortablement, les pieds sur une chaise, certains tiennent de longues conversations : cet exercice consiste à couper le silence d'un mot tous les quarts d'heure, et entre-temps, à tapoter la précieuse pipe contre la semelle de leurs chaussures.

Les Belges reconstituent l'ambiance confortable de leurs demeures. Ils touchent de grasses rentes de leur gouvernement, et disposent d'une grande quantité de conserves. Leurs cases font l'admiration des Français. Ils reposent sur des couches moelleuses, se lavent dans de vraies cuvettes, et parfois tirent de leurs réserves une boîte de choucroute ou de pâté. Ils jettent avec dédain le rancho dans les poubelles. Dodus, bien tenus, ils organisent de petites fêtes, tiennent des propos salés, et se méfient des parents pauvres. Ils disposent de leur surplus pour procéder à des échanges favorables, se tenant avec entêtement aux tarifs fixés. C'est le royaume de l'agiotage et du Manneken Pis.

Les Français sont les plus nombreux, mais ils n'ont ni la discipline des uns ni la richesse des autres; en réalité ils possèdent surtout l'inorganisation; dans le camp, ce sont un peu des citoyens de seconde zone. Ils reçoivent des colis moins nombreux et moins volumineux que les autres, et ne touchent que vingt pesetas par semaine; et encore cet argent passe-t-il par tellement de mains que les internés ne perçoivent guère que la moitié de leur dû. La question des départs soulève chaque fois des émeutes.

Pour remédier à cette situation, les forts en gueule se proclamèrent les chefs, et le plus fort en gueule des forts en gueule devint le grand manitou. Il s'intitula le chef du bureau français, posa une grande pancarte à la porte de sa case, et choisit des secrétaires. Les choses n'en allèrent pas mieux : les paquets n'étaient pas plus gros, l'argent ne cessait de se raréfier, mais le chef du bureau eut l'idée de faire établir des soldes de tout compte qu'il fallait signer pour toucher quelque chose. Il mit un peu d'ordre dans les tours de départ en inscrivant en tête de liste tous les petits copains. Il se créa une véritable cour en distribuant quelques miettes à ses comparses. Il calmait les mécontents par des discours incendiaires contre la mollesse et la corruption de Madrid, et, le cas échéant, par les poings de sa garde fidèle. Quand il eut fait sa pelote, il se porta sur la liste de départ, laissant sa succession à un ami qui continua cette fructueuse politique. Alors commença la grande migration des officiers français; ils furent scandalisés d'abord dans leur sentiment d'honnêteté, puis à l'idée qu'ils devaient obéir à des civils, ils intriguèrent à Madrid, reçurent les pleins pouvoirs, et firent un coup d'Etat. Un lieutenant énergique devint le chef du groupe français. La paperasse succéda à l'arbitraire. Il créa des fichiers, établit des dossiers, prit des notes, fit des rapports, réussit même à trouver un gros crayon rouge pour annoter. Il s'acharna, peina, sua, l'essaim des secrétaires devint un bataillon, les papiers débordaient dans la pièce, il procéda à de longs interrogatoires qui ne donnèrent rien, se réserva l'exclusivité des rapports avec le consul-épicier. Il a abouti pourtant à certains résultats : plus de trafic d'argent, plus de détournements de vivres, mais cela n'empêche pas le populo de rouspéter. Les officiers se croient déjà au régiment, exigent presque le salut militaire, se font une place à part. Il paraîtrait même que ceux de l'active partiront de droit dans le prochain convoi. En tout cas, ils ont établi un système compliqué de priorités, qui ne tient guère compte de l'ancienneté. Aussi, il fait de la température dans le groupe français. On aura des surprises dans quelque temps. »

A ce moment, un air martial remplit le camp. Cela faisait un bruit énorme, les coups de tambour perçaient les vociférations aiguës des clairons. Une foule énorme sortait de tous les pavillons et s'écroulait lentement vers la grande place. Cette marée humaine emplissait à craquer toutes les ruelles, encerclait les baraques, semblait prête à les entraîner dans leur mouvement. Des jeunes se poursuivaient en riant et jetaient des pierres à quelque faible d'esprit, de grands gaillards jouaient des coudes, des messieurs se faisaient des politesses, des pépères s'infiltraient en lançant leur ventre en avant, des officiers, roides dans leur dignité, passaient par bandes, poursuivant quelque récit d'avancement. L'orchestre, lassé, s'était enfin tu, les ruelles ne débitaient plus qu'un flot maigre, la poussière se dissipait. La foule, d'abord étalée sur la place en une masse uniforme, tendait à se former en groupes, à chaque groupe correspondait l'effectif d'un pabellón. Le cabo, en avant de sa troupe, essayait de ranger ses hommes sur cinq; il hurlait de toutes ses forces et disposait ses mains en porte-voix, sans obtenir de résultat apparent. Quand un ordre très relatif se fut enfin établi, il tira de sa poche un bout de papier, sur lequel il gribouilla quelques mots : malades, deux aux cuisines, un de garde au pabellón, 47 – 5, ça fait 42. Puis il passa devant le front des troupes, comptant chaque rangée de cinq. L'inspection lui révéla la présence de 38 hommes; il se gratta la tête d'un air embêté, et regarda avec anxiété venir les retardataires. Ils arrivaient isolément, tout doucement, et se glissaient sans bruit à travers les groupes jusqu'au leur. Des copains s'amusaient à déceler à haute voix leur arrivée incongrue : « Tu t'en fais pas, toi, au moins. » « Mon vieux, si tu avais une mirandite comme moi; je sens que dans cinq minutes, je ne pourrai plus me retenir. » Le cabo dévisageait toujours ses traînards, mais ne voyait rien venir. Enfin, le 39e se présenta, il titubait et ricanait, il était soûl comme une bourrique, le cabo le traîna jusqu'à sa place : « Faut pas compter sur les camarades, ils ont dégueulé, les salauds, et ils roupillent comme des sonneurs. Mais moi, je suis venu pour te faire plaisir, parce que tu es un brave type. » « Ferme-la, et tiens-toi tranquille, dit le cabo furieux. J'en ai marre, moi; la prochaine fois, je te laisse tondre. » « Je m'en fous, repartit l'ivrogne, ce que je veux, c'est sortir; on m'a volé mon tour, ce matin, un fils à papa a pris ma place; il y a sept mois que je crève ici, le prochain coup, j'en descends un. Je suis venu pour me battre, mais maintenant, ils peuvent se fouiller pour que je m'engage en arrivant en Afrique; je m'engagerai, oui, mais dans la vie civile. » Le cabo, blasé de ce genre d'éloquence, s'éloigna, se gratta de nouveau le crâne, réfléchit en suçant son crayon, puis se mit à corriger les chiffres de son papier : trois malades, trois aux cuisines, deux garde-chambres, 47 moins 8, ça fait 39, le compte y est. Et tout joyeux il se mit à siffloter.

Tout au fond de la cour, dominant une somptueuse estrade, se dressait un grand mât blanc. Au sommet, un immense drapeau franquiste palpitait dans la brise du soir. Parfois, dans un coup de vent, il se dépliait entièrement, faisant éclater l'orgueil de ses couleurs, puis retombait en une masse floue. La fanfare du camp, culottes courtes et tout de blanc vêtue, formait un groupe sage à côté du mât. Les musiciens avaient déposé par terre leurs gros instruments, qui gisaient impuissants et cocasses. Brusquement, ils s'en emparèrent et se mirent à taper, à souffler comme des forcenés, tandis que le chef battait la mesure tel un automate. Les accents barbares de la bandera s'emparèrent de tous les groupes, les immobilisèrent dans une attitude crispée, et enchaînèrent toutes les volontés à la cérémonie. La cadence monotone répétait son rythme saccadé et poignant dans un déchaînement croissant, jusqu'à l'accord final. Des officiers grimpèrent sur l'estrade, leur chef jeta d'une voix gutturale les ordres rituels, tandis que les autres saluèrent à la fasciste. Le drapeau s'ébranla et glissa lentement le long du mât; puis, après quelques derniers sursauts, s'écroula veulement dans les bras du soldat qui le ramassa, le détacha de sa corde, et jeta enfin cette grande loque sur son épaule, comme une proie. Les officiers abaissèrent leurs bras fatigués, car ils ne saluaient pas plus que le vide, le chef enroué descendit l'escalier de l'estrade au bras de son ordonnance, l'air de la bandera venait d'expirer. Le grand mât restait tout seul, il était même un peu risible, avec son apparence de mât de cocagne auquel plus rien n'était accroché. La fanfare, avec ses cliques et ses claques, s'en alla au pas cadencé. Un train gronda sur le remblai, et les sifflements de la locomotive soulignèrent l'amertume de cette fête finie. La foule ne s'écoulait pas encore, les Espagnols profitèrent du rassemblement pour faire l'appel. Une ambiance de détente et même de chahut parcourait les rangs en attendant l'arrivée du gros sergent espagnol chargé de l'opération. Notre groupe était au fond de la cour, et le brave sergent s'amena par l'autre côté. Tous les cabos s'élancèrent sur lui, l'assiégeant comme une meute, chacun s'efforçant de l'entraîner, par force ou par persuasion, vers son propre groupe. Notre petit cabo ne pouvait même pas l'approcher, et, à distance respectueuse, agitait désespérément son papier devant le sergent. Celui-ci passait d'un groupe à l'autre, et chaque pabellón inspecté se dispersait comme par miracle. Les internés se précipitaient chez eux, frénétiques, pendant que l'impatience commençait à nous gagner. Nous n'étions plus que trois ou quatre détachements à former la vieille garde sur la place désertée. Un chœur se forma pour encourager le cabo « vas-y donc, tu l'auras », « regarde-moi cette nouille, il va encore se faire refaire »; des garçons faisaient des paris. Le petit cabo émoustillé s'accrocha littéralement au robuste Espagnol, et le tira vers nous, comme un remorqueur traîne un paquebot. Tous criaient : « Vive le cabo, hurrah pour le cabo », et celui-ci répondait à ces acclamations en levant la main, du geste du boxeur vainqueur. L'ordre se rétablit un peu pour l'inspection du sergent. Il nous compta, comme l'avait fait le cabo tout à l'heure. Il ne paraissait pas content, et marmottait quelque chose qui signifiait que vraiment on exagérait : huit manquants aujourd'hui, six hier, etc.; il fit le geste de passer la main dans les cheveux, comme pour les tondre. Le cabo sortit tout son espagnol pour commenter son petit memorandum; le sergent ne voulait rien savoir. Le cabo tira alors le sergent sur le côté, et lui glissa en douce un paquet de cigarettes. Le sergent s'adoucit, il fit comprendre que cette fois ça allait, mais qu'il ne fallait pas y revenir. Le cabo hurla « allez » en faisant semblant de donner le signal du départ. Tout le groupe s'élança avec l'exubérance d'une troupe d'enfants à la sortie de l'école. « Salauds, hurla le cabo, vous me ruinez; va falloir que je fasse une cotisation pour les frais de corruption. »

Je regagnai la case que je partageais avec quatre copains : les deux pompiers, le grand et le petit, le marin et l'aviateur. Nous nous étions rencontrés dans le petit village de la frontière espagnole, nous étions liés plus étroitement dans l'usine désaffectée et puante d'Irun. Ils étaient bien embêtés, les braves pompiers, la première fois que je les avais vus. La grosse patronne de l'auberge les poursuivait de ses invectives, en leur réclamant 2000 francs par tête, pour deux paillasses, un peu de café, et des ratatouilles indescriptibles; toute la fortune des pompiers consistait en quelques billets de cent francs. Ils essayaient d'expliquer que le consul paierait, mais la bonne femme était déchaînée, et pleurait sur la poitrine des gardes. J'étais dans un groupe d'officiers français; les pompiers s'étaient confiés à nous, mais n'avaient rien demandé. Leur histoire était très simple. Ils appartenaient au régiment des sapeurs-pompiers de Paris; ils s'étaient engagés pour éviter la déportation en Allemagne; l'un était un petit vigneron des environs de Chablis, l'autre aidait sa mère à tenir une charcuterie près de Caen. Ils apprirent un beau jour qu'ils faisaient partie d'un détachement envoyé en Allemagne pour participer à la lutte contre l'incendie dans les villes bombardées. Ils n'hésitèrent pas : ils prirent le soir même le train pour Bordeaux, et marchèrent à l'aveuglette, par des petits chemins, vers la frontière. Ils n'eurent pas d'ennuis, parce que leur uniforme de pompier faisait croire qu'ils étaient là en service commandé. Des Allemands leur indiquèrent même la route. Des paysans les présentèrent à un passeur, qui se contenta de 5000 francs par tête, en l'honneur de l'armée française. Ils rigolaient beaucoup en pensant à la tête qu'avait dû faire leur capitaine, le lendemain matin, à l'appel, en constatant qu'ils n'étaient plus là. « Imaginez-vous qu'à cette heure-ci nous devons être portés déserteurs », répétaient-ils à tout venant.

Les officiers trouvèrent l'histoire très drôle, et se cotisèrent pour régler la dette. « Voilà de vrais soldats, avec de l'initiative, au moins », grommelait un vieux capitaine. Ils les aidèrent, par conscience professionnelle, comme ils auraient accordé un quart de vin à la troupe, quand elle se conduit bien.

Les deux pompiers étaient inséparables, mais ne se ressemblaient en rien. Le Normand était court et râblé, ses cheveux bouclés avaient le blond ardent des Vikings, ses yeux bleus souriaient au milieu d'une figure aux traits arrondis, les muscles saillaient sous sa chair de femme. Il prenait des poses alanguies, parlait d'une voix molle, soulignant ses paroles de gestes imprécis. Il aimait à faire tâter ses biceps en dénudant son bras blanc, où couraient les veines. Il adorait faire l'enfant, grasseyait des plaisanteries bêtes, éclatait en rires fous qu'il n'arrivait plus à arrêter. Parfois, il prenait un ton sérieux, un peu sentimental, et faisait ses confidences. Il regrettait beaucoup sa mère, une maîtresse femme, qui venait lui apporter, le matin, un grand bol de café au lait et des croissants au beurre; il avait des petits rires discrets pour parler de sa bonne amie, avec qui il se promenait dans les chemins creux. Il imitait les pétarades de sa moto, avec laquelle il allait à Caen tirer des bordées. Puis ç'avait été le régiment, et les agrès sur lesquels il faisait d'impeccables acrobaties. Parfois, dans la baraque, il s'accrochait à une poutre et faisait une démonstration, qu'il commentait avec des termes techniques. Maintenant il rêvait de conduire un tank, il envoyait déjà une photo à sa mère, sa tête seule sortait de la tourelle, un casque de cuir encadrait ses yeux bleus et son joli sourire.

L'autre pompier était un vrai cul-terreux. Il était tout en longueur, maigre comme une planche à pain, avec des mains comme des battoirs, et des pieds taille 45. Sa tête semblait taillée dans du bois par un artisan maladroit; elle était osseuse, allongée, avec des pommettes proéminentes et des dents saillantes. Une chevelure couleur de terre, tout ébouriffée, surmontait le tout. Sa peau raboteuse, pleine de brûlures et de cicatrices, était également insensible au feu et au froid. Il avait un caractère de cochon, et pour un rien, boudait pendant des heures. Il ruminait silencieusement ses griefs, et se montait méthodiquement la tête, et éclatait quand personne ne s'y attendait plus. Il lâchait alors, pêle-mêle, d'une voix rugueuse et indistincte, un torrent d'injures, de menaces et de lamentations. En général, il parlait peu. S'il rechignait pendant des heures contre un travail obligatoire ou inutile, il était à l'affût des corvées profitables et des coups à faire. Il mangeait bien, dormait de même, ronflait et pétait. Il avait un sens scrupuleux de la justice, tout au moins en ce qui concernait l'égalité des parts. Il surveillait les actions des autres, et, avec son air abruti, s'entendait à dire son fait à quelqu'un. D'ailleurs, malin comme un singe, sachant tirer parti de tout, et près de ses sous. C'était le fils d'un pauvre paysan, avec des tas de frères et de sœurs. Il avait appris le métier de menuisier, chez son oncle, un artisan de village. Au régiment, il s'était vite débrouillé. Il avait appris à lever les bonniches, et avait trouvé une planque. Il gardait le Palais-Bourbon, c'était tranquille, il pouvait dormir pendant les tours de garde, étant prévenu par téléphone des rondes de l'adjudant. C'est naturellement lui qui avait tout décidé, préparé, exécuté, dès qu'il avait su qu'il devait partir en Allemagne. Son copain était un brave garçon, mais un peu mou, disait-il; et il lui redonnait de l'énergie par des bourrades.

Mon ami le marin était officier dans la marine marchande. Il ressemblait très singulièrement à un brochet. Tout, chez lui, était allongé, glissant, insaisissable; sa peau était visqueuse, et ses yeux glauques; sa bouche, bien tranchée au milieu de sa tête en fuseau, semblait toujours prête à saisir une proie. Sa pensée, délayée en de longs discours, redevenait lucide au contact de la réalité. C'était le meilleur garçon du monde. Le grand problème de sa vie consistait à satisfaire son appétit monstrueux. Par ailleurs, il aimait les petites femmes et les bons copains, sa pipe et la sieste après le déjeuner. Il satisfaisait ses goûts grâce à un culot invraisemblable; je n'ai jamais vu un tapeur aussi redoutable. Les affronts glissaient sur lui comme de l'eau. Il était devenu marin, non à cause de l'attrait des espaces marins, mais parce que c'était la bonne vie. Après le déjeuner, il s'en tapait un second chez le cuistot, la paie tombait régulièrement au bout du mois, les poules abondaient dans les ports. Le seul ennui, c'était la mer mais il s'y était fait. Son bateau se trouvait à Oran lors du débarquement allié en Afrique du Nord, alors qu'il était en congé à Marseille. Il avait essayé de devenir terrien, mais la vie était trop dure. Il regagnait son bateau. « Je m'en fous d'y passer, pourvu que je bouffe », concluait-il.

L'aviateur était un as. Il n'avait pas pu descendre d'avion allemand, parce que l'armistice était venu trop tôt. Mais il avait sauvé un prototype, volant devant les boches d'aérodrome en aérodrome. Il était aspirant de réserve, disait-il, mais les autres officiers ne le croyaient pas. Aussi n'aimait-il pas les officiers. A part cela, il ne se distinguait par rien. Une bonne tête rougeaude de Français moyen, un bon accent parigot, le laisser-aller du type qui en a vu. Il parlait beaucoup et comprenait peu. Mais c'était un homme de bonne volonté, et il se frappait sur le front pour montrer que c'était entré, enfin. Il était finaud pour trouver des sous. Ayant traîné la misère en France, il était devenu marchand de vélos en Tunisie. Les gros colons l'avaient adopté, protégé, marié, tout cela en deux coups de cuillère à pot. Il avait fait de la résistance, paraît-il. En tout cas, les Allemands l'avaient raflé, expédié, baladé, relâché. Il rentrait chez lui. Il s'inquiétait pour sa femme. N'avait-elle pas dépensé tout le fric ?

Nous étions donc tous les cinq dans la case, vautrés à même le sol. Le grand pompier alla emprunter un balai, pour enlever le plus gros de la poussière. « C'est bon, dit le propriétaire de l'instrument, mais n'y reviens pas. Et n'oublie pas qu'il s'appelle reviens. »

Le pompier se mit à l'œuvre. La poussière montait en nuages énormes, nous donnait des quintes de toux, couvrait nos costumes et nos figures d'un voile blanc, se répandait dans le corridor. Toute la baraque se mit à hurler « arrêtez, salauds, c'est pas l'heure de balayer. »

Le pompier, découragé, s'arrêta. Nos efforts ne servirent à rien, nous nous heurtions à un mur. Découragés, nous l'étions tous. Nous étions perdus dans ce camp inconnu. Personne pour nous aider. Aucun espoir non plus. Les portes s'étaient refermées, le camp nous avait digérés, l'aventure finissait dans un cul-de-sac. Nous étions pleins de cette obsession : « Combien de temps durera cette vie anonyme dans ce camp anonyme? » Nous n'étions qu'au début de l'épreuve, les anciens connaissaient, eux, la joie des espérances et même la joie des déceptions. Pour nous, il n'y avait ni espoir ni déception, simplement l'attente. Un ancien ne se gêna pas pour me dire : « Ne te mêle pas de partir, ou je te casse la figure. Attends d'abord quelques mois; alors, tu pourras parler. » Devant nous rien que des journées bêtes où le soleil se lèvera et se couchera.

La journée avait été amusante avec ses découvertes, mais le soir ramenait les soucis. Les anciens formaient un bloc que nous ne pouvions pas entamer. Ils nous avaient reçus avec une indifférence polie et la peur d'être dérangés. Ils avaient trouvé en nous des auditeurs pour le récit de leurs aventures et de leurs malheurs, et tâchaient de nous épater. Ils nous donnaient bien des conseils, mais ne rendaient que des services qui ne les gênaient pas.

Il ne fallait rien attendre d'eux. « J'ai faim, dit le marin; on n'a rien bouffé depuis ce matin. » Des odeurs de mangeaille venaient de toutes les cases, la fumée nous aveuglait, nous apercevions par les fentes des couvertures des garçons penchés sur des réchauds, en train de fabriquer et de déguster des beignets. « Je n'y tiens plus, reprit-il, je vais voir à côté. » Il revint peu après, la mine déconfite. « Ils n'ont rien voulu savoir; ils étaient en train de s'envoyer une soupe à l'oignon, et avaient devant eux une énorme platée de beignets. Ils m'ont dit de faire comme ils avaient fait, de bouffer du rancho. Je leur ai proposé d'acheter une boîte de conserve, mais ils ont refusé. Ils m'ont assuré que nous en toucherions dans huit ou dix jours, quand la Croix-Rouge aurait nos noms sur ses listes, et nous enverrait des colis. En attendant, faut se brosser. »

Les deux pompiers étaient allongés sur le sol, et ne disaient rien; eux aussi avaient faim. « Ah! si maman me voyait, murmura le petit pompier, et dire que chez nous il y a tout ce qu'il faut. — Ferme-la, grogna l'autre, quelle femmelette, et ça veut faire la guerre... » Mais il mettait son poing sur sa bouche, comme si ça pouvait le nourrir. Le marin était de plus en plus désespéré. « Ce que je craignais, dans la marine, c'était le coup de la *Méduse*; je vois que ça arrive aussi à terre. » Il avait entrouvert la bouche, et ressemblait de plus en plus à un brochet à sec; de ses yeux de plus en plus vitreux, il parcourait la pièce, comme s'il allait, tout à coup, découvrir quelque morceau de pain miraculeux. Seul, l'aviateur tenait le coup. Il avait, dans l'après-midi, rencontré des copains d'escadrille, qui fricotaient avec les cuisiniers. Il avait donc déjà mangé de ce fameux rancho, mais un rancho extra, amélioré, le rancho des cuisiniers. « Si on fouillait nos affaires, on trouverait peut-être quelque chose », proposa le petit pompier, le Normand. « T'as des visions! » repartit son aimable camarade. Nous nous mîmes à l'œuvre; nous vidâmes nos musettes sur le sol, à l'exception de l'aviateur, qui se contenta de regarder l'intérieur de la sienne, dans un coin sombre. Le grand pompier donna de façon significative un coup de coude à l'autre. Rien. Nous inspectâmes nos poches. J'en retirai un vieux bout de chocolat, moisi, recouvert de tabac et d'épluchures de cacahuètes. Nous le partageâmes. Le grand pompier fit les parts. Nous mangeâmes. Le marin ouvrit une gueule énorme pour avaler son minuscule morceau. « Pas de ma faute si j'ai faim, dit-il, je suis comme un radiateur qui fuit; à peine que je suis rempli que c'est déjà parti. A propos, as-tu vu les goguenos ? »

Je n'eus pas le temps de répondre, car, à ce moment, de nombreux pas se firent entendre dans le corridor, des gens cognaient sur leur gamelle avec des cuillers, le petit cabo passait de case en case en hurlant; « Le rancho, dépêchez-vous. » Il entra chez nous, pour nous donner quelques précisions. « Vous êtes le 24. A chaque repas, vous irez à deux, chacun avec une gamelle, chercher vos portions. » J'y allai avec le grand pompier. Dehors, deux queues étaient déjà formées. Des gaillards approchaient, portant, deux par deux, de lourdes marmites plates; c'était chaud, car une vapeur abondante en sortait. Les porteurs déposèrent les deux marmites devant notre pabellón, une devant chaque queue. L'une contenait une soupe très liquide, d'aspect noirâtre, d'odeur nauséabonde, avec des choses qui nageaient dedans. L'autre était remplie de riz, mais d'un riz jaune et poisseux, une véritable colle. Le cabo, debout entre les deux marmites, flairait les plats. Les gens dans les queues s'impatientaient. Le cabo se décida : « Allez-y », cria-t-il aux loucheurs. Ils commencèrent par servir les privilégiés, selon la tradition : d'abord le cabo et le sous-cabo, qui avaient double part; le loucheur leur fit bonne mesure, puisqu'il remplit leur gamelle, puis des seigneurs de moindre importance; les porteurs de plats, le balayeur du couloir et les loucheurs eux-mêmes. Leurs gamelles étaient seulement remplies aux trois quarts. Ces avantages étaient de droit et ne choquaient personne; ils étaient la récompense attachée à des fonctions qui, en réalité, constituaient de véritables charges puisqu'elles ne cessaient qu'au départ des titulaires, à moins d'accident. Les loucheurs se mettaient ensuite à servir les internés ordinaires. Le cabo appelait un numéro, les intéressés tendaient leurs gamelles, le loucheur, accroupi, plongeait la louche dans la marmite, la remplissait de la quantité voulue, et déversait la nourriture dans la gamelle tendue. « Le 24 » cria le cabo. Je m'avançai, et me soumis à l'opération habituelle; je constatai que les choses qui nageaient étaient des trognons de légumes non épluchés. Je revins en évitant toute collision, quand j'entendis crier au rab. Je retournai sur mes pas, mais ce n'était plus la belle ordonnance de tout à l'heure; un groupe déchaîné assiégeait les marmites; les loucheurs, enfermés dans un cercle de gamelles, servaient les plus audacieux; ils raclaient les marmites, inclinées par deux jeunes garçons, pour permettre de recueillir jusqu'à la dernière goutte de rata. Certains internés profitant du désordre plongeaient leurs gamelles ou piochaient à pleines mains, dans le riz gluant. Le cabo essayait en vain d'arrêter la cohue; son petit visage nerveux était rouge de colère. Pour se calmer, il engueula les loucheurs qui haussèrent les épaules, habitués. Des garçons se plaignaient de ne pas avoir eu de rab. « Et moi, est-ce que j'en ai eu, du rab ? » dit le cabo. « Mais toi, tu as double part. » « Ça va, ça va », fit le cabo, et il préleva un peu de sa ration pour la verser dans les gamelles des mécontents. Moi, naturellement, je n'avais pas eu de rab, et le pompier, malgré sa grande gueule, non plus. Nous en étions réduits, tous les cinq, à quelques cuillerées de soupe chacun, et à quelques grammes de riz. Le repas fut morne; le grand pompier fit les parts. On s'assit en cercle, sur la terre, autour d'une petite planche. Le dîner fut silencieux et rapidement terminé. Le marin s'inquiétait pour sa nuit : « Moi, je roupille partout, je me fous du ciment comme des punaises, mais faut que j'aie le ventre plein, sans ça, je ne peux pas fermer l'œil. »

A côté, des anciens étaient encore à table. Ils avaient réchauffé et amélioré le rancho avec des oignons, de la farine, de la margarine. Ils avaient ouvert une boîte de sardines et finissaient sur des crêpes. On entendit l'un d'eux sortir, et déverser quelque chose dans le tas d'ordures trônant devant la porte; en tombant, cela fit un gargouillis d'égout. Le grand pompier alla voir, et revint bouleversé : « Les salauds, ils ont jeté le riz dans les ordures ». Il voulait aller le recueillir là, j'allai voir, le riz nageait dans d'ignobles détritus. « Ça m'est égal, dit le marin, moi je boufferais de la merde. » A ce point de la discussion, le petit cabo introduisit sa tête de fouine, et nous jeta un énorme plat de riz : « Les gars, allez-y, c'est le cuistot qui vient de m'apporter cela de la cuisine; quand vous n'aurez pas assez, venez m'en demander. »

Il disparut avant qu'on ait pu lui dire merci. Le grand pompier refit les parts, et l'on se remit à manger, sérieusement. Les pompiers travaillaient bien, mais le marin fut effrayant. Les yeux fixes, tendu, concentré, il jetait, mécaniquement, d'énormes platées dans sa bouche toujours ouverte, et avalait sans même un déclic de langue. « Je remettrais bien ça », dit-il, quand il eut fini.

Après quelques minutes, le marin éprouva le besoin de s'en aller. « J'ai quand même bien bouffé, puisque ça fait de l'effet. Vous m'accompagnez aux goguenos ? » Nous y allâmes tous en expédition. Le soldat qui m'avait vendu des cigarettes était toujours au même endroit, appuyé contre son mur. Les waters se trouvaient situés dans un joli pavillon, peint à la chaux. Le jour entrait par de larges ouvertures, et éclairait crûment la scène. Une foule se pressait aux pissotières. C'était une pièce au sol en ciment, avec des urinoirs le long de chaque mur. Ils étaient bouchés. Un liquide jaune et trouble remplissait les rigoles, débordait dans la salle. Je suivais la progression du flot montant, comme, quand j'étais gosse, je défendais mon château de sable contre la marée. Les délicats renonçaient à gagner les murs, et se soulageaient dans les endroits encore secs. Plus loin, se trouvaient les goguenos. De chaque côté de l'allée centrale s'ouvraient de petites cases, séparées les unes des autres par des murettes en ciment, avec un trou au milieu. Une matière solidifiée, mêlée de papiers froissés, engorgeait chaque trou, tandis qu'une masse plus liquide recouvrait le couloir. Les courageux pataugeaient là-dedans, trempant leurs savates sans aucune gêne, et s'accroupissaient n'importe où. Les autres grimpaient sur les petits murs sautant de l'un à l'autre jusqu'au bon endroit. Ils bousculaient au passage les gens occupés : « Attention, ne me fais pas choir »; les perspectives d'en bas étaient en effet peu engageantes. C'était curieux de voir, d'enfilade, tous ces derrières en l'air, surmontés de figures crispées. Je reconnus, à sa tête, un brave capitaine, qui me cria : « A la guerre comme à la guerre », et il se satisfit, de façon sonore.

Le cabo était en train de pisser. Je l'attendis à la sortie. « C'est dégoûtant », lui dis-je. « C'est vrai. Mais, tu sais, on s'y habitue vite... et puis, quand on a été en prison, avec le seau qui déborde, et empuantit tout. La bonne heure, c'est le matin vers neuf heures, c'est alors reluisant de propreté; c'est un grand type qui, pour dix pesetas par jour, s'envoie le boulot. J'aime assister à son travail, tellement il y met de conviction et d'ardeur. Il lance les seaux d'eau à toute volée, puis à grands coups de balai, repousse ça vers les trous qu'il a débouchés avec un bâton, ou même dans les cas difficiles, avec ses poings. Quand il a fini, il s'essuie les mains toutes rosies par l'eau fraîche sur son slip; nu et humide, il ressemble à quelque dieu marin. Pendant ce temps, une queue se forme à la porte, et, dès qu'il sort en fumant sa cigarette, tout le monde se précipite... c'est un plaisir que de faire ça dans du propre; mais une heure après, c'est dégueulasse. Puis, on ne peut pas toujours choisir son heure, quand la mirandite tord les boyaux. » — « Mais d'où ça vient la mirandite? » — « Parbleu, du rancho. Tout le monde l'a, ici. Tu y passeras comme les autres. C'est pas gai, on se sent fondre en eau, il faut courir à toute pompe. La nuit surtout, c'est embêtant; c'est un dilemme : si tu te soulages dans le camp, tu es tondu, et si tu viens ici, tu risques un coup de fusil car il est interdit de sortir des baraques la nuit. Pour la mirandite, un conseil : jette l'eau de la soupe, et, à midi, ne mange pas d'oignons crus, autrement, tu seras malade, comme un chien ». « Jeter l'eau de la soupe, tu es bon, toi, mais qu'est-ce qu'on aura à manger?... Nous autres, les bleus, nous n'avons rien; et ce ne sont pas les anciens qui nous aident; ils préfèrent jeter leur riz plutôt que de nous le donner. » « Evidemment, les premiers temps sont durs, mais ça ira mieux dès que vous aurez monté votre ménage. Prenez exemple sur vos voisins, les porteurs de plats; de bons petits gars, mais gueulards! Ils s'en prennent à tout le monde, et, même entre eux, ne cessent de se chamailler. Chacun a peur d'en faire trop; ils ont établi des tours de rôle, affichés sur le mur, même pour les plus petites besognes, comme allumer le feu, ou faire la vaisselle! Eh bien, essaie d'engueuler l'un d'eux, tu auras toute la bande sur le dos en cinq sec. Au fond, ils risqueraient dix fois leur peau pour l'un d'eux. Evidemment, dans la case voisine, le ciel peut bien tomber. Tu sembles avoir une bonne équipe ici; il vaut mieux avoir des pompiers comme copains que des intellectuels; tu verras qu'ils se débrouilleront vite. Tu as un peu d'argent, emploie-le pour la communauté à acheter l'indispensable, un réchaud, des clous, quelques conserves, plutôt que d'aller manger seul à la cantine. Car, quand tu seras à sec – et si tu ne reçois pas des mandats d'Espagne, cela arrivera infailliblement – tu seras seul et bien seul. Evidemment, tu peux te mettre à fricoter avec les estraperlos, comme font certains, et même des gens très bien, mais alors tu te fais mettre sur la liste spéciale. Tu as sans doute déjà vu des avis disant qu'un tel était exclu du groupe français; dès lors, tu fais partie de l'écume permanente du camp. Mais, en dehors de cette solution, il te faudra tout faire par toi-même, dans le coin d'une case; tu mèneras une existence de paria. Te vois-tu fabriquant tes propres beignets, ou poirotant toute la journée pour quelques gouttes d'eau. Sans compter que, moralement, c'est la camaraderie qui permet de tenir le coup, ici ».

La nuit était enfin tombée; je retournai dans ma baraque où mes camarades dormaient déjà. Une pauvre bougie éclairait leurs corps inertes allongés sur le sol; ils étaient disposés comme des sardines dans une boîte, et les pieds, gigantesques, émergeaient autour des têtes; ils me rappelaient une gravure de champ de bataille, avec des tas de cadavres sur lesquels on aurait jeté, par pitié, de misérables couvertures. Parfois un frémissement agitait cette masse de corps, dont les têtes semblaient d'anormales excroissances. C'était un nœud d'hommes. Je surveillais les visages vivant leur vie de sommeil. La méchante lueur de la bougie accentuait les arêtes de ces masques. La figure du grand pompier s'était étirée à l'infini; le nez formait une longue droite, perpendiculaire à la mince ligne de la bouche. La face du marin était tout en trous, comme rongée par l'acide; c'était une tête de mort, avec les fosses nasales dilatées, et la gueule béante où les dents étaient des digues. Le petit pompier ne montrait que l'or de ses cheveux; la tête de l'aviateur, avec les pores dilatés de sa peau, était taillée dans de l'éponge rouge. Le grand pompier se réveilla : « C'est toi, on t'a laissé une place contre le mur. » J'étalai la paillasse sans paille sur le sol, disposai la musette comme oreiller, et m'enveloppai dans les couvertures.

Je ne pus fermer l'œil, toute la baraque était débordante de vie, grouillante de bruits. Les Basques s'étaient mis à chanter une mélopée dans leur langue bizarre; dominant la masse du chœur, une voix se détachait, détaillait quelque récit héroïque, martelant rudement des mots hérissés, puis s'affaissait soudainement. Parfois, la chanson mourait, mais déjà un gaillard entonnait un air nouveau, monotone et triste, qui s'enflait vite en un chœur. Des dormeurs leur criaient des insultes, mais ils continuaient toujours... A côté les porteurs de plats se battaient; plus loin, des gens buvaient. Au-dessus, les officiers réunis en cénacle, discutaient en grignotant des biscuits; ils étaient préoccupés de l'inflation des grades, et recherchaient les meilleures méthodes de vérification. Le plus écouté était un jeune capitaine au noble nom; sa figure était ascétique comme celle d'un saint, je l'imaginais volontiers statufié sur le portail d'une vieille cathédrale; ses yeux brillants, ses lèvres minces, sa parole brève, tout portait le signe de l'énergie. Il ponctuait chaque phrase d'un imperceptible signe de main qui voulait dire « exécution ». C'était naturellement un cavalier. Il proposa de ne tenir compte que des grades d'active, solides et éprouvés. Cette proposition fut adoptée à l'unanimité, et les militaires se séparèrent après de vigoureuses poignées de main. Peu à peu, la baraque s'endormit, le chœur avait enfin extirpé, les ivrognes cuvaient leur vin, les querelleurs s'étaient donné le baiser de paix. Les ronflements sortaient des cases, et noyaient les cris des rêveurs. Parfois quelqu'un marchait à pas feutrés dans le corridor, partant pour quelque expédition nocturne... Je m'endormis enfin. Je m'éveillai vite, en proie à d'insupportables brûlures. J'allumai la bougie, et examinai ma couche que je trouvai grouillante de punaises.

Je me levai, et allai respirer l'air du soir. Un cercle de feu ceinturait le camp. La lumière électrique illuminait les rangées de barbelés, les miradors montaient vers le ciel comme des minarets. Les soldats de garde chantaient des romances maures. Parfois, une sentinelle hurlait quelques mots rauques, que son voisin reprenait comme un écho, et qui s'en allaient mourir, de sentinelle en sentinelle, de l'autre côté du camp. La pleine lune éclairait les pabellóns, qui faisaient des ombres sur les allées. Les baraques, au milieu de ces clartés, se rapetissaient en tas noirs, fatiguées comme des bêtes. Des gens se glissaient dans les ruelles, courant d'ombre en ombre. Parfois, une patrouille remplissait le camp du bruit énorme de ses pas. Les soldats parlaient à haute voix, étalant la puissance de leurs privilèges, dans ce lieu où tout se taisait. Les fusils en bandoulière, ils s'en allaient, négligents, disparaître en quelque ruelle. Un train passa sur le remblai, des chiens aboyaient près du camp. Puis le silence devint plus aigu mais je ne me décidai pas à rentrer et partis faire un tour dans le camp. Je longeais les murs, épiant les bruits et les formes. Tout était calme. Je m'enhardis, traversai la place, remontai une ruelle inconnue et tournai le coin d'une baraque, quand je me trouvai face à face avec une sentinelle. Elle me tenait en joue, je voyais son doigt trembler sur la gâchette. Je levai les bras en l'air, d'un geste devenu classique. J'étais à côté des cuisines, et ce soldat gardait un gros tas de bois. Nous restâmes l'un et l'autre dans la même position quelques secondes, puis il se décida à retirer son fusil; je pus enfin baisser les bras, et retrouver le sentiment de ma dignité. « Cigarrillos », lui proposai-je. « Si, si, señor », répondit-il d'une voix douce. Je tirai de ma poche le paquet que son collègue m'avait vendu, et lui en offris une poignée. Il en mit un à la bouche, et l'alluma avec un vieux briquet à amadou. Il avait maintenant déposé son fusil contre le mur, et se lança dans un discours. Il parlait vite, avec beaucoup de gestes. Il s'aperçut enfin que je ne comprenais pas, et parut désolé... Alors, gentiment, il se baissa, choisit trois grosses bûches, et me les donna. Il me fit signe que je pouvais partir, car le chemin était libre. Je revins avec mon butin, en faisant une ombre où les bûches étaient démesurées. Le bruit de mes pas s'enfuyait dans le camp par les intervalles que séparaient les pavillons. Enfin, ce fut la case, où je dus me faire une place parmi les corps si envahissants.

Je fus réveillé par le grand pompier, qui criait « au jus, là-dedans » et m'apporta, dans un quart rouillé, quelques doigts d'un liquide noir et mauvais. Le petit pompier, beau comme Apollon, faisait des mouvements respiratoires devant la petite ouverture par où le soleil entrait. Le marin ronflait encore en dépit des coups de pied que lui prodiguait le grand pompier. L'aviateur se frottait les yeux. Les accents entraînants de la fanfare pénétrèrent dans la pièce, et finirent par réveiller tout le monde. « Vous n'avez pas été trop dérangés par les punaises », demandai-je. « Quelles punaises? » Ils me regardaient, étonnés. « C'est plein de punaises ici, je n'ai pas pu dormir », dis-je. « C'est bien possible, fit le marin. Mais je ne me suis jamais aperçu que de pareilles bêtes existaient. » L'aviateur fit savoir qu'il avait été un peu gêné. On me plaignit beaucoup pour la sensibilité de mon épiderme. A ce moment, le cabo passa dans le couloir en criant : « Messieurs, messieurs, dépêchez-vous, s'il vous plaît, pour la bandera. » Des plaisantins l'imitèrent. « Mesdames, mesdames, dépêchez-vous, au salon. » Le cabo fit irruption chez nous : « Dépêchez-vous les bleus; pliez les couvertures, donnez un coup de balai, puis vite à la bandera. » La poussière monta du sol en énormes lambeaux et fit une masse opaque comme un brouillard. Dans notre case, le soleil y découpait des pilastres dorés, où les graines se mouvaient comme des globules. Les garçons, courbés sur de petits balais terminés par un faisceau de brindilles, fauchaient le sol et les jambes. D'autres dessinaient des arabesques, portant devant eux une boîte de conserve trouée d'où dégouttait un peu d'eau. Dehors les raffinés se lavaient; ils étaient nus, accroupis devant un bol d'eau sale mis à même la terre; à côté, les instruments de toilette, posés sur quelque pierre, formaient un étalage misérable. Certains avaient le courage de se raser; ils se tordaient le cou pour s'entrevoir dans un bout de glace installé sur une saillie du mur. Les têtes, barbouillées de crème et de sang, faisaient pâtisserie.

Des dandys se faisaient la raie avec des peignes sans dents ou se parfumaient amoureusement. Des miasmes puants montaient des rigoles bouchées; le soleil tapait sur les tas d'ordures, où les oranges pourries étaient enlisées dans du riz. D'innombrables mouches folâtraient dans la chaleur naissante avant de se poser sur les murs blancs, qu'elles éclaboussaient de points noirs.

La fanfare avait de nouveau entamé son éternel morceau : le cabo poussa ses hommes vers la porte comme un troupeau de moutons, la baraque se vida, la poussière tomba, les arabesques séchèrent. Une tranquillité étrange s'était emparée du pabellón toujours fébrile. L'homme de garde, assis à l'entrée, lisait un vieux journal, tout jauni, pendant que les éclats de la musique et les ordres des Espagnols venaient mourir à ses oreilles indifférentes.

La bandera se déroula selon ses rites immuables. Le drapeau, au lieu de s'affaisser lamentablement le long du mât, montait fièrement dans l'azur. Une journée de camp était devant nous, où nous tournerions comme des bêtes dans les barbelés, sous la garde de l'étincelant drapeau. Bandera du matin, bandera du soir, bornes de ces journées insipides, reviendrez-vous éternellement dans ce camp d'où l'on ne partira jamais ? Sans doute la fanfare hantée qui jouera jusqu'à la consommation des siècles, et le cabo, pour la punition de ses péchés, gribouillera toujours ses petits papiers. Naturellement, je racontai mon aventure de la nuit au cabo, qui eut l'air désespéré d'une mère poule, et se lança dans un prêche dans lequel j'appris qu'il était professeur d'histoire. Le coupant dans ses considérations, je lui exposai des malheurs plus terre à terre, les punaises. Mais le cabo avait pied sur tous les terrains, me dit-il. « Si tu te laisses envahir par la saleté, tu es foutu. Certains types sont dévorés vivants, ou couverts de gale. Je te donnerai un peu de désinfectant – j'en ai un peu, parce que je suis bien avec un infirmier espagnol, autrement il n'y en a pas – tu badigeonneras soigneusement ton coin. Si tu achètes un lit, prends-le en fer, et flambe-le. Donne les couvertures à laver au blanchisseur; si, par ailleurs, tu changes de linge et prends une douche tous les jours, tu ne seras que modérément bouffé. Ça demande de l'énergie. Quand je vois un type se laisser envahir par la saleté, je me dis « son compte est bon, le moral est cassé ». Tu connais le policier, il est arrivé il y a huit jours, tout flambant, plein de ses relations, de ses exploits, et de ses orgies. Il avait une petite gueule de souteneur bien tenu, avec une raie et des moustaches en pointe. Aujourd'hui, il reste accroupi dans sa case, il se gratte le dos comme un vieux singe; on ne peut plus voir les morsures, tellement elles sont enterrées sous la crasse... Il vient chez moi pour se plaindre. Je te le planque dans un coin, sur une chaise avec une toile cirée, et je te l'expédie; penses-tu, il est plein de poux. Je lui dis : « Et la douche, alors, quand est-ce que tu y vas? » Il me répond : « Pas moyen d'y entrer, y'a trop de monde. » C'est vrai que ça a tout d'une bagarre et pourtant, il n'y a peut-être que le dixième des types qui se douchent. A propos, c'est l'heure de la douche. Tu viens? Je passe prendre une serviette, et en route. »

La porte des douches était encore fermée; la queue grandissait de minute en minute. Chacun enlevait les derniers voiles, et fut bientôt tout nu tenant sa serviette et ses vêtements à la main. Ils s'impatientaient, frappaient à la porte, « c'est l'heure », criaient-ils. « Est-ce que l'heure compte en Espagne? Mañana por la mañana », commenta le cabo. A l'intérieur, on entendait des bruits de pas, des tintements de clefs; un soldat ouvrit une porte latérale, jaugea la foule, et referma à clef; l'attente dura encore une heure, et enfin, la porte s'ouvrit pour de bon. Les douches, séparées les unes des autres par des cloisons, étaient nombreuses et relativement propres; des tuyaux couraient sur les murs comme de grosses veines. Les queues se formèrent instantanément devant les cinq douches en état de marche. Je voyais avec étonnement des garçons faire des gestes comme s'ils s'ébattaient sous l'eau, alors que je ne discernais aucune eau. Un examen plus attentif me révéla des gouttes qui se détachaient une à une des robinets dont les pommeaux étaient partis. L'art consistait à tendre le corps à la goutte, qui faisait floc en tombant sur la peau; toute goutte perdue provoquait l'indignation de l'auditoire. Quand le client avait eu sa ration de gouttes, il se retirait, et essayait de se savonner. Les plus malins avaient apporté un petit bol d'eau pour tremper le savon, d'autres crachaient dessus. Quand le garçon se croyait savonné, il retournait sous la douche, et faisait les efforts les plus désespérés pour se débarrasser du savon. Mais les camarades s'impatientaient, et il devait céder sa place, le corps enduit d'une croûte sèche de savon. Tout à coup, les gouttes se mirent à tomber, non plus une à une, mais plusieurs à la fois. Ce déluge provoqua l'engorgement des rigoles d'évacuation, l'eau se mit à monter comme dans un bateau en perdition et ne tarda pas à recouvrir les pieds des garçons plantés dans les queues. C'était une débauche de nudités sans pieds. Les uns se tortillaient sous la douche, d'autres se faisaient savonner le dos par un copain, d'autres se raclaient la peau avec une serviette, d'autres se lavaient les dents et crachaient des jets roses, d'autres se cachaient dans des coins pour pisser, d'autres attendaient dans des poses immobiles. Parmi ces derniers, certains voilaient leur nudité de leur main, d'autres faisaient des effets de chair, la plupart étaient complètement indifférents. La bousculade augmentait avec l'heure. Les petits se faufilaient entre les jambes des grands, les costauds avançaient en écrasant les pieds, certains échangeaient des coups. L'entremêlement des corps devint inextricable. Des gros ventres s'écrasaient sur des derrières, des coudes labouraient des côtes, des pieds étaient perdus, des têtes sans corps émergeaient, ahuries, de la mêlée, des crânes disparaissaient parmi les fesses. Divers débris flottaient sur l'eau; un garçon, à quatre pattes, derrière en l'air et tête baissée, poursuivait une serviette qui voguait à sa fantaisie; un autre, à genoux, fouillait l'eau à la recherche de son portefeuille. Un soldat espagnol, pieds nus, pantalon retroussé et casquette sur la tête, surveillait la scène. Nous n'avions plus que quelques minutes. Je suivais le cabo comme son ombre, il arriva enfin en première position grâce à son titre, et à son sans-gêne. Nous étions là pleins d'espoir, quand l'Espagnol coupa l'eau. Les dernières gouttes tombèrent dans un silence désolé avant que ne s'élevât le chœur des protestations. Le cabo engagea une conversation animée avec l'Espagnol. Ils criaient et gesticulaient tous les deux, je croyais qu'ils allaient en venir aux coups. « Du calme, du calme, cabo », lui dis-je. – « Que crois-tu donc? me répondit-il. Il est très gentil, au contraire, il nous accorde un quart d'heure supplémentaire. Faut t'habituer, c'est leur manière habituelle de parler, aux Espagnols. » Nous eûmes bientôt fini; le corps détendu et les cheveux humides, nous retrouvâmes avec plaisir le chaud soleil.

« C'est aujourd'hui dimanche, viens-tu à la messe? » « Je n'ai pas vu de chapelle ici. » « Non, mais il y a un autel, ça suffit. N'as-tu pas vu, dans la grande cour, cette cabane en bois, comme il y en a, dans nos jardins, pour ranger les outils? C'est ça, ça se déplie, tu as trois panneaux avec des peintures dessus. Devant, une table d'autel. » A ce moment, retentirent les accents bien connus de la fanfare. « Quoi, encore une bandera? » « Non. C'est une messe en musique, la fanfare prête son concours, avec l'autorisation spéciale des Espagnols. Dépêchons-nous, ils ont commencé. »

Nous courûmes jusqu'à la grande place. La scène se présentait comme le cabo l'avait décrite. Trois tableaux dépliés encadraient une table. Ces tableaux, grossièrement peinturlurés, représentaient des épisodes sacrés : la Vierge portant son enfant sur son sein, des personnages raides et auréolés planant dans des nuages, le fils de Dieu tombant sous le poids de la croix. La table, recouverte de draperies blanches, portait un crucifix et les instruments du culte. Le soleil se répercutait en mille soleils sur le calice. Le Christ de la croix, décharné, saignant, avec les côtes saillantes et la couronne d'épines, se mourait en un affreux rictus. C'était bien le Christ maladroit et hagard, des petites églises espagnoles. Le prêtre, revêtu de lourds vêtements sacerdotaux, officiait. Il était penché sur le livre sacré, psalmodiait des mots latins de la voix monotone des prêtres, et faisait ces gestes si bien connus de mon enfance. La croix de la chasuble était si réelle qu'elle paraissait l'écraser. Quand il se retourna à l'offertoire, je reconnus un jeune interné français, qui se promenait encore tout à l'heure dans la tenue sommaire du camp. L'enfant de chœur était un interné aussi, avec de grosses mains pour agiter la clochette aux sons cristallins. Les assistants, assez nombreux, se tenaient debout, en plusieurs rangées. Ces hommes, malgré les guenilles et les crânes tondus, étaient raidis, emportés par le mystère auquel ils croyaient. Ils baissèrent la tête devant l'apparition du Seigneur, et je voyais leurs lèvres ouvertes articuler des prières. Les hommes de la fanfare, en tenue de bandera, étaient rangés en bataille, avec leurs instruments, sur le côté. Dans les moments solennels, quand les paroles du prêtre étaient pleines de Dieu, ils se déchaînaient, sur un signe imperceptible du chef. L'office était noyé dans un air de foire, dans une cadence de chevaux de bois; ils cognaient, ils soufflaient, la sueur collait leurs vêtements, les instruments reluisaient, ils faisaient de leur mieux. Le silence s'établit pour la communion, les fidèles, mains jointes et les yeux baissés, se rendirent lentement vers la table sacrée; ils étaient agenouillés humblement pour recevoir le Seigneur, quand la fanfare repartit; je reconnus, oui, je reconnus le fameux air de la bandera, je reconnus ces accents barbares, impétueux, qui, deux fois par jour, accompagnaient la cérémonie du drapeau.

Je rentrai à la baraque pour trouver un spectacle joyeux. Je tombai d'abord sur le grand pompier qui avait enlevé sa tenue militaire, pour ne garder qu'un caleçon mal boutonné. Armé d'une lourde hache, il débitait une de mes bûches en petits morceaux. Il avait mis la bûche debout et faisait tomber sa hache avec une précision merveilleuse, fendant le bois en gros morceaux qu'il recassait ensuite. Les autres camarades, dans la case, avaient adopté des tenues aussi sommaires. Le marin malaxait, étirait, pétrissait de la pâte avec volupté, puis la roulait sur une planche avec une bouteille. Le petit pompier soufflait sur la braise d'un réchaud, et faisait sauter des galettes dans une poêle. L'aviateur disposait artistiquement les galettes dorées, luisantes de gras, dans une assiette. Un grand sac, rangé dans un coin, laissait voir de la farine par sa gueule béante; à côté traînaient des boîtes de conserve, un papier contenant de la margarine, un petit pot avec de la confiture. Il y avait même une jarre pleine d'eau. « Tu arrives bien, dit le marin, on va passer à table;

cinq galettes par tête de pipe. » « Et d'où ça vient, tout ça? » « Mon vieux, pendant que tu te baladais, on s'est débrouillés. Les pompiers ont rencontré un copain, un pompier de Paris. Il leur a donné le réchaud, la poêle et la jarre, qui appartenaient à un camarade parti. L'aviateur nous a avancé vingt pesetas. J'ai été chez les Belges, mon vieux, j'ai fait une affaire. Des types allaient partir, et ils étaient bien embêtés, car ils ne savaient pas quoi faire de leur marchandise. Je leur ai proposé quinze pesetas pour la farine et les conserves, ils n'ont rien voulu savoir, ils disaient qu'ils préféraient jeter tout cela au ruisseau. Je suis parti, ils m'ont rappelé, on s'est mis d'accord pour 18 pesetas. »

Le grand pompier rentra, sur ces entrefaites, les bras chargés de petit bois. Les galettes grésillaient doucement, le feu jetait des lueurs fauves sur les peaux, la fumée montait en spirale, déjà une seconde assiette était pleine de galettes. Le marin passa furtivement un doigt sur l'une d'elles et se le lécha; le grand pompier les regardait avec des yeux ronds, tandis que le petit les recouvrait de confiture.

C'est alors que commença notre grande querelle avec les officiers. Les officiers, dans notre baraque, formaient deux groupes très différents. Les vieux bledards, habitués à la troupe et à la dure, vivaient par les moyens du bord, sans trop se préoccuper de leur dignité. Ils restaient bien tranquilles, entre eux; quand ils avaient fait la revue de leurs camarades communs, ils se rabattaient sur des potins de garnison, et n'épuisaient jamais les questions d'avancement; ils réglaient leur conduite d'après quelques critères éprouvés, formés par une combinaison d'honnêteté petit-bourgeois, et de bon garçonnisme pratique. Ils parlaient de politique avec des œillères, dans leur ignorance candide du monde. La discipline les avait réduits à n'exercer leur personnalité que dans les questions matérielles, où ils se débrouillaient fort bien. Ils étaient scandalisés devant ce qu'ils ne comprenaient pas, c'est-à-dire à peu près tout; mais ils avaient la sagesse d'attendre avec patience l'univers normal et équilibré du régiment. Ils se sentaient dans leur case un peu comme sous la tente, au désert. Ils s'étaient fort adroitement installés, en ne dépensant que quelques pesetas car ils n'avaient nullement honte d'être sans le sou. Leur orgueil, sûr et modeste, résidait dans leurs galons; ils se donnaient du « mon capitaine » ou du « mon commandant » aussi naturellement que des civils se disent « monsieur ». Ils mettaient une certaine subtilité à marquer entre eux, par des nuances minuscules, les différences hiérarchiques. Ils y tenaient à ces galons, qui les faisaient vivre, et qu'ils avaient eu tant de mal à acquérir. Extérieurement, ils étaient comme les autres internés, plutôt sales, et vêtus de loques. Ils évitaient de se différencier du populo, ne voulant pas jouir d'une considération imposée par la force, mais d'un respect spontané, peu visible et certain. Ils avaient installé des hamacs, construit un beau fourneau, et se faisaient leur cuisine. Ils se tapaient les corvées comme tout le monde, et ne se montraient pas offusqués d'obéir à des civils. Ils avaient promu au rang d'ordonnance un chérubin de grand nom. Il n'avait pas fait de service à cause de son âge, mais appartenait quand même un peu à l'armée, car tous les hommes, dans sa famille, étaient officiers de père en fils. Il s'envoyait les besognes pénibles, avec les encouragements paternels des autres. C'est lui qui, le matin, allait chercher le jus et le versait dans les quarts des officiers encore suspendus. Somme toute, nous les aimions bien, ces braves officiers pères de famille, sans être tout à fait dupes de leur jeu. Toutefois, nous les évitions soigneusement : c'est que, inexplicablement, ils étaient pleins de poux. Chérubin, assis sur une pierre au soleil, enlevait son tricot et s'épouillait en toute simplicité. Les vieux, eux, souffraient sans se plaindre.

Les jeunes officiers vivaient dans la case située au-dessus de la nôtre. Ils étaient frais émoulus de Saint-Cyr ou de Saumur, certains s'étaient déjà battus et très bravement. L'un d'eux, pris par les Allemands lorsqu'il traversait la frontière, avait sauté du train en marche, pour recommencer sa tentative deux jours après. Ils étaient à la fois officiers et hommes du monde. De l'officier, ils avaient adopté un certain air de raideur, une certaine façon de parler peu, une certaine manière de ne pas voir les gens. Ils avaient réduit leurs mouvements à un certain nombre de gestes crispés, qu'ils exécutaient presque naturellement, à force d'élégance. Beaux et bien faits, ils prenaient le plus grand soin de leur apparence extérieure; ils se rasaient tous les jours, et allaient régulièrement à la douche. Ils ne faisaient pas entre eux de distinction de grades, puisqu'ils appartenaient tous à la classe des officiers; ils avaient choisi cette carrière, non par nécessité ou par hasard, mais par vocation. Ils se consacraient à leur métier comme à un sacerdoce, ils considéraient que le titre d'officier, au milieu de notre société démocratique, était un titre de noblesse. Ils appartenaient tous d'ailleurs à la meilleure société. Ils s'adressaient les uns aux autres avec un mélange de courtoisie étudiée et de camaraderie, comme on le fait dans certains collèges chic. Ils évitaient soigneusement de dire des choses ordinaires, ils mettaient toujours dans leurs paroles un trait d'esprit ou une nuance d'ironie. Ils savaient merveilleusement doser le mépris ou l'admiration. L'absence de tout dédain dans une phrase était signe d'égalité. Ils oubliaient les misères du camp en s'entretenant du monde; ils croyaient que tout se règle par relations. Ils adoptaient le ton le plus banal pour lancer des noms illustres, disaient tout naturellement, comme une chose quotidienne, « mon oncle l'ambassadeur » ou « mon cousin l'amiral ». Ils employaient les abréviations ou les allusions que seuls les gens à la page pouvaient comprendre. Ils se demandaient à chaque instant : « Connais-tu monsieur un tel ? » En réalité ils passaient leur temps à se faire valoir, c'était une petite guerre constante, dont les péripéties remplissaient la journée. Ils souffraient affreusement d'être au camp, d'une souffrance toute morale. Ils n'admettaient pas d'être mélangés à tout ce populo, d'être traités comme les autres. Ils s'occupèrent immédiatement de se faire relâcher le plus rapidement possible, ils affirmèrent partout qu'ils seraient partis d'ici quelques jours. Il y eut entre eux une âpre rivalité à qui sortirait le premier. Ils se creusèrent la tête pour trouver toutes les connaissances qu'ils pouvaient joindre en Espagne ou en Afrique, et leur adressèrent des lettres implorantes. Chacun d'eux en écrivit bien une douzaine, les mieux pourvus offraient, d'un ton détaché, des recommandations aux plus défavorisés. Ils s'adressèrent à des diplomates, à des généraux, à des évêques, à des duchesses espagnoles, et même à des financiers israélites. Ils attendirent avec confiance, puis avec fièvre les réponses. Elles furent peu nombreuses et peu encourageantes. Ils sauvèrent la face en disant : « Nos lettres ne sont pas parvenues aux destinataires. »

Ils avaient de l'argent, et firent les choses en grand. Ils raflèrent ce qu'il y avait de mieux dans le camp. Ils eurent beaucoup de mal à faire monter un énorme fourneau à leur étage. Pour mettre l'eau, ils découvrirent un immense pot en forme d'amphore, du genre de ceux qui, perchés sur une colonne, devaient orner les jardins de leurs châteaux. Ils achetèrent les meilleurs lits et firent d'amples provisions. Ils avaient même un domestique qu'ils payaient. Ils l'avaient pris par pitié, à cause de son apparence ingrate et de son obséquiosité. Il avait été cuistot dans un mess allemand, et se révéla un chef hors ligne. Les officiers avaient annexé la case voisine, où ils l'installèrent avec tout son attirail. Il opérait là avec toute la gravité d'un maître queux et avait même un tablier blanc. Il faisait une cuisine fine et compliquée, appelait les officiers ses patrons, et leur parlait à la troisième personne. Il s'abritait derrière eux pour refuser toute demande. « Je veux bien, mais que diraient les patrons ? » De temps en temps, les jeunes officiers faisaient porter un gâteau aux vieux bledards, qui acceptaient.

Ils étaient complètement sous la coupe de l'aspirant qui cependant n'était à peine que tringlot et réserviste. Il avait un gros corps très lourd, une grosse tête ronde, avec des oreilles décollées et des yeux à fleur de peau. Son crâne était toujours surmonté d'un béret basque crasseux, il parlait d'une voix épaisse, et roulait ses yeux comme un nègre. Il se lavait peu, et était négligé dans sa mise. Il avait un étrange don de persuasion, ses camarades l'appelaient la putain, en plaisantant; il ne s'en fâchait pas, et reconnaissait qu'il lui fallait plaire. Il était merveilleux dans les ambassades amicales, dans les confidences désordonnées, dans les impertinences brèves. Il agissait par son poids, on le sentait toujours là. Son silence causait de la gêne, sa parole captait l'auditoire. Il sommeillait presque, et, tout à coup, inspiré, parlait. Il ne voyait rien, et courait se jeter dans les bras d'un personnage aperçu au loin. Ses récits éclairaient de mille perspectives son passé mystérieux; d'un mot négligent, il faisait soupçonner monts et merveilles. Il se jetait, selon les heures et les interlocuteurs, dans les lyrismes les plus différents. Parfois, il était régence, roué, avec des pointes d'impiété, des secrets d'alcôve, des potins sur les grandes dames et les actrices. Il calculait gravement sur ses doigts l'âge des cocottes. Il faisait rougir les jeunes officiers bien élevés et chastes. Par ailleurs, il prenait l'air extatique d'un mystique, ses yeux étaient pétrifiés, il parlait en oracle. Tout prenait alors de la grandeur, depuis les poux des dames du monde qui visitent la zone jusqu'aux gentilshommes qui portent le cilice. Il adoptait parfois l'allure du jeune homme de salon, chuchotait de petits secrets et plaignait l'ignorance mondaine de ses interlocuteurs. Les personnages qu'il ne connaissait pas ne comptaient pas dans la société. Il adorait la canaille, était à tu et à toi avec les souteneurs de Montmartre; ils étaient plus amusants que bien des gens bien.

Les officiers s'étaient d'abord fait les protecteurs des pompiers, qui leur étaient attachés. Les bonnes relations se gâtèrent vite. Les officiers entendaient être payés de leur bienveillance en hommages et en petits services. La providence leur avait envoyé des pompiers de deuxième classe pour qu'ils puissent s'entretenir dans le commandement. « Pompier, va nous chercher de l'eau; pompier, donne-nous du bois. » L'aspirant renchérissait : « Faites-vous respecter. »

Les pompiers supportèrent cela avec une patience infinie; ils firent les corvées avec bonne volonté. L'aspirant, couché sur son lit en train d'écrire une lettre, relevait la tête pour dire d'une voix suave au cuisinier : « Donne un gâteau à chacun d'eux. » Il se recouchait aussitôt, indifférent à l'exécution. Les officiers ne se gênaient en rien, c'était un principe. De leur Olympe, dégringolaient par les fentes du plancher les trombes d'eau, les éruptions de fumée, les avalanches d'ordures.

Nous parâmes à cet ennui en clouant sur notre plafond une couverture; mais elle creva sous la charge, un jour pendant le déjeuner, nous enterrant dans un éboulement fétide. Par contre, ils se plaignaient véhémentement du moindre inconvénient; en particulier ils ne toléraient aucun bruit quand ils conversaient et, surtout, quand l'aspirant méditait. Celui-ci, avec une expression d'ennui infini sur le visage, allongeait le cou pour gueuler « la ferme, là-dedans » et murmurait à mi-voix, pour que nous puissions en profiter « quelle bande de cochons, quand même ». Les pompiers s'impatientaient, le grand ronchonnait. « On n'est pas des larbins, quand même; ici, on n'est pas au régiment, et c'est bien pire »; le petit reprenait « faut pas se foutre de notre gueule ». Le marin était furieux d'être réveillé dans son somme par une trombe d'eau. « Les salauds! »

disait-il en toute innocence, et l'aviateur, toussant à fendre l'âme, trouvait que l'air n'était pas pur. Les officiers détectèrent vite des signes de révolte, et décidèrent d'étouffer la rébellion.

Nous allions nous mettre à table. Une légère fumée blanche s'échappait du réchaud et allait se cogner au plafond. Nous faisions cercle autour des galettes disposées au centre de la case. Le marin prit une galette, la huma, l'engloutit; les pompiers l'imitèrent, puis l'aviateur et moi. On n'entendait rien que les mâchoires et des bruits de déglutition. « Fameux », fit le marin. « Fameux », firent les pompiers; « fameux », reprîmes-nous comme un écho. On se léchait les doigts. « Tout le monde en a eu un, demanda le grand pompier. Alors deuxième tournée. » A ce moment, de grands coups retentirent dans le plafond. « Qu'est-ce que c'est? » fit le grand pompier. « La fumée », cria quelqu'un d'en haut.« Quelle fumée? » « La vôtre, pardi. Vous nous empestez! Allez faire votre feu dehors. » Les derniers tisons se mouraient, quelques volutes légères s'envolaient comme des âmes bienheureuses. Le pompier expliqua posément que le réchaud faisait trop peu de fumée pour pouvoir les gêner. L'aspirant intervint. « On sait bien que vous faites cela pour nous embêter; mais soyez tranquilles, ça ne durera pas longtemps. » Le pompier s'énerva, et fit mention de leur énorme fourneau, qui nous avait enfumés toute la matinée. Un jeune hussard hurla : « Dites-le carrément, vous refusez ce qu'on vous demande. Vous oubliez que vous avez affaire à des supérieurs. Je me demande ce que fabriquaient vos officiers, pour avoir des lascars pareils. » L'aviateur intervint : « Vous oubliez que je suis officier moi-même. » L'autre rigola : « Des officiers comme ça, le camp en est plein! » L'aviateur rougit sous l'insulte; il tira de son portefeuille un papier à en-tête, et alla l'agiter dans le couloir : « Venez voir vous-même. » Le hussard se marra. « Par ces temps de faux papiers. » L'aviateur devint cramoisi; comme je tâchais de le retenir, il cria : « Lâchez-moi, faut que j'aille casser la gueule à ce monsieur. » A ce moment, le marin qui avait continué de manger comme si de rien n'était déclara : « Vous nous emmerdez! » Cela mit le feu aux poudres. L'officier criait : « Je vous ferai arrêter à l'arrivée en Afrique, vous passerez le falot et irez casser des cailloux à Tataouine. » Les internés sortaient des cases, conspuaient le hussard. « Ils nous embêtent, les officiers de la dernière heure, ils devraient être là-bas depuis longtemps, ils la ramènent trop, ceux-là. » Le cabo arriva tout échevelé. Il dispersa la foule : « Je ne veux pas d'histoire comme ça, rentrez chez vous »; puis il s'adressa aux combattants : « Vous, si ça continue, je vous envoie tous au calabosse ce soir. » Chacun se retira sous sa tente.

A partir de ce jour-là, ce fut une guerre d'épingles. Nous étions tous honteux de nous être laissés emporter dans une scène violente. Les officiers étaient très dignes et ne nous adressaient plus la parole, sauf pour des récriminations. De part et d'autre, nous étions devenus corrects, mais défendions nos prérogatives jusqu'à la dernière limite. Un grain de poussière, un atome de fumée soulevaient des discussions juridiques interminables. Les pompiers, avec un bon sens retors, tenaient tête aux argumentations spécieuses de l'aspirant. « S'ils croient pouvoir me rouler, ricanait le grand pompier, avec tout leur charabia. »

Malheureusement, nous fûmes victimes du bois.

Les quelques bûches que j'avais ramenées furent vite consumées. Nous errions à travers le camp, les yeux fixés sur le sol, mais le camp ne produisait pas de bois. La situation devenait grave; nous avions touché nos rations américaines et étions bien pourvus. Le pompier avait fait des piles symétriques de boîtes de conserve, il les gardait avec la vigilance de Cerbère. Le marin avait des sueurs d'angoisse, il s'était habitué à cette vie, qui consistait à préparer les beignets, à les manger et à les digérer. Mon Dieu, que nous en avons avalés, de ces beignets! C'étaient d'énormes masses noirâtres, pleines de bulles crevées, avec de la confiture, des sardines, du pâté, ou n'importe quoi dedans! Cela faisait un énorme cataplasme sur l'estomac, et complètement abrutis, nous nous endormions comme des souches. Heureuse heure de la sieste, où les ronflements dans toutes les tonalités, sortaient de toutes les cases. De temps en temps, un type, le visage bouffi, se levait en s'étirant. Dehors, c'était le soleil de plomb, cuisant tout, dégageant, de tous les excréments, d'infectes odeurs. Nous ne voulions pas revenir au rancho, qui laisse le ventre creux et de la pourriture dans la bouche. Nous réunîmes un conseil de guerre, et décidâmes d'envoyer un des nôtres à l'attaque du tas de bois de la cuisine. Le marin se porta volontaire. « Moi, je m'en fous, si je reviens le crâne tondu. » Le grand pompier fit observer qu'il se moquait bien de la chevelure du marin, mais qu'il doutait fort qu'il revînt avec du bois; il fallait un type entraîné à ce genre d'expéditions, comme lui. Le petit pompier était plein d'ardeur, mais se refroidit à l'idée de perdre sa toison d'or. L'aviateur avait un air dégagé. Je proposai de tirer au sort. Le grand pompier gribouilla nos noms sur des bouts de papier, les remua dans une boîte à conserve qu'il déposa au milieu de la case, et chacun de nous y plongea la main pour affronter le sort. Le grand pompier dit tranquillement : « C'est moi, j'en étais sûr. »

Il partit vers une heure du matin. Il avait comme appât un paquet de cigarettes acheté sur les fonds communs. Je l'entendis enfiler ses savates et se glisser dehors. Je regardai par la lucarne, je le vis s'enfoncer dans la nuit. Il n'y avait pas de lune, la masse noire de la nuit était impénétrable, elle avait englouti jusqu'aux baraques, de gros nuages couraient dans le ciel, le vent se déchirait aux obstacles. Deux minutes après son départ, une patrouille passa et disparut, sans rien remarquer. Je restais éveillé à l'attendre. J'écoutais attentivement les bruits de dehors, c'étaient les bruits normaux du camp, la nuit. Au bout d'une heure, le pompier rentra, tout essoufflé; il n'avait eu que deux petites bûches. « T'as mis bien longtemps. » — « Ça n'a pas été tout seul. Comme je quittais la baraque, j'ai rencontré une patrouille; les types fouillaient la ruelle avec des lampes électriques; je n'ai eu que le temps de tourner le coin d'une baraque, et de me terrer contre un mur. Je pus enfin reprendre ma marche prudente. Mais par là c'était plein de caniveaux et de tas de terre, comme un terrain bombardé. C'est le résultat, en Espagne, de tous les grands travaux d'utilité publique. Je distinguai enfin une petite forme immobile près d'une grosse masse noire : c'était la sentinelle auprès du tas de bois. A ce moment, un homme passa près de moi, et marcha sur la sentinelle. Après un court silence, j'entendis les éclats d'une conversation en Espagnol. La sentinelle poussa alors un hurlement, deux ou trois soldats accoururent qui empoignèrent le type et le rossèrent; malgré les gueulements de la victime, je percevais le bruit de coups de poing. Ils emmenèrent la victime qui se débattait, la sentinelle fermait le cortège en bottant en cadence le derrière de l'individu. Les circonstances me parurent éminemment favorables; je renonçai à la corruption pour le vol, ce qui, d'ailleurs, nous faisait gagner un paquet de cigarettes. J'avais aperçu un petit tas de bois, à une dizaine de mètres du gros. Je m'approchai rapidement et ramassai cinq ou six bûches. Malheureusement, la sentinelle revenait et m'aperçut en plein travail. Je n'eus que le temps de lâcher les bûches, sauf deux, et de prendre mes jambes à mon cou. Je courus comme ça une centaine de mètres, avec l'Espagnol derrière mon dos, qui haletait et me criait de m'arrêter. La nuit était noire, et je pus enfin le semer en zigzaguant dans les ruelles. Je suis rentré ici sur la pointe des pieds, je t'assure. C'est pas un truc à recommencer, à moins d'être auparavant d'accord avec la sentinelle; c'est ce que font les estraperlos, paraît-il, mais parfois ils tombent sur un bec, parce que les Espagnols changent souvent de sentinelle au dernier moment. A mon idée, c'est ce qui a dû arriver au type, ce soir. » Là-dessus, il prit la bûche comme oreiller et s'endormit du sommeil des braves.

Le lendemain, nous faisions tous triste mine. Le grand pompier était désolé, il recommença dix fois le récit de son équipée pour prouver que ce n'était pas sa faute. Le marin était plein de sarcasmes; lui, il aurait tout ramené car les marins savent courir. Et il se lança dans le récit d'une homérique bordée à la casbah d'Alger, où il dut dégringoler, à moitié soûl, les fameux escaliers, sous une grêle d'ordures lancées des fenêtres. Le désespoir nous conduisit à la capitulation; un sursaut d'honneur nous empêcha d'aller mendier auprès des officiers, qui, naturellement, avaient acheté beaucoup de bois. On pensa à circonvenir le cuistot, qui toute la journée entretenait là-haut un feu d'enfer, avec la négligence des domestiques de gens riches. Mais il aurait tout raconté à ses patrons. Ce fut le grand pompier qui nous sauva. A force de rester couché à regarder les mouches voler, il fut saisi par une idée. « Vous voyez le plafond, fit-il, les planches sont maintenues les unes aux autres par six traverses. Ça me paraît être solide, ce plafond à claire-voie, mais je suis sûr qu'on pourrait arracher quatre traverses sans ennui. » Mis en goût par cette découverte, le grand pompier inspecta toute la case et trouva que, vraiment, il y avait beaucoup de bois superflu; en particulier, certaines poutres lui paraissaient inutiles. « Ces baraques, c'est tout en bois, ça pèse pas, ça a pas besoin d'être soutenu. » Le marin était tout à fait de son avis. « Et puis, si ça croule, ce ne sera jamais que les officiers qui tomberont. » – « Oui, mais on les recevra sur la tête », dis-je.

Le pompier décida de s'attaquer d'abord aux traverses; il s'arma de pied en cap d'une hache, de tenailles et d'un burin. Ses muscles sous l'effort ressortaient comme des montagnes sur une carte en relief; il rompit les tenailles, défonça un mur, mais ne put venir à bout d'un gros clou tout nu. Il en fut réduit à se servir mesquinement du burin comme d'un coin; un morceau vint, mais le plancher là-haut se mit à gémir sinistrement; nous fûmes saisis par le doute, sauf le pompier impassible comme Samson entre ses colonnes. Un attroupement n'avait pas tardé à se faire. « Tu es sûr que le plancher tiendra ? » demandai-je. « Puisque je vous le dis, moi, et j'ai été charpentier. » Malheureusement, il y avait là un charpentier qui était d'un avis contraire. Le pompier, en quelques mots bien sentis, le remit à sa place. La planche fut bientôt à moitié arrachée, nous nous précipitions sur chaque copeau qui tombait comme si ç'avait été de la bouse de la vache sacrée. Heureusement, les officiers étaient au café, et le cuistot faisait la corvée d'eau; mais il revint pour défaillir; il nous promit même un peu de bois si nous nous arrêtions; cependant, le pompier n'aimait pas qu'on mît sa compétence en doute et jura si effroyablement que le cuistot apparut encore plus livide qu'à l'ordinaire. Ce n'était plus qu'un fantôme de cuisinier. Le plancher gémissait aussi lugubrement que la mer, mais moins pourtant que le cuisinier. « Ce sont les planches qui se mettent en place » fit le pompier en guise de consolation. Le cuistot, inconsolable, alla se réfugier dans le giron de ses maîtres. Ils arrivèrent cinq minutes plus tard, en un détachement d'assaut, sous la conduite de l'aspirant. Ils étaient calmes et résolus, ils se sentaient sur un terrain solide. L'aspirant prit la parole. Evitant les pompiers, il s'adressa au marin, à l'aviateur et à moi, comme à des personnes sensées. Au bout de deux heures d'argumentation, nous décidâmes, comme de grandes puissances de nous soumettre à l'arbitrage; et après deux autres heures, nous résolûmes d'avoir recours au cabo pour cette opération.

Le cabo n'était pas là. Nous le trouvâmes allongé sur une couverture, en train de se faire rôtir les fesses au soleil. Ce nouveau Pausole suçait des oranges. Quelques fruits avaient roulé hors de la musette entrebâillée, pendant que des pelures jonchaient le caniveau. Enfin, il s'assit, suça son doigt pour écouter les exposés, bâilla et rendit sa sentence. « L'affaire est claire, dit le cabo. Si je permets au pompier d'enlever une planche, il n'y aura plus de baraque dans huit jours. Je ne tiens pas à dormir à la belle étoile, sans compter que je suis attaché à mes cheveux; ils ont déjà deux centimètres, ce qui est remarquable quelques semaines après la tonsure. Je ne veux pas de nouveau m'enrhumer par la tête. Dites au pompier qu'il se tienne tranquille. Rompez. »

Ce jugement ne découragea pas notre petit groupe. Le grand pompier y apportait une ténacité sans pareille. Lorsqu'il n'y avait personne dans la case d'en haut, le pompier se précipitait sur la hache, et reprenait l'attaque de la deuxième traverse; un observateur, placé à la porte de la baraque, sifflait dès que les officiers ou le cuistot rentraient. Ce petit manège dura deux jours. La seconde traverse était fort entamée. Mais les officiers eurent des soupçons et établirent un tour de garde. Le pompier essayait parfois d'arracher subrepticement un petit bout, mais les autres avaient l'oreille fine et n'étaient pas longs à protester. Le pompier essaya de travailler pendant la sieste; dès que les autres s'étaient assoupis, il enveloppait ses outils dans des chiffons, et s'y mettait tout doucement; les officiers interrompaient leur somme pour cogner sur le plancher. Le pompier essaya de nuit, mais il eut toute la baraque sur le dos; il fut abreuvé d'injures comme il ne l'avait jamais été, il y eut un nombre extraordinaire de variations plaisantes sur le terme de pompier. Cette fois, nous étions vaincus. Le grand pompier, découragé, commença à filer du mauvais coton. Toutefois, il eut une dernière satisfaction; le cuistot passa la jambe à travers une planche qui céda, et se foula le pied. Il clopina pendant une semaine.

A partir de ce moment, nos relations avec les officiers s'améliorèrent. Nous nous considérions comme des adversaires acharnés, mais valeureux. L'aviateur réussit à faire lire son papier à en-tête, même par le hussard, qui fit semblant de croire à la réalité de son titre d'aspirant. L'aspirant – le vrai – fit donner une douzaine de choux à la crème au marin, qui déclara, après absorption : « Ce ne sont pas de mauvais bougres, au fond. » Cet aspirant me fit personnellement l'honneur de deux ou trois conversations, où il se livra à une caricature amusante de ses camarades, puis à l'analyse de l'âme espagnole. Le cuistot donna du bois aux pompiers. Maintenant, nous nous saluions cérémonieusement, nous nous faisions des politesses. Seuls les pompiers gardaient un ressentiment farouche.

La question du bois fut résolue peu après et de la façon la plus heureuse. Le bruit se répandit un beau jour qu'un pabellón allait être évacué; cela arrivait parfois. Pour une raison inconnue, les Espagnols donnaient l'ordre de débarrasser un pabellón dans les deux heures; les expulsés s'en allaient avec leur barda à travers le camp bondé à la recherche d'un gîte introuvable. Quelques jours après, ils étaient autorisés, toujours pour une raison inconnue, à regagner leur ancienne baraque, ou plutôt ce qui en restait. Donc, dès que les internés apprirent cette nouvelle, ils se ruèrent sur la baraque abandonnée avec des instruments tranchants ou contondants. Il fallait faire vite, car, en général, on ne disposait que d'un quart d'heure. Nous faisions la sieste mais en un clin d'œil, nous fûmes debout. Le grand pompier s'élança avec sa hache sur l'épaule, le petit suivait en brandissant les tenailles, les autres habitants de la case emboîtaient le pas avec des mains vides et leur bonne volonté. Tout ce monde s'abattit sur le pabellón comme une nuée de sauterelles. Deux solides gaillards défoncèrent à coups d'épaules la porte que le cabo de cette baraque avait fermée en partant. Cette porte céda si brusquement qu'ils s'écroulèrent de tout leur long, et que la foule amassée leur passa sur le corps. Le grand pompier se frayait la route avec ses poings et ses coudes, il avait l'air si mauvais avec sa hache que les gens le laissaient passer. Les assaillants se répandirent à travers la baraque; les uns s'en prenaient aux cases d'en bas, beaucoup montaient le long des poutres en des files interminables. Des isolés volaient une planche ou deux, mais, en général, on travaillait par bandes, avec méthode. Chaque bande s'attaquait à une cloison entière. Les plus démunis cognaient avec des pierres ou des briques, d'autres frappaient avec des barres de fer, certains faisaient des moulinets avec des haches. Les planches se cassaient, des panneaux s'effondraient, des poutres s'écroulaient, entraînant avec elles des morceaux de toit. Tout cela s'abattait au hasard, par avalanches, au milieu de la poussière qui se collait sur les peaux. La baraque, triste et nue par elle-même, était maintenant une épave tout éventrée. L'opération se déroulait dans l'ordre, à toute vitesse; les gens, le coup fait, repartaient sales, éraflés, écrasés sous le butin.

Le grand pompier qui nous avait fait monter au premier choisit, après une minitieuse inspection une cloison tout au fond, étayée par deux poutres. Il se cala sur ses jambes, happa la poignée de la hache, se redressa pour prendre son élan, et abattit la cognée au bas de la poutre; un petit morceau de bois sauta. Le pompier travaillait lentement, à grands coups sûrs, jusqu'à ce que la première encoche fût devenue une large entaille. Il recommença pour l'autre poutre. « Poussez », nous dit-il. Nous nous arc-boutâmes contre la cloison, mais elle tint bon; le temps s'écoulait, les Espagnols allaient arriver, la baraque se vidait. Sur le commandement du pompier, nous reculâmes de plusieurs mètres et chargeâmes, tous en même temps, la cloison, comme autant de béliers vivants. La cloison grinça et frémit, mais tint encore. Nous étions découragés. « Encore une fois », dit le pompier. Cette fois, la cloison céda enfin, dans un bruit de tonnerre. Nous ne fûmes pas longs à dépecer et à charger notre butin. Nous formions des équipes de deux pour porter les planches, à bout de bras; seul, le grand pompier avait pris une poutre sur son épaule, si bien qu'il constituait un danger public au moindre mouvement. A peine avions-nous quitté la baraque par un bout que les Espagnols y rentraient par l'autre. Ce fut un sauve-qui-peut général; les garçons, avec leur bois, étaient comme autant de fourmis accablées sous d'énormes fardeaux, quand on jette une pierre dans la fourmilière. Nous prîmes le pas de course, sans rien lâcher, et arrivâmes à bon port. Les Espagnols s'emparèrent de deux pelés et de trois tondus, à qui ils coupèrent les cheveux; ils mirent deux sentinelles au milieu des ruines. Ils procédèrent beaucoup plus tard, bien après la rentrée des locataires, aux réparations, et envoyèrent la note aux représentants des puissances alliées.

Nous déposâmes les planches sur le ciment, dans notre case, en une espèce de plancher, et nous les dissimulâmes avec des couvertures. Nous avions maintenant dix grosses planches et deux poutres, ce qui nous mettait à l'abri du besoin pour des semaines. Il ne restait plus qu'à consommer le plancher au fur et à mesure des nécessités. Le marin était si content qu'il soulevait de temps en temps la couverture pour embrasser le bois.

Les premiers jours au camp se passèrent sans histoire. Nous en connaissions maintenant les coutumes, et étions à peu près installés. Nous avions acquis droit de cité dans la baraque. Aucun souci ne nous rongeait. Nous n'étions pas encore trop abrutis par la monotonie de cette vie en cage, nous ne connaissions pas les angoisses de ceux qui espèrent partir; pour nous, la question ne se posait pas. La vie m'aurait paru supportable sans les corvées d'eau et la vermine.

Problèmes de l'eau! L'Ebre passait pourtant à quelques centaines de mètres du camp de Miranda. J'avais aperçu la jolie rivière du chemin de fer, en arrivant au camp. Son eau vive coulait entre des bords verdoyants, elle faisait de l'écume contre les rochers, et balançait les grandes herbes que semblait peigner le courant. Du camp, on ne voyait rien d'elle, sinon une ligne d'arbres dans la campagne aride. Elle avait beau passer à côté, elle ne nous servait à rien, la petite rivière, car les Espagnols n'avaient pas construit de canalisations. Le camp n'avait pas d'eau, pas plus que l'immense paysage qui nous entourait. Le soleil avait tout desséché, et la petite ville aux murs immenses et blancs, et la plaine où la terre toute nue était craquelée, et les montagnes blanches de chaleur. Dans le camp, la poussière montait en vagues blanches, les ordures desséchées étaient noires sous les grappes de mouches, les corps non lavés sentaient la sueur, on ne jetait l'eau qu'après s'en être servi plusieurs fois. Les Espagnols l'apportaient au camp en de vieilles voitures-citernes. C'était un des spectacles familiers du camp que ces charrettes grinçantes qui roulaient au pas lent d'une vieille rosse, tandis que somnolait, perché sur la voiture, quelque soldat au crâne rasé. Elles allaient et venaient cahin-caha, les charrettes, tout au long de la journée, seules dans la sieste silencieuse ou fendant les groupes dans le tumulte du soir. Les portes s'ouvraient et se fermaient pour elles; le vieux cheval se battait les flancs de sa queue dégarnie, ses yeux chassieux pleuraient, son pelage lustré montrait les marques du bât, tout lui indifférait sauf de manger son avoine tranquillement, dans le sac, pendant que son maître faisait tomber de sa gourde un mince filet de vin dans sa bouche béante. Le soldat trônait là-haut, les paupières fermées; les cahots agitaient à peine son corps brûlé; parfois, il se réveillait pour insulter la bête et faire claquer son fouet, puis passait la grille, et s'en allait comme si c'était naturel.

L'eau était versée dans un petit bassin soigneusement surveillé, qui était relié à une fontaine artificielle; en fait de fontaine, c'était un cube en ciment, avec deux robinets de cuivre, le tout entouré d'un large rebord, comme si l'eau pouvait déborder. Les robinets laissaient couler deux minuscules filets qui, souvent, tarissaient, faute d'eau dans le réservoir. Tout le camp – 2000 types – s'approvisionnait là. Nous apportions nos récipients bien avant la bandera du matin, alors qu'il faisait encore nuit. A cette heure, le camp dormait, et la ville aussi, et les montagnes prenaient à peine forme. La lumière grise du petit jour salissait les nuages, et l'air était encore frais. Mais, si matin fût-il, la queue déjà longue tournait en méandres autour de la fontaine; des gens mal réveillés parlaient avec des voix hésitantes, comme lorsqu'on attend un train, à l'aube; c'était une cohue dans la nuit, au milieu des tintements d'innombrables pots. Les hommes étaient debout, à côté de leurs récipients, comme des maîtres auprès d'animaux accroupis. Les hommes étaient tous semblables, mais les récipients formaient une immense foule bigarrée; les petites boîtes de conserve faisaient misérable figure à côté des barriques, les gracieuses amphores se tenaient à l'écart, les vases étalaient des grâces ébréchées, les bouteilles, sales du goulot, marchaient en compagnie, les fiasques étaient fières de leur gros ventre; en tête du cortège se pavanaient les grosses boîtes à biscuit, qui appartenaient à messieurs les estraperlos. Nous avions commencé misérablement avec tout un lot de boîtes de conserve, maintenant nous détenions une boîte à biscuits, ce qui était un signe d'ancienneté et d'aristocratie. Les robinets crachotaient ridiculement si bien que le défilé n'avançait pas. Chaque remplissage durait dix minutes, mesurées par la même gamme des bruits; le claquement du filet contre la tôle, un chantonnement plus grave à mesure que le niveau montait, enfin la plénitude de vraies cascades. Alors la queue s'ébranlait dans un bruit de ferraille, et s'arrêtait au bout de dix centimètres; les types poussaient leurs récipients comme une mère de famille fait avancer sa marmaille. L'attente durait toute la journée, et quand l'eau s'arrêtait, les Espagnols répondaient avec ennui à nos plaintes : « Cela reprendra tout à l'heure, sinon demain. Mañana por la mañana. » Dans notre case, nous nous relayions toutes les deux heures; les pompiers étaient, comme toujours, consciencieux; le marin avait l'air d'un poisson à sec, affalé, la tête écroulée sur les épaules, les bras effondrés le long du corps, la bouche béante; l'aviateur faisait des tours à la cantine, et n'avançait pas. Enfin, c'était le retour triomphal, mais le liquide ainsi ramené devait durer toute la journée; aussi nous inaugurâmes une véritable politique de l'eau, qui donnait la priorité aux besoins de la cuisine, au détriment de la toilette et du lavage du linge. Nous vivions donc sales entre amis, avec des slips douteux, et des peaux grasses; les traînées faisaient les dessins les plus imprévus. Le petit pompier portait sur le dos une vache en train de brouter un grain de beauté; le grand pompier, tanné, hirsute, avec des poils noirs et des cicatrices partout, faisait bandit des Abruzzes. Le marin poussait le dévouement jusqu'à ne plus se laver du tout. Le tissu rouge spongieux de l'aviateur était noirci maintenant, comme les maisons de brique anglaises, on mangeait, on suait dans le même linge; le matin, au réveil, l'odeur était terrible.

La délicatesse du cabo diminuait son autorité; nous allions le voir, le soir, par curiosité, afin de l'admirer dans son beau pyjama tout propre, à rayures bleues. Ses vêtements étaient soigneusement accrochés à des clous, une serviette protégeait ses instruments de toilette. J'aimais le voir se laver les dents dans un vrai verre, qu'il rinçait avec de l'eau propre; il mettait l'eau dans une petite jatte, bien enveloppée de chiffons. Chez nous, tout était plus ou moins en commun, les vêtements faisaient un monceau dans un coin, et l'on dormait sur les savons. Le récipient à eau se trouvait près de l'entrée, sans aucun couvercle, chacun y puisait avec ses propres gamelles. Notre eau était chaude, fétide, des taches de graisse flottaient à la surface, des mouches s'y noyaient. Elle avait un goût si écœurant qu'elle donnait envie de vomir, le marin, d'ailleurs, ne s'en privait pas, et se faisait traiter de cochon, ce qui l'amusait.

Personne n'arrivait à se suffire en eau, et il se faisait un invraisemblable trafic d'emprunts et de remboursements : « Prête-moi deux quarts d'eau, mon vieux »; « Un seul, je n'en ai plus, tu me le rendras demain matin ». Les officiers étaient bien ennuyés, car, ne frayant avec personne, ils restaient souvent sur leur soif. La situation devait s'améliorer bientôt; du moins, disait-on cela depuis six mois, paraît-il. Les Alliés s'étaient inquiétés de la pénurie d'eau dans le camp, et redoutaient des épidémies. Il est heureux qu'elles ne se soient pas produites, car s'il y avait une belle infirmerie avec une inscription et une croix rouge sur la porte, les médicaments n'existaient pas, et un vague infirmier faisait office de médecin. En réalité, un malade grave n'avait guère d'autre espoir que de sortir un jour sur une charrette grinçante qui l'amènerait à l'hôpital quand il ne serait plus temps. Les médecins internés du camp faisaient de leur mieux, mais ne pouvaient donner que de bonnes paroles. Un vrai franquiste croit encore que le meilleur médicament, c'est l'intervention directe du Seigneur; et si quelques internés crevaient, c'est qu'ils étaient damnés.

Les Alliés s'inquiétèrent donc, et versèrent de l'argent pour qu'on fît enfin les travaux nécessaires pour amener l'eau de l'Ebre au camp. Les Espagnols empochèrent et firent des promesses

« mañana por la mañana ». Ils les tinrent, d'ailleurs en partie, car ils eurent la délicatesse de ne pas tout garder dans leurs poches. Ils demandèrent des volontaires pour creuser des tranchées, au prix de quelques pesetas par jour, et ces braves garçons maniaient la pelle avec mollesse sous l'œil peu vigilant des soldats; à la sieste, gardiens et gardés s'endormaient fraternellement. Pourtant, le camp finit par être sillonné par un réseau de tranchées où l'on se cassait la figure. A ce moment, devant l'énormité des dépenses, tout s'arrêta, la terre retomba dans les tranchées qui se remplissaient d'eau les jours de pluie. Les internés les trouvèrent commodes pour y jeter des ordures. Personne n'y pensait plus, les tranchées à demi comblées faisaient partie des institutions du camp. Un beau jour, le bruit se répandit que les travaux allaient être repris, pour de bon, cette fois. On n'en croyait rien naturellement. Pourtant, au jour dit, des équipes déblayèrent les tranchées, déposèrent au fond de gros tuyaux et recouvrirent le tout de terre. L'activité était telle qu'on se serait facilement cru dans un chantier; des types invisibles jetaient des pelletées de terre hors des fossés, d'autres portaient sur leurs épaules les tuyaux, les soldats étaient devenus des contremaîtres vigilants. Enfin, tout fut prêt, des robinets de cuivre furent installés partout, l'eau allait se répandre sur le camp. Ce fut splendide, ce fut une orgie, l'eau jaillissait, éclaboussait, faisait des mares, coulait dans les rigoles. L'eau devint chose si commune qu'on se la jetait à pleins seaux dans la figure, pour s'amuser. Les types se mettaient sous un robinet, et se savonnaient frénétiquement; la mousse les recouvrait comme des œufs à la neige, pour s'en aller en gros flocons. D'autres battaient leur linge sur des planches, et l'étendaient sur des ficelles accrochées d'une baraque à l'autre; le camp était une exposition de blanc : chaussettes trouées, caleçons déchirés, chandails rapiécés, mais tout cela sentant le savon et la propreté. Les douches étaient voluptueuses, les waters propres, on parlait même de mettre de l'eau dans la piscine.

C'était trop beau, hélas! le lendemain, il n'y avait plus d'eau; et elle ne revint jamais. « Cela sera vite réparé », dirent les Espagnols, mais à mon départ, cela ne marchait toujours pas. « C'est Dieu qui n'a pas voulu que vous ayez de l'eau, vous ne le méritiez pas », dirent-ils en guise d'oraison funèbre au système d'adduction d'eau détraqué. Tout reprit comme auparavant dans le camp somptueusement muni de tuyaux et de robinets, mais démuni d'eau. Les vieilles charrettes grincèrent de nouveau à travers le camp, et les rosses remuaient leurs oreilles pelées comme pour dire : « On est là, et pour longtemps; le progrès ne marche pas si vite que cela en Espagne. A l'heure actuelle, il n'existe que dans les manchettes des journaux. »

C'est alors que j'eus la mirandite, maladie des gargouillements, des courses précipitées, du teint cireux et de l'amaigrissement. Je cherchais dans le camp un peu d'élixir parégorique, mais même les estraperlos n'en fournissaient pas. Enfin, j'appris qu'un médecin français détenait quelques gouttes de la précieuse liqueur. Je résolus d'apitoyer ce personnage, qui faisait partie de la bande du cabo général, le chef de tous les cabos. Ce dernier était un personnage important, qui présidait aux répartitions de vivres et aux distributions d'argent. Il vivait bien, certains disaient qu'il en vivait bien. Il était entouré d'une petite cour d'élus, et la rumeur de leurs agapes animait souvent le camp, le soir. Je frappai à la porte, une voix ennuyée me répondit « entrez ». Le cabo général vivait dans une très grande pièce, ayant fait abattre les cloisons séparant plusieurs cases. Les convives étaient assis autour d'une grande table, formée de planches posées sur des tréteaux. Ils avaient les pieds dessus, et leurs pipes lâchaient de grosses bouffées rondes de fumée. Sur la table traînaient les restes d'un festin : assiettes sales, bouteilles de vin plus ou moins pleines, croûtons de pain, verres renversés. Un lit de camp, impeccablement fait, était enfoncé dans une encoignure. Un jeune garçon était accroupi devant un fourneau chauffé au rouge, sur lequel sifflait une bouilloire; il se retourna pour verser l'eau dans une théière, et je reconnus un individu qui traînait souvent dans le camp, une espèce de nain, terriblement trapu, avec une figure lourde et une démarche de canard. Ses yeux bleus presque tendres, contrastaient violemment avec une peau carbonisée. Il parlait de façon volubile et peu distincte, donnant le sens à l'aide de gestes passionnés; quand il écoutait, il ressemblait à une bête prête à sauter, ses muscles saillaient sous la tension de son esprit. Il me regarda, et, sans me connaître, me cria de loin « bonjour ». Le cabo se leva, et me demanda avec une politesse raide ce que je voulais; son air exprimait nettement que je l'avais dérangé. Il était beau, de cette beauté moyenne, un peu lourde, des hommes d'affaires jeunes, quand ils sont bien. Il avait les gestes retenus, un peu cérémonieux, d'un professionnel du commerce, qu'il corrigeait d'un soupçon d'ironie dans sa voix, comme pour affirmer sa supériorité.

Quand je me fus nommé, il me tendit la main d'un mouvement plein d'aisance, et me nomma les principaux invités. Nous nous saluâmes avec la gaucherie habituelle à ce genre d'opérations. « Et celui-là, ajouta-t-il en me désignant le nain, c'est notre fou; il danse la danse du ventre comme une professionnelle, mais en général il est assommant avec ses singeries; il se permet tout parce qu'il se croit indispensable. » Le nain se mit alors à trépigner comme s'il avait la danse de Saint-Guy, et à pousser toutes sortes de cris d'animaux sauvages; son voisin lui donna une paire de gifles, et alors il alla bouder dans un coin.

J'exposai enfin l'objet de ma visite. Le médecin avait sur un corps trop court un gros crâne carré qui penchait vers la terre; sa tête était un peu monstrueuse, avec de lourdes paupières fermées, un front bas et fuyant, une peau blême; une calvitie prononcée dénudait une série de bosses, surgies comme des volcans sur un plateau. Il donnait une impression extraordinaire de puissance contenue, quoique, pour l'instant, il parût exsangue, mort. Il se ranima pour rire d'un petit rire bienveillant, qui plissait sa nuque de taureau. « De l'élixir parégorique », il agita ses mains en l'air avec désespoir tout en relevant ses paupières pour me jauger. « Où voulez-vous que je le trouve ? », et il eut un petit rire plein de commisération. « Mais si j'en avais je soignerais ma mirandite, c'est la plus vieille du camp. » « Menteur, cria le fou, c'est la chaude-pisse que tu as. » Mais le médecin approcha de moi son crâne obscène pour me glisser : « Allez voir mon confrère le barbu, il a un fond de stock, mais vend ça plus cher que la drogue. » Je le remerciai mille fois. Le nain versait maintenant du thé à ces messieurs, le cabo m'offrit une tasse, j'essayai en vain de refuser. La conversation se traînait péniblement, je sentis que j'avais interrompu le petit cercle au milieu d'une discussion importante, j'avalai mon thé et m'en allai. « Revenez quand vous voudrez, cela nous fera toujours plaisir », me dit le cabo d'un ton qui signifiait le contraire. Le silence qui accompagna mon départ fit place à un bourdonnement de voix dès que je me fus éloigné. Je distinguai quelques mots où il était question de Madrid, de change et de dollars. « C'est pas intéressant d'en acheter ici pour les vendre là-bas », dit quelqu'un, le médecin me sembla-t-il. Le cabo approuva et je n'entendis plus rien.

Je cherchai le barbu, qui me renvoya au ventriloque, qui me renvoya à l'esthète, qui me renvoya au colonel, qui me renvoya à l'ami du cabo général. Heureusement qu'au cours de cette tournée, ma mirandite s'améliora, si bien que je pus abandonner ma quête du nouveau Graal.

« Méfiance et bouche close, car la Gestapo fourmille, les faux frères pullulent, le camp est un piège à cons. Quant au bureau français, c'est une bande d'imbéciles sélectionnés, et prud'hommes galonnés; on fait tout accroire à ces jobards avec de la lèche et des claquements de talons; ils se rattrapent en suspectant de braves innocents. Non, contre l'armée du crime, il faut former la ligue des braves gens, procéder au rassemblement des bonnes volontés. » Pour commencer, je n'avais qu'à lui raconter tout ce que je savais. Mais, devant ma méfiance manifeste, il entreprit de me rassurer, et me glissa qu'il travaillait au camp pour le compte du 2ᵉ bureau et de l'Intelligence Service tout à la fois, sans compter quelques autres organismes subsidiaires. « Mais, ajouta-t-il, cela ne va pas sans risques, je suis repéré. Tu vois ce bon père tranquille et chauve, c'est un ange gardien. » Il s'arrêta, appela le bonhomme et lui offrit une cigarette. « D'ailleurs, reprit-il quand l'autre se fut éloigné après avoir remercié, je vais te dire une chose que je cache soigneusement, je vais te dire qui je suis », et il me sortit un des plus grands noms de l'aristocratie française, le nom d'une de ces familles qui ornent continuellement les colonnes mondaines; les mariages sont de grands mariages et tout Paris défile aux enterrements; ces familles ont longtemps détenu le monopole des maîtresses de roi ou de gros financiers, des évêques galants, des ambassadeurs vieux jeu et des ministres gaffeurs. « Tu vois, tu peux être tranquille, mon vieux » et il s'esquiva en me criant : « Je compte sur toi », sans même attendre une réponse. Toutefois, il revint brusquement sur ses pas : « Si tu as de l'argent à changer, surtout ne le confie pas au docteur, c'est un escroc, tu ne le reverras jamais. Donne-le-moi, je t'aurai un cours plus intéressant qu'à Madrid; je fais cela pour toi, par amitié. J'y gagne rien, mais je n'ai pas besoin d'argent. Mais tu penses, je suis entretenu par Madrid. » Comme je secouais négativement la tête, il se sauva en criant : « Méfie-toi du médecin, c'est un faisan. »

Quelques minutes plus tard je l'aperçus entretenant confidentiellement un autre nouveau : il lui glissait à l'oreille toute la gamme de ses secrets.

Mon ami le cabo haussa les épaules quand je lui racontai cette histoire. « Qui ne connaît le nabot, fit-il, un de ces champignons vénéneux du camp, mi-espion, mi-toqué, occupé surtout à jouer les éminences grises. Il travaille pour le cabo général, qui a décidé de s'emparer du bureau français, pour arriver à faire un trust de l'administration. La tactique est d'exciter les internés contre l'exclusivisme militaire. Nombreux sont ceux qui préféreraient une administration malhonnête où l'on se débrouille à une administration honnête qui analyse l'utilité, une selon les grands principes, pour les questions de départ. Comme les plus utiles, en temps de guerre, sont les officiers de carrière, croient ces militaires, contrairement à une théorie de mon père qui prétendait qu'on ne gagnait les guerres qu'à partir du moment où les officiers de réserve avaient pris la place des gens d'active, ils peuvent, en toute tranquillité de conscience, se mettre en tête de liste. Le cabo général s'en va partout murmurant « départ à l'ancienneté » tandis que les gens de sa bande font carrément de la propagande; le plus bruyant, et le plus adroit aussi, c'est le nain. » Le cabo cracha et reprit. « D'ailleurs le nain est un filou, mais la vérité ne sort pas toujours d'un puits verdunisé. Ce qu'il t'a dit est exact. En plus des condamnés de droit commun qui fuient un casier trop lourd, les espions amateurs ou professionnels grouillent autant que les punaises ici. Aussi, l'atmosphère est lourde, tout le monde se méfie, personne n'aime beaucoup parler de son passé ou de ses projets, chacun cache soigneusement les détails de son évasion; c'est un sujet tabou. On sait qu'il y a des espions, mais on ne les connaît pas. Comment les connaître? Nous ne disposons d'aucun moyen de contrôle. Parfois, une vague de méfiance s'élève contre tel ou tel individu, trop bavard ou trop riche, ou simplement peu sympathique. Peu à peu, le vide se fait autour de lui, les gens se taisent sur son passage, il surprend cependant des lambeaux de ce genre « sa figure ne me revient pas », « je me demande ce qu'il a à toujours venir écouter comme cela », « il a un de ces frics », « as-tu vu qu'il cause souvent avec les Espagnols », « on lui réglera son compte ». Et puis comme tout passe et qu'on ne prouve jamais rien, la vague de méfiance le dépasse pour aller atteindre un autre individu. De tout cela il ne reste qu'un scepticisme total sur la valeur des déclarations et des titres; nombreux sont ceux qui racontent des exploits fabuleux ou font ressortir leur importance. Les types les écoutent avec plaisir, ça passe le temps. « Il a bien de l'imagination », dit-on en haussant les épaules. En fait, il n'y a qu'une chose de sûre, c'est qu'on est tous des évadés. Le passé, le futur, les raisons de l'évasion, tout ça, c'est bien douteux, ça ne compte pas. Chacun ne redeviendra lui-même qu'en Afrique; je repêcherai alors ma licence d'histoire et mon galon d'aspirant, alors que je suis ici le cabo, au fond un domestique. Ce sera amusant quand on arrivera là-bas; de tous ces types nus, nous verrons surgir des figures sociales, la galerie de la société sera complète, du marlou au général. Ceux qui revendiquent des privilèges sociaux enfreignent une véritable tradition. C'est ce qu'essaient de faire les militaires, pour qui la société est hiérarchisée : pas de galon, un galon, deux galons, trois galons, etc. On verra bien ce qu'on donnera.

« Mais alors, il n'y a pas d'espion repéré dans le camp?

– Si, il existe dans le camp un espion patenté, officiel, on l'appelle l'espion d'Hitler. En réalité, il est peu redoutable, je crois surtout qu'il a le cerveau fêlé. C'est un gros lourdaud, qui branle la tête dans ses promenades solitaires, en se tenant des discours. De temps en temps, il s'adresse à la foule après avoir escaladé un banc. « Vous êtes

« des salauds, des vendus, mais je vous ai à l'œil, « vous me paierez tout ça, vive Hitler et la France « européenne. » Trois fois, il a été pendu, mais à chaque coup, les Espagnols sont arrivés à temps pour couper la corde. Il fait des rapports, et te montre le passage qui te concerne : « Individu « dangereux à neutraliser par tous les moyens. » « Ça ira grossir les archives de la Gestapo, « fait-il; et puisque tu as échappé, les tiens « paieront. » Il ne fait que répéter là une leçon bien apprise; les Allemands savent que la grande inquiétude des évadés, c'est le sort de leur famille, et leurs agents répètent cette menace sur tous les tons, pour nous démoraliser. D'ailleurs, c'est cette peur qui m'a retenu si longtemps en France, et aussi le fait que c'est moi qui faisais vivre ma mère, une veuve de l'autre guerre. Ma sœur travaille, mais elle ne gagne pas grand-chose, elle est employée dans une mairie. Que de privations elles vont subir toutes les deux! de plus, ma sœur a distribué des cartes d'alimentation à des réfractaires, si elle est mise en prison, comment vivra ma mère? Elle mourra de faim, la pauvre vieille, elle est tombée malade quand elle a appris que j'allais partir, il ne faudra pas grand-chose pour l'achever. Sont-elles vivantes, sont-elles mortes, je n'en sais rien; sont-elles arrêtées, ou vivotent-elles en pensant à moi? Eh bien, mon vieux, je ne leur ai jamais écrit, quoiqu'il ne soit pas difficile de faire passer des lettres par des contrebandiers; elles finissent trop souvent entre les mains des Allemands! C'est pas que je ne sois pas tenté de le faire; quelques pesetas à un soldat qui la mettra à la poste, à l'adresse d'un type qui la fera passer par un montagnard, et ma mère pleurera de joie de savoir que je suis sain et sauf, à moins que quelqu'un ne vienne sonner à quatre heures du matin. Mon vieux, un conseil : n'écris pas, c'est trop dangereux. »

Maintenant, j'étais tanné comme un vieil interné, et complètement abruti. Le monde de dehors n'existait pas; il ne se manifestait que par le fracas des trains et les rumeurs lointaines de la ville. Sortirions-nous jamais ? Ne passerions-nous pas le reste de notre vie dans ces arpents entourés de barbelés, comme de simples estraperlos ? Miranda n'était-il pas une société complète, n'était-ce pas la norme de vivre ainsi, sans joie et sans douleur, sans espoir et sans désespoir, comme si nous ne vivions pas ? Des millions d'hommes ne vivent-ils pas ainsi; n'est-ce pas la loi de la guerre ? Que j'étais lassé de ces misérables querelles, de ces tempêtes dans un verre d'eau, de ces plaisanteries sempiternelles, et même de ces braves compagnons que je connaissais trop! Quand échapperais-je à cette proximité d'hommes nus et barbus, hantés par la même idée : partir; quand serais-je seul, enfin seul avec des pensées à moi, car nos pensées ne nous appartenaient même plus, elle étaient d'une existence antérieure; qui oserait évoquer les êtres aimés ou revivre des souvenirs de jeunesse, qui oserait rêver ? La réalité du camp nous tenait impitoyablement, elle s'imposait à nous sans arrêt, la vie n'était qu'un tissu de radotages stupides et de difficultés matérielles, tout cela rendait méchant, recouvrant la camaraderie d'un voile de hargne; les passions, même mauvaises, étaient sans force, rien n'arrivait jamais, c'était la mort lente.

Un instant, notre ennui fut secoué par un éclair de joie. Les Espagnols annoncèrent, au bout de quinze jours, que tous les nouveaux arrivés étaient libres. Un capitaine nous l'apprit dans un gracieux sourire, un soir, avant le rancho; mais, hélas, cela ne signifiait pas que nous allions quitter le camp, cela voulait simplement dire que les Espagnols ne s'opposeraient pas à notre libération quand les autorités alliées nous mettraient dans une liste de départ. Généralement, les Espagnols attendaient deux mois avant de procéder à cette petite cérémonie; aussi les anciens prirent très mal cette rapidité excessive. Nous devenions des rivaux dangereux, maintenant que nous pouvions partir. Nous commençâmes à vivre plus fébrilement, puisque nous espérions, puis cette excitation tomba vite dans l'ennui de tous ces jours sans rien. Le camp tout entier était de mauvaise humeur; l'euphorie qui régnait à notre arrivée avait disparu, nous savions tous que les fameux convois tant promis n'étaient que des mirages. Les explications les plus étranges couraient le camp. Il paraîtrait que les Espagnols mettraient maintenant toute la bonne volonté désirable à nous évacuer, mais que les Portugais refusaient de nous laisser entrer chez eux; pour les dédommager des ennuis possibles avec les Allemands, ils demandaient, en échange de leur hospitalité d'une journée, un nombre si considérable de sacs de blé ou de cargaisons de phosphates que les Français refusaient, n'estimant pas que nous valions aussi cher. Nos diplomates avaient prié les Espagnols de nous laisser embarquer dans un port espagnol, mais cela s'était révélé impossible, cela aurait compromis la neutralité espagnole; le droit international permettait de nous laisser filer au Portugal, mais défendait sévèrement de nous laisser prendre le bateau en Espagne. Nous avons déjà vu l'incroyable respect des franquistes pour cette institution qu'est le droit international, comme ils l'ont prouvé dans la guerre civile. Heureusement, ce droit s'interprète au fur et à mesure des événements! Quand les Alliés eurent débarqué en Italie, plus rien ne s'opposait à ce que les évadés partent directement d'un port espagnol. Rien donc ne venait, les mines s'allongeaient de plus en plus. Au camp, des mauvaises têtes parlaient de s'évader. Ce genre de propos n'était tenu que quand tout allait mal : « Plutôt un coup de fusil que de moisir toujours ici. » Des tentatives d'évasion, il y en avait eu, mais elles avaient presque toutes échoué.

Sans doute, dans les années passées, des garçons avaient tenté de creuser des galeries, qui, partant des pabellóns, les conduiraient en dehors du camp, au-delà de ces barbelés, de ces miradors, de tous ces soldats qui faisaient une enceinte inexpugnable. Sans cela, les Espagnols ne nous obligeraient pas à sortir nos pauvres hardes de nos cases afin de procéder à l'inspection du plancher de ciment; chaque samedi nous entassions tout notre barda dans les ruelles, en un invraisemblable déballage, un véritable marché aux puces. Les types se vautraient là-dessus en attendant le passage problématique du sergent chargé de l'opération. Après deux heures d'attente vaine, le cabo criait : « Rentrez tout ça » et nous réemménagions. La mémoire de ces perceurs de galeries était perdue dans la nuit des temps; peut-être que toute cette cérémonie ne correspondait qu'à l'application d'un quelconque règlement espagnol sur la surveillance des lieux de détention. Les fous qui essayaient de franchir l'enceinte étaient sûrs de se faire déchiqueter par ces barbelés qui s'étendaient sur des mètres, ou tirer comme des lapins.

La fuite s'était révélée impossible même en hiver, par les jours de brouillard. Les sentinelles étaient si nombreuses qu'il était impossible de les corrompre toutes. La seule façon de sortir du camp était de le faire par la grande porte. La renommée voulait que certains y aient réussi, comme l'Argentin qui acheta tout le poste de garde, ou comme le Français qui arriva à se tasser sous le capot du camion américain qui apportait les rations au camp. Le pauvre garçon surgit de son moteur comme un diable de sa boîte, et les Américains se sont toujours demandé depuis où il avait pu trouver la place de se fourrer. Le résultat de ces escapades était toujours le même : l'évadé était ramené au camp sous l'escorte d'une douzaine de gardes, qui le remettaient sans plus de formalité au poste de garde; après quelques semaines de prison, il se retrouvait, tondu de frais, dans la grande cour du camp. Même ceux qui avaient tout pour réussir, comme l'Argentin, qui était abondamment muni d'argent et parlait l'espagnol comme un indigène finissaient par se faire reprendre. Même si l'évadé, par miracle, réussissait à passer au Portugal, il n'était pas sauvé; le petit peuple avait beau choyer l'évadé de mille manières, le gouvernement, à la poursuite de la neutralité absolue, le rendait avec regret, mais le rendait quand même à la police espagnole. Aussi, devant toutes ces difficultés, les internés de Miranda restaient sages, et attendaient leur tour de départ; est-ce qu'une tentative avortée ne risquerait pas de retarder indéfiniment leur libération? Les internés n'avaient recours à la fuite que dans leur éloquence.

Par contre, chacun avait une active politique de départ. Si, pour la plupart, ces intrigues ne donnaient guère de résultat, du moins elles entretenaient l'illusion dans les cœurs et corsaient la monotonie de cette vie sans incident. Les internés qui comptaient sur des influences extérieures vivaient dans la hantise du courrier. Hélas ! peu de lettres arrivaient au camp, en dehors de celles de camarades déjà libres qui vous racontaient les délices de Madrid; une fois, le camp fut submergé de cartes postales gribouillées par des libérés dans les gares où se reposait le tortillard qui les transportait vers le bateau. Le privilégié honoré d'une réponse de quelque personnage en vue acquérait un grand prestige dans le petit cercle de ses amis, et il faisait lire sa lettre à tout-venant avec autant de ferveur que si elle provenait de sa bien-aimée. Quelques garçons avaient établi leurs contacts avec le monde extérieur par l'entremise de l'épicier-consul à la barbe fleurie; dès qu'il apparaissait à la porte du camp, ils couraient à toutes jambes vers lui, afin de devancer le chef du groupe français, qui faisait place nette dès son arrivée. Le brave chef passait toute sa matinée sur le qui-vive, il avait même posté un planton près de la porte, pour être informé aussitôt de la venue du consul, et pouvoir arriver le premier. Il s'élançait avec toutes sortes de papiers sur le bras, et en semait un bon nombre sur la route, que son secrétaire ramassait. Cette course quotidienne du matin se passait sous l'œil amusé de la foule : « Vas-y donc, tu l'auras » et le vainqueur recevait l'accolade du consul; il le serrait de ses bras courts contre son ventre rebondi et le frottait de sa barbe majestueuse. Un jour, malheureusement, le consul-épicier ne vint plus, il n'était plus consul, Madrid l'avait dégommé pour avoir fait intervenir ses finances personnelles dans les tours de départ, paraît-il. Ceux qui n'espéraient rien du dehors se rabattaient sur le bureau français, très puissant dans la composition des listes de sortie. Celles-ci étaient finalement établies après un triple tripatouillage. Le bureau français faisait les propositions de sortie, qui étaient transmises à Madrid pour approbation et remaniement; elles revenaient au bureau fortement modifiées; le bureau chargé de l'exécution faisait des retouches de dernière heure, qui permettaient de caser quelques amis. Les chefs du bureau, du moins quand ils furent militaires, procédèrent à cette opération avec équité, mais ils étaient submergés sous les noms et les fiches. Le bureau comprenait des scribouillards qui pouvaient toujours raturer ou ajouter un nom, pourvu que ce ne fût pas le leur, ce qui aurait trop fait crier; il en résultait que ces malheureux faisaient partir leurs amis, mais devaient attendre leur tour réel. Beaucoup de garçons tournaient autour de ces personnages importants, dont ils s'attiraient les faveurs par des flatteries et de petits cadeaux. Un marché noir des tours de départ s'était même établi au camp; certains, qui se trouvaient bien à Miranda, ou n'étaient pas autrement pressés de paraître devant les autorités françaises, cédaient leur tour contre quelques centaines ou quelques milliers de pesetas. La substitution se faisait au moment de l'appel nominatif, le jour du départ, l'acheteur n'avait qu'à se présenter sous le nom du vendeur, et le tour était joué; il n'était pas question, quand la supercherie était découverte à Madrid ou ailleurs, de renvoyer le type au camp, cela aurait été bien trop compliqué! Certains vendeurs firent cette opération plusieurs fois, jusqu'au jour où ils furent rayés du groupe français.

La composition des listes était un travail de géant; faites, défaites, remaniées, raturées, elles prêtaient à mille conjectures, aux suppositions les plus diverses. Toutes sortes de rumeurs couraient : « tous les anciens partiront », « Madrid a imposé l'inscription de cent noms », « le prochain départ aura lieu dans trois jours », « les listes ne seront affichées qu'au dernier moment pour permettre des modifications de dernière heure », « il paraît qu'on a mis un nouveau à ma place; si c'est vrai, je lui casse la gueule, il y a sept mois que je suis là », « il ne partira pas, parce qu'il est suspect », « si les anciens ne partent pas, nous ferons la grève de la faim; s'il le faut, nous empêcherons le départ de force ». Cette agitation fut décuplée par une nouvelle surprenante : un fonctionnaire français important devait venir nous voir. Nous nous préparâmes avec ardeur à le recevoir; les pavillons furent briqués, les affaires rangées comme pour une inspection au régiment. Au jour dit, nous retirâmes des musettes les vêtement soigneusement rangés, et poussâmes le zèle jusqu'à nous raser, cirer nos chaussures, faire les plis du pantalon. Puis chacun se mit à s'habiller, enfilant précautionneusement les différentes pièces qui constituent l'habillement de l'homme civilisé. Beaucoup n'arrivaient pas à s'équiper complètement, et procédaient à des échanges : « Tu as deux chemises, peux-tu m'en prêter une? par contre, j'ai un pantalon de rab, le veux-tu? Il a un grand trou derrière, tu n'as qu'à ne pas te montrer de dos ». — « Qui peut me prêter une cravate, qui peut me prêter une cravate, criait un type dans le couloir; je lui donnerai cinq cigarettes. » Certains recousaient le bas de leur pantalon, qu'ils avaient coupé afin d'en faire des shorts, d'autres mettaient des pièces, recousaient des boutons, juraient en se piquant avec l'aiguille.

Nous nous retrouvâmes tous en complet-veston, sauf une bande de pauvre types qui n'avaient pas réussi à s'habiller, et qu'on relégua dans un pavillon isolé, où personne ne les verrait. Nous nous regardions avec étonnement, comme si nous nous étions déguisés. Le costume faisait ressortir les différences sociales supprimées par le nudisme. Des jeunes gens chic portaient les costumes d'ouvrier de leur évasion comme s'ils se trouvaient à un bal masqué; des rastas exhibaient des tenues faites pour ne pas passer inaperçus dans un bar à la mode; des petits employés avaient la correction raide des mannequins des grands magasins; des ouvriers arboraient la casquette et le costume à carreaux, les paysans basques avaient réajusté le béret collant sur leur crâne osseux et se promenaient en des chemises blanches prêtes à craquer sous la puissance de leurs poitrines énormes; mes amis les pompiers étaient tout simplement en pompiers, avec des vestes de cuir et le calot à liséré rouge; les officiers présentaient cet aspect raide et gêné qui caractérise le militaire en civil. Comme des enfants bien sages, nous nous tenions tranquilles jusqu'à l'heure de la visite, de peur de nous salir. Le bureau nous fit savoir que ceux qui désiraient avoir un entretien particulier avec le visiteur devaient aller se faire inscrire; il fallait justifier de raisons valables pour obtenir cette entrevue. Naturellement, les types du peuple, démunis, tout intimidés, ne profitèrent pas de l'occasion. Même ceux qui menaçaient constamment de demander justice aux autorités de Madrid ne bougèrent pas. Et quand je disais à l'un d'eux : « Les autorités viennent à toi, vas-y donc », il haussait les épaules pour me dire : « A quoi ça sert? Je me ferai engueuler, et je resterai plus longtemps ici. » Les jeune bourgeois n'avaient pas de ces craintes, ils avaient tous des tas de choses à dire, ils faisaient queue pour demander audience. Le chef du bureau choisit quelques types particulièrement décoratifs et renvoya les autres, absolument furieux. « Les faveurs vont toujours aux fils d'évêques ou de généraux », me dit le cabo, qui avait été évincé. Malgré tout nous étions pleins d'espoir, un personnage aussi important ne pouvait venir que pour nous annoncer de bonnes nouvelles. Seul le cabo était pessimiste : « On inspecte les troupes avant de les envoyer au casse-pipes; j'ai bien peur que ce monsieur vienne nous voir pour nous dire que le patriotisme est dans l'immobilité. » Nous restâmes donc là pendant quelques heures, en plein soleil, impassibles, perfectionnant le pli du pantalon avec les doigts ou enlevant avec un mouchoir une tache sur une chaussure. L'espoir mit longtemps à mourir, car nous savions que les grands personnages sont souvent en retard. Les Basques, sans plus s'en faire, s'étaient remis à jouer à la pelote contre les murs des baraques. Les types du peuple se mirent à l'aise et entamèrent des belotes. Mes amis les pompiers, habitués à attendre, attendaient avec stoïcisme. Les autres regardaient encore vers la porte, qui ne s'ouvrait que pour des charrettes ou des soldats. Une voiture américaine créa une minute d'émoi, mais il n'en sortit qu'un gros officier espagnol. Nous attendions toujours. « Le visiteur, je m'en fous, fit le marin, mais c'est l'heure du rancho; et dire que nous n'avons même pas fait de galettes ce matin! » Le pompier était plus philosophe : « On ouvrira une boîte de sardines. »

– « Ça ne remplit pas, répondit le marin, et puis, il m'embête, je vais faire des beignets. » Les uns s'en allaient après les autres, bientôt nous ne fûmes plus qu'une poignée à être fidèles au poste. Un jeunot pleurait, il nous dit que le visiteur était son oncle. « C'est un fameux lâcheur », fit le pompier qui était encore là. Les autres consolèrent le petit jeune homme : « Il n'a pas besoin de venir ici pour te faire sortir, mon vieux. » L'aspirant, qui eut ainsi connaissance des hautes relations du gamin, l'accapara aussitôt. Le cabo vint enfin nous annoncer officiellement que le visiteur avait été empêché à la dernière minute par une affaire de la plus haute importance, mais qu'il viendrait sans faute le lendemain, à la même heure. Le lendemain, mêmes préparatifs, même attente, mêmes résultats. Cela recommença encore deux ou trois jours de suite, puis personne n'entendit plus parler de rien.

Peu de jours après, nous eûmes une autre sorte de visite, beaucoup moins agréable. Le colonel commandant le camp nous fit savoir par une note qu'un général de Burgos viendrait le lendemain nous inspecter, et qu'il comptait sur nous pour lui faire honneur. Il était important pour nous que le général s'en allât persuadé que les internés de Miranda pouvaient être mis en liberté en Espagne même sans inconvénient pour le peuple espagnol, comme lui-même le croyait. Il se félicitait enfin des bons rapports qui existaient entre les internés et les autorités du camp. « Nous allons lui faire voir de quel bois on se chauffe », fut la réaction unanime. Le camp, le jour de l'inspection, était particulièrement sale. Les ordures faisaient des tas pleins de mouches, les caniveaux étaient engorgés, les waters sentaient mauvais, des pelures de pommes de terre traînaient devant les cuisines, les fossés des fameuses canalisations zigzaguaient dans le camp, les baraques étaient, selon l'expression du cabo, autant de bordels.

Vers neuf heures, la porte s'ouvrit pour laisser entrer trois ou quatre voitures. Quelques soldats munis de chaussures formaient la garde d'honneur. Ils présentèrent les armes, tandis que le colonel, entouré de ses officiers, multipliait les saluts militaires. Bientôt, tout cela forma un gros groupe de personnages décorés et bedonnants, qui se saluaient encore en bavardant, et tournaient les uns autour des autres comme des chevaux de bois, pendant que la garde d'honneur, traînant ses flingots, courait retrouver ses savates. Le groupe s'ébranla enfin pour visiter les installations du camp; le colonel, mince et martial, se penchait sur le général, très court, et muni d'une bonne tête de père de famille nombreuse, afin de lui servir de cicerone. Ils s'en allaient tous cahin-caha, comme de bons touristes, sous l'œil goguenard des internés, qui prenaient des bains de soleil et ne se déplaçaient pas d'un pouce; la bande marchait parmi ces corps étendus, en prenant soin de n'écraser personne. D'autres internés s'étaient amassés aux portes des baraques, et se croyaient manifestement au spectacle, ou au cirque; ils exprimaient leurs opinions par des appréciations peu flatteuses, à la grande gêne des cabos. Certains, pour manifester leur dédain, dormaient dans leurs cases du sommeil du juste, ou jouaient aux cartes. Près de la fontaine, des garçons crièrent « de l'eau, de l'eau », mais le cortège officiel continua, sans réagir, sa tournée.

Ces personnalités n'innovèrent rien en matière d'inspection; ils goûtèrent au rancho, jetèrent un coup d'œil sur les douches, pénétrèrent dans deux ou trois baraques, et revinrent vers le pavillon du colonel, à l'entrée, où les attendait un grand festin. Le général se déclara enchanté de l'état du camp, promit au colonel de ne pas l'oublier lors de la prochaine promotion, et le chargea de remercier les internés de leur attitude exemplaire; il avait été vivement frappé par la propreté qui régnait dans le camp, et par la discipline des internés. Comme récompense, nous serions admis, cet après-midi même, à défiler devant lui.

Tout se passa bien. Vers trois heures, la cour était noire de monde, tandis que le général et sa suite s'installaient au bas de la tribune et que la fanfare se rendait à sa place accoutumée, au pas cadencé. Les cabos essayaient de ranger leurs groupes en une formation à peu près militaire, leurs ordres contradictoires créèrent en quelques minutes une pagaille inouïe; les cabos se trompaient dans leurs commandements, des rangées pivotaient à gauche tandis que les autres se tournaient à droite, les groupes se formaient en des profondeurs variées, finalement personne ne savait plus où était sa place, et se mettait n'importe où. Certains officiers français rigolaient, heureux de cette revanche sur les civils, d'autres étaient tout honteux de s'offrir ainsi en spectacle aux Espagnols.

Quand enfin le défilé commença, le général dut avoir une drôle de vision : deux ou trois milliers de types sales et barbus, en savates, marchant à contretemps, se suivant à la queue leu leu comme un troupeau étiré, et ne se gênant pas pour rigoler et rouspéter, pendant que les cabos, fous et craignant pour leurs places, hurlaient à pleins gosiers; à côté de moi, un groupe de révoltés entonna

L'*Internationale*, à la grande peur de leurs voisins. La colonne progressait par saccades, avec des arrêts, des reculades, des engorgements, des départs subits, elle se boursouflait et s'amenuisait, tout cela au milieu de la poussière et des accents de la fanfare. Un semblant d'ordre s'établit quand nous arrivâmes près du général; mon voisin de droite, un gigantesque Arabe évadé d'Allemagne, tourna la tête dans un salut automatique pendant que mon voisin de gauche crachait ostensiblement. Le général, lui, bonhomme, nous regardait de ses yeux plissés et souriait paternellement. Nous ne tardâmes pas à nous débander, des traînards défilaient encore en traînant la patte. Le général monta enfin dans sa voiture, mais les Espagnols se déclarèrent très contents, et nous remercièrent infiniment de cette brillante manifestation; le soir, au rancho, nous eûmes quelques morceaux de viande dans le riz.

Peu après, six cents internés français quittèrent le camp; cela se fit tout d'un coup, à la surprise générale. Le bureau français ne reçut les listes de départ que vers midi. Immédiatement, les chefs tinrent des réunions ultra-secrètes, après s'être barricadés dans leur bureau; la foule s'était amassée devant leur porte et réclamait des renseignements. Certains excités parlaient de s'introduire de force, les scribouillards apeurés les suppliaient de se calmer. « Vous saurez tout dans quelques minutes », promettaient-ils. Venue d'on ne sait où, la nouvelle se répandit bientôt que les listes ne comportaient que des noms d'anciens, et ramena le calme comme de l'huile dans la tempête. Les officiers s'abordaient pour ventiler leur mécontentement. « Que sera l'armée d'Afrique, mon cher, si elle n'a pas de cadres ? Croyez-vous qu'il soit bien intelligent d'y envoyer d'abord des deuxième classe ou même des gens qui n'ont jamais reçu d'instruction militaire? » Ils ronchonnaient contre le chef du groupe français, un jeune lieutenant, qui n'avait pas pris suffisamment la défense de leurs intérêts, et se permettait de manquer d'égards vis-à-vis de ses supérieurs. « Mon cher, disait un capitaine, c'est moi qui, contre toute étiquette, ai dû aller me présenter à lui, dans son bureau, et savez-vous ce qu'il m'a répondu : « Je suis au regret, je ne puis faire de faveur », et il m'a foutu dehors. Ça se réglera en Algérie. »

La journée se passa dans une certaine fièvre, des garçons se communiquaient des tuyaux, des gens entraient et sortaient du bureau avec des tas de papiers et des mines affairées; on entendait du bureau la voix du chef qui dictait des listes de noms, et le grincement des plumes des scribouillards. Le cabo était sur des charbons ardents; il se reprochait d'avoir répondu une fois brusquement au chef du bureau français et il se persuadait qu'il était en défaveur. « Si c'est ton tour, tu partiras », lui dis-je. « Mon pauvre vieux, je n'ai jamais eu de veine dans la vie; pourquoi voudrais-tu que j'en aie maintenant? Les autres camarades qui étaient en prison avec moi sont déjà en Afrique, et moi je suis toujours là. » « Tu es sûr de partir dans ce cas. » « Pas du tout, mon vieux; on a rassemblé à Miranda tous les types qui traînaient en taule depuis des mois, si bien qu'il y a des tas de types avant moi; figure-toi qu'il se trouve au camp des garçons qui sont depuis dix-huit mois en Espagne; je sens que je ne partirai pas. »

Il avait raison, le pauvre garçon; les listes furent affichées vers huit heures du soir; les internés se pressaient autour des affiches, ils s'écrasaient pour arriver à lire les noms, cela me rappelait ces moments palpitants où les candidats à quelque concours vont savoir s'ils sont reçus. La joie des gagnants rendait cruelle l'amertume des laissés-pour-compte; le cabo se retenait de pleurer, d'autres s'en allaient la tête basse, les traits figés, silencieux. Les partants étaient déjà tout à leur avenir, ils couraient dans le camp pour rassembler leurs affaires, ils rentraient dans leur case faire les derniers préparatifs, et s'avisaient enfin de dire quelques mots aimables à leurs camarades malchanceux. Le camp s'endormit, mais je les entendis se démener toute la nuit, ils devaient partir à l'aube et faisaient les corvées qui correspondaient à la levée d'écrou. Ils restituèrent aux Espagnols les couvertures et les gamelles, chacun d'eux rendant ces objets à l'appel de son nom. Des malheureux s'aperçurent qu'ils avaient été oubliés, et découvrirent que les Espagnols avaient perdu leurs papiers. Ils se précipitèrent à l'état-major, mais le colonel dormait, ainsi que ses officiers; « mañana por la mañana », pas question de les déranger; mais le départ aura lieu demain, quand le colonel sera sorti du lit. Eh bien tant pis, ils partiront la prochaine fois. Maintenant, c'était l'appel des partants, ils se formèrent en une longue colonne dans la cour, ils avaient mis leurs beaux costumes, ils allaient être libres.

Le silence se fit dans le camp, ils étaient partis, j'entendis le grondement d'un train, celui qui les emmenait sans doute.

Nous fûmes tous un peu abattus le lendemain; nous savions pourtant que nous n'avions aucune chance d'être de ce convoi, nous verrions partir bien d'autres camarades avant que ce fût enfin notre tour. Au contraire, ces départs étaient heureux, puisqu'ils liquidaient tous les éléments qui nous barraient la route. Mais les raisonnements ne servaient à rien, nous étions tristes quand même. Le ciel était couvert, un vent froid balayait le camp, nous grelottâmes à la bandera. Toute la journée, la cour sembla désertée, avec simplement quelques groupes épars ici et là. Dans la baraque elle-même, une certaine torpeur avait remplacé l'agitation habituelle; des cases étaient complètement vides, dans d'autres, un ou deux types, abandonnés par leurs camarades, tâchaient de s'en tirer par eux-mêmes, plutôt que de se reformer en groupes hétérogènes. Un des porteurs de plats était resté tout seul, il s'enferma dans un chagrin solitaire, et renonça même à sa charge si avantageuse. Nos relations avec les porteurs de plats n'avaient pas été fameuses ces temps-ci, car ils soupçonnaient les pompiers et le marin de vouloir chiper leur place, grâce à nos bons rapports avec le cabo. Le survivant vint nous offrir de les remplacer, sans demander aucune espèce d'indemnité. « Il faut bien s'entendre pour faire ça, jamais je ne m'accorderai avec d'autres, je préfère que vous le fassiez, puisque vous êtes un groupe de copains. » Nous refusâmes, parce que le cabo venait de donner au marin le titre de loucheur, après avoir renvoyé son prédécesseur pour indélicatesse. Il fit toutes sortes de recommandations au marin : « Je l'ai choisi, me dit-il, parce qu'il est débrouillard, mais je crains qu'il n'en profite un peu trop. »

Il ne se trompait pas. Le marin fut un loucheur hors classe. Il sut se faire respecter, en criant le plus fort, en ayant le plus riche répertoire d'injures, et en n'étant jamais à bout de raisons. En quelques jours il mit un ordre merveilleux dans la cérémonie du rancho, il présidait à cela avec tout l'art d'un vieux sergent, avec bonhomie et fermeté; il savait déceler la fraude, et fustigeait le coupable avec un ton de justicier. « Tu n'as pas honte de te présenter deux fois, tu t'en fous, hein, si les copains n'ont rien à bouffer, pourvu que tu aies la panse pleine! Si tu recommences, je ne te sers plus. »

Tous admiraient son coup d'œil merveilleux, la sûreté de sa main. Quand le plat arrivait, il réfléchissait une minute en considérant le contenu, puis il distribuait les portions de telle façon qu'il ne restait plus une goutte au fond après que le dernier interné eut été servi. Il avait de la justice une idée sacrée et se considérait comme une espèce de magistrat tenu à l'équité. Il s'appliquait à donner à chacun toute sa part et rien que sa part, après naturellement, s'être attribué triple ou quadruple portion. Il retranchait de la masse totale ce qui lui revenait, en y comprenant les portions de toute la case, puis répartissait le reste. Le cabo entrait dans des colères épouvantables, et menaçait chaque fois de le renvoyer. Le marin ne bronchait pas, car il se sentait soutenu par l'opinion publique : « Il est naturel qu'il se sucre, puisqu'il fait bien son boulot », disait-on. Le marin tenait d'ailleurs un raisonnement impeccable : « Quand on veut du bon travail, il faut bien payer; eh bien, pour m'avoir, il faut y mettre le prix. » Et sans aucune gêne il se remplissait trois ou quatre gamelles; « Tu n'en as plus ? » demanda-t-il finalement au grand pompier qui arrivait avec toute une batterie de cuisine. Cela se termina par un compromis : le marin accepta de se servir plus modérément, à condition que le cabo lui redonnât chaque fois la moitié de sa propre part.

Malgré cet incontestable succès, le petit groupe n'allait pas bien. Le moral du camp, en général, était bas. Les rations américaines, si merveilleuses au début, diminuaient à chaque distribution, pour des causes inconnues. Nous ne touchions plus, chacun, qu'une boîte de lait au lieu de quatre, il fallait se mettre à deux pour recevoir une boîte de porc alors qu'on en touchait deux ou trois chacun, mais, surtout, on ne donnait plus de farine. Le grand pompier veillait jalousement sur les dernières boîtes de conserve qui nous restaient, il refusait de les mettre en circulation afin de constituer une petite réserve. Cela provoqua de violentes querelles avec le marin. Ce dernier, dès qu'il avait faim, ne se dominait plus : « On la crève, si on ouvrait la boîte de cochon », proposait-il d'un air doucereux. Le pompier refusait : « Que ferons-nous quand il ne nous restera plus rien ? » « Eh bien, on verra alors, répondait le marin; si on doit crever, on crèvera, mais auparavant, je ne veux pas avoir faim. Ça fait partie de la dignité humaine de bouffer ! » Mais qu'est-ce qu'un pompier peut comprendre à la dignité humaine ?

Pour finir, nous nous restreignions quand même, mais la journée paraissait longue à ces braves types depuis qu'ils ne pouvaient plus passer des heures à fendre le bois ou à préparer la pâte. Pour se distraire, ils dormaient du matin au soir, mais on dort mal avec le ventre vide; alors ils allaient rôder de par le camp pendant des heures, hargneux, sans un sou en poche. Je leur conseillai d'aller chercher un livre à la bibliothèque, ils revinrent avec quelques feuillets jaunes et dépareillés; la bibliothèque n'était plus constituée depuis longtemps que par un tas de feuilles, dont on prenait une poignée à défaut de livres; il paraît qu'il existait encore quelques livres entiers, mais il fallait être dans les bonnes grâces du bibliothécaire pour s'en procurer un; les Français de Madrid, qui avaient fourni les bouquins de la bibliothèque, n'en envoyaient plus depuis longtemps, car ils étaient ruinés par tout ce qu'ils avaient prêté ou donné aux innombrables évadés qui les tapaient. Les pompiers se servirent de ces feuillets pour aller aux waters, et eurent toute une histoire avec le bibliothécaire, qui leur réclamait les bouquins.

Malgré les restrictions, nous finîmes par ouvrir les dernières boîtes de conserve, et le jour arriva où l'on n'eut plus rien. Mais ce n'était pas tout. Chaque semaine, nous nous présentions au cabo pour recevoir nos vingt pesetas, et chaque semaine on nous répondait que l'argent n'était pas arrivé. Tout le monde, dans le camp, était à sec. Nous fîmes toutes sortes de réclamations auprès de toutes les autorités tant françaises qu'espagnoles, qui envoyèrent lettre sur lettre à Madrid; elles nous communiquèrent les promesses qu'elles reçurent, mais toujours pas d'argent; au contraire, la Croix-Rouge nous recommanda d'être parcimonieux, nous coûtions déjà horriblement cher à l'Etat, et nous risquions de mettre les caisses à sec. Finalement, nous ne sûmes jamais si l'argent avait été envoyé ou s'il s'était égaré à l'arrivée au camp; la cantine avait beau se parer de comestibles et de charcutaille, nous devions laisser ça à quelques privilégiés de la fortune. Les autres camarades vendaient ce qu'ils avaient, mais nous n'avions rien.

Enfin, chacun nos petites misères. Le marin, surtout, était affligé d'une mirandite épouvantable, qui l'avait réduit à un état squelettique et le faisait hurler de douleur la nuit. Cela ne l'empêchait pas de manger autant qu'il pouvait, il était le seul à venir à bout des platées de riz ou des plats d'oignons crus; il buvait des gamelles de soupe, et souvent il mâchait encore quand il lui fallait courir à toute vitesse chez Franco (c'est ainsi qu'on appelait les waters). La mirandite continuait à sévir et, malgré notre faim, nous ne touchions que du bout des lèvres au rancho; l'odeur écœurante de cette cuisine me soulevait le cœur, et je me hâtais de donner ma part au marin. D'ailleurs, à part quelques phénomènes, les internés perdaient l'habitude de manger, et même quand nous ne recevions presque plus rien des Américains, les poubelles étaient pleines. Nous étions tous décharnés, avec un teint jaune et des traits tirés, et Franco ne désemplissait pas. Le petit cabo avait des évanouissements, et tremblait comme une feuille morte. Une nouvelle acheva de le mettre à plat; un nouvel interné, qui avait quitté récemment la petite ville où habitait sa mère, lui apprit que sa sœur venait de mourir subitement, d'épuisement sans doute. A partir de ce jour, il se renferma en lui-même, et négligea ses fonctions de cabo, qu'il avait exercées avec tant de bonne volonté. Il se confiait parfois à moi : « Parfois, ça m'est égal de rester ici. Que veux-tu qu'on fasse dans la vie quand on est né sous une mauvaise étoile ? » Les pompiers n'étaient plus les mêmes; le petit blond se négligeait et ne plaisantait plus. Il avait perdu la belle montre en or qu'il n'avait jamais voulu vendre, et passait son temps à fouiller nos effets. De guerre lasse, il en arriva à soupçonner son alter ego; cela finit par une bagarre terrible entre les deux amis; le grand pompier serra tellement fort le cou du petit qu'on crût qu'il l'avait étranglé, mais le petit finit par donner signe de vie à la 4e ou 5e casserole d'eau que lui jetait son ami repentant. Le permier mot du ressuscité fut « voleur ».

A partir de ce jour, ils ne se parlèrent plus; le grand pompier ne desserrait d'ailleurs plus les dents. Peu après, nous fûmes tous dispersés, les Espagnols ayant ordonné l'évacuation de la baraque pour des réparations qui ne se firent jamais, comme d'habitude. Pour éviter le pillage habituel, nous obtînmes, le cabo et moi, la permission de rester dans la baraque comme gardiens. Un soir, vers neuf heures, alors que nous conversions tranquillement, des coups formidables ébranlèrent la porte, pendant que des gens criaient « ouvrez ». A peine avais-je tourné la clef qu'une masse d'hommes se rua à l'intérieur, traînant un garçon qui se débattait : « Ce n'est pas moi, je suis innocent. » La victime oscillait sous la masse humaine acharnée contre elle. « Parle ou on te fait ton affaire », faisait le grand inquisiteur pendant que la foule répétait, comme un chœur antique, « à mort le voleur ». C'était un pickpocket, pris en flagrant délit par des policiers amateurs. L'instinct de l'honnêteté et de la propriété amenait les assistants à flanquer de grands coups au paria, qui présentait aux outrages un dos tout rond de chat caressé, pendant qu'il clamait son innocence d'une tête disparue au niveau des ventres. A ce moment, le cabo qui avait été chercher du renfort, revint avec le cabo général. Les exécuteurs et les cabos parlementèrent quelques minutes, pendant que le voleur qui s'était mis à genoux demandait aide et protection. Cela faisait tout à fait tableau de piété. Finalement, la bande se retira, emmenant avec elle le coupable, qui criait comme un putois. J'appris le lendemain qu'ils l'avaient attaché à un poteau, et battu toute la nuit, jusqu'aux aveux matinaux. Le bras séculier intervint alors. Les Espagnols l'envoyèrent au calabosse, et le tondirent; après quoi, ils le relâchèrent dans le camp comme si de rien n'était. Il fut chassé du groupe français, et se réfugia dans le milieu des estraperlos, où il devint rapidement un personnage considéré. Dans le butin récupéré se trouvait la montre du petit pompier qui ne finit pas de s'excuser auprès de son camarade, néanmoins cette amitié modèle en fut pour toujours brisée.

C'est à cette époque qu'une grande dépression commerciale s'abattit sur le camp. Le départ du convoi avait considérablement amoindri le marché de consommation, la rareté de l'argent avait diminué le pouvoir d'achat. Une crise de surproduction ne tarda pas à se déclencher, les cours tombèrent. Le paquet de cigarettes passa de six pesetas à quatre pesetas, puis à trois; la dégringolade du prix du vin fut vertigineuse. Les grands patrons avaient la mine soucieuse des hommes d'affaires au bord de la faillite, et tenaient des réunions afin de déterminer les mesures propres à remédier à la situation. Ils essayèrent de limiter la quantité de marchandises introduites dans le camp, mais ce ne fut pas suffisant. Le client n'avait plus besoin d'aller dénicher les marchandises, le moindre type un peu bien mis qui se risquait dans la ruelle était assailli par une multitude de colporteurs, revendeurs, entremetteurs et de mendiants. Les cases de la baraque XI étaient encombrées d'un bric-à-brac invraisemblable, les internés ne pouvant plus rien vendre se faisaient cadeau de leur superflu.

Au milieu de ces circonstances graves, les estraperlos montrèrent leur génie financier. Ils vendirent leurs fonds de commerce à quelques naïfs bien amorcés, et attendirent la faillite de ceux-ci et la reprise des affaires pour racheter leurs biens à bas prix. Mon ami l'aspirant et tout le groupe des jeunes officiers furent victimes de cette opération. L'aspirant avait retrouvé au camp un sien cousin, dont le métier dans la vie était de n'être bon à rien, dans un état de prospérité rare. Il avait acheté, voici plusieurs mois, le quart des actions du café chic de la XI, et vivait depuis lors une existence cossue de rentier. Il prélevait chaque semaine sa part de bénéfice, et se consacrait à toutes les délicatesses d'une vie d'épicurien. Il tenait, au café même, des assises littéraires et mondaines, où il conviait les beaux esprits du camp, et où l'on servait des cocktails et des éclairs au chocolat.

Comme il allait partir, il proposa à l'aspirant de racheter sa part. Celui-ci trouva que ce n'était pas suffisant, et voulut avoir toute la boutique à lui seul. Il réussit à emprunter auprès de relations en Espagne les quelques milliers de pesetas nécessaires, et, un beau jour, le voilà patron d'un bistrot de marché noir. Il voulait en faire un cabaret artistique, une espèce de Bœuf sur le toit dont il aurait été le Cocteau. Il fut peut-être entraîné par l'amour mesquin de l'argent; mais l'amour de l'argent peut-il être mesquin pour des fils de bourgeois, même quand ils sont officiers? Mais il fut surtout poussé par le goût du scandale. Il jouissait de l'effarement de ses amis, quand il se promenait bras dessus bras dessous et le nombril en l'air, en compagnie des pires crapules. Il voulait laisser au camp son souvenir impérissable, il était hanté par l'immortalité. Puisqu'il ne pouvait réaliser aucune fuite sensationnelle – il comptait sortir grâce à ses relations – et qu'il ne se distinguait par aucune infamie particulière, il deviendrait un homme d'affaires, et rénoverait le commerce par trop simpliste du camp par ses dons d'organisateur. Il remplaça son air penseur par un air affairé, il fut le Napoléon du négoce, il furetait à travers le camp suivi de son fidèle cuisinier, il achetait à tort et à travers, et à n'importe quel prix, et il disait « je viens de faire une affaire ». Il passa des contrats, il signait et signait encore, et revenait la nuit à des heures indues après des conciliabules infinis. Il faisait commander les équipes d'hommes de peine par le cuisinier et apparaissait pour distribuer des pourboires et des bons mots; il se gargarisait à des marques de respect, des chuchotements sur son passage, de la popularité, en un mot.

Il fit le vide dans le bistrot et, le menton dans les mains, s'absorbait des heures, reconstruisant en esprit un cabaret idéal. Puis il devint chef des travaux, commandant à des menuisiers, à des maçons, à des décorateurs, à toutes sortes de gens qui l'appelaient « patron », et toujours gaillard et chantonnant, réprimandait les uns, activait les autres, modifiant tout au gré de son génie inlassable; parfois il s'arrêtait pour recevoir des hôtes de marque et faisait les honneurs du lieu avec la grâce d'une maîtresse de maison. « C'est original, n'est-ce pas, cet éclairage? je vous avouerai que l'idée n'est pas de moi, je l'ai empruntée à ma charmante amie, la jeune comtesse de X, vous savez, celle qui a récemment publié cette originale plaquette de vers « Grisailles »; elle vient de s'installer quai de Passy dans un charmant studio. » « On trouve de tout dans le camp, vous savez; je viens de dénicher un jeune peintre de talent, il va me faire des fresques du genre cubiste, personne n'y comprendra rien, mais tout le monde sera épaté. »

Ses camarades les jeunes officiers avaient d'abord été surpris de cette initiative, et avaient refusé tout concours. « Je ne veux pas être assimilé à un estraperlo, alors qu'on les chasse du groupe français », déclara le hussard et, comme il aimait les sentences bien frappées, il ajouta : « Un officier ne doit jamais compromettre l'honneur de l'armée dans une entreprise douteuse. » Mais ils n'étaient pas de taille à tenir tête à l'aspirant quand il prétendait que le « devoir des honnêtes gens était de mettre de l'honnêteté là où il n'y en avait pas, et de rendre honorable le commerce à Miranda en prêchant d'exemple ».

Ils finirent donc par tous s'y mettre, le hussard, avec sa brusquerie, faisait un très bon contremaître, les autres jouèrent aux amis de la maison. Enfin, tout fut prêt, et le cabaret, aussi laid, mais plus prétentieux que l'ancien, attendit les premiers clients. Ce fut un four. L'aspirant, assis tout au fond au poste de commande, jouait les détachés, pendant que le hussard, devenu maître de salle, faisait activer les garçons autour des rares consommateurs, et que les autres officiers du groupe, spontanément, se mettaient à payer leurs consommations. L'aspirant entreprit dans le camp une grande tournée de rabattage, il se rendait compte de chaque client possible, afin de lui glisser, au cours de la conversation, une invite discrète : « Vous savez, mon cher ami, que je me suis amusé à ouvrir un bar, le temps est si long ici; venez donc m'y voir, je serais content de bavarder avec vous plus à loisir, et l'atmosphère vous amusera, avec ce mélange, si spécial au camp, de canailles et d'intellectuels, de tables en bois blanc et de fresques futuristes. »

Hélas! seuls quelques curieux se hasardaient dans le cabaret, et n'y remettaient plus les pieds; le petit groupe en fut réduit à ingurgiter lui-même toutes les marchandises comestibles, et dut s'envoyer tous les gâteaux que le cuisinier, dans son zèle, avait amoureusement confectionnés à la sueur de son front. Il ne faillit pas dans cette tâche; puis, dans l'autre désert, il s'installa sur des positions d'attente : insensibles aux tétons des négresses peintes et aux bouteilles illuminées, les officiers jouaient au bridge. L'aspirant était en proie à la mélancolie, tandis que le hussard rongeait son frein. « Je ne comprends pas pourquoi personne ne vient », ronchonnait-il. C'était pourtant bien simple. Les gens bien avaient spontanément boycotté l'établissement pour marquer leur désapprobation. Les officiers étaient très ennuyés de cette initiative de leurs jeunes collègues : « C'est le meilleur moyen de nous déconsidérer tous », prétendaient certains. Les civils étaient bien plus violents : « Si ce n'avaient pas été des types aussi pistonnés, il y aurait longtemps qu'ils auraient été chassés du groupe français », se répétait-on. Les gens du peuple enfin ne s'y rendaient pas, parce qu'ils s'y sentaient mal à l'aise, ils préféraient de beaucoup les assommoirs sans façon des estraperlos.

L'aspirant, à bout d'argent, dut tout revendre, au bout de quelques jours, à un des anciens propriétaires; celui-ci racheta à moitié prix l'énorme tas de bois, les montagnes de conserves, les ustensiles de toutes sortes qu'il avait lui-même vendus. Il rendit à la boutique son ancien aspect, et, comme la paie venait enfin d'arriver, les clients affluèrent comme par le passé. L'aspirant laissa dans cette aventure quelques milliers de pesetas et sa réputation d'homme fort. Il fut si marri de cette perte de prestige qu'il redoubla d'énergie auprès de ses protecteurs extérieurs, et eut tout au moins la consolation de gagner la course à la libération. Il fut honoré d'une sortie particulière. Un sergent espagnol vint le chercher un matin. Il serra ses compagnons l'un après l'autre sur son cœur, et quitta le camp une heure après. Pendant ce temps, la prospérité était revenue, les prix étaient montés en flèche, les estraperlos jouissaient paisiblement des fruits de leur sage politique.

Les officiers avaient été très mortifiés de leur échec lors du précédent départ. Ils commencèrent par réorganiser le bureau français, en adjoignant au jeune lieutenant un commandant mûr, et fortement imbu des traditions de leur corps. C'était un homme au grand corps voûté, surmonté d'une tête osseuse qui se terminait en une bosse chauve, et décorée d'un énorme nez busqué. Il parlait d'une voix lente et caverneuse, en cherchant ses mots, avec beaucoup de bonhomie. Tous les internés disaient de lui, du premier coup : « C'est un brave type. »

Le bureau français, autrefois ulta-fermé, devint beaucoup plus accessible, et le commandant se prononça contre la diplomatie secrète, qui, auparavant, faisait loi. Les pauvres gens purent faire entendre leurs doléances, et les scribouillards devinrent moins arrogants. Cela n'empêcha pas le bureau de prendre à cœur les intérêts de sa caste, et d'entamer des conversations avec le colonel espagnol afin d'arriver à grouper tous les officiers dans un pabellón spécial. Le colonel déclara que tous ses pabellóns étaient occupés, à l'exception de la prison, le fameux calabosse. Le commandant demanda l'appui de Madrid, qui sut agir auprès des Espagnols en recourant sans doute à l'argument monétaire habituel, et les travaux commencèrent. La prison fut transformée en une salle très propre, où chaque officier eut droit à un lit en fer et à une table pour ses instruments de toilette, cela faisait tout à fait dortoir de collège. Après plusieurs semaines de préparatifs, les officiers s'installèrent enfin; ils menèrent, désormais, une vie distincte de celle du reste du camp, et les internés étaient jaloux quand ils voyaient qu'une nourriture améliorée leur était préparée, et qu'ils entendaient les éclats de la radio que ces messieurs écoutaient en jouant aux cartes, « On n'est pas encore dans l'armée, disaient-ils, auparavant tout le monde était égal, c'était beaucoup mieux; et comment peuvent-ils prouver qu'ils sont officiers ? »

Une histoire récente venait renforcer cette thèse. Les officiers faisaient de leur mieux pour dépister les imposteurs, ils soumettaient les prétendants à un véritable interrogatoire et leur posaient des colles; quelle école, quelle promotion, quels régiments, quelles campagnes, etc. Les candidats douteux étaient poussés dans leurs retranchements, soumis à des confrontations, contre-interrogés, et n'étaient reconnus que si aucune hésitation n'était plus permise. Toutes ces précautions n'empêchaient pas les supercheries. C'est ainsi que l'illustre capitaine, ami des jeunes officiers, rencontra un beau jour son colonel, qui venait d'arriver au camp. Ces deux hommes se connaissaient si peu qu'il fallut les présenter l'un à l'autre. Comme l'identité du colonel était certaine, il fallut se rendre à l'évidence : le capitaine n'en était pas un. « Vous commandez une de mes compagnies, capitaine, comment se fait-il que je ne vous connaisse pas ? » ironisa le colonel. Les autres officiers n'en croyaient pas leurs yeux, à qui donc se fier, bon Dieu ? Le capitaine avoua finalement qu'il était sergent dans la Légion, où il avait vingt ans de service, et il ajouta qu'il s'était octroyé les galons de capitaine, parce qu'il méritait ce grade. « Quand on a été vingt ans dans la Légion, et sergent par-dessus le marché, on est aussi bon capitaine que saint-cyrard. » Ce raisonnement lui fit plus de tort dans l'esprit des officiers que toute son imposture.

Les officiers ne se contentèrent pas de ce premier succès. Ils constituèrent une espèce de junte, qui fut à la fois un conseil politique où étaient discutés tous les intérêts militaires, et une haute cour, qui tranchait les points litigieux et les questions d'honneur. Ils s'octroyèrent des droits considérables, ils en arrivèrent à se donner le droit de vie et de mort sur leurs confrères...

Une histoire très curieuse parvint jusqu'aux oreilles des civils. Cette junte aurait jugé un jeune officier accusé d'avoir manqué à l'honneur; les uns prétendaient qu'il avait volé une montre, d'autres qu'il n'aurait pas remboursé une dette. En tout cas, il fut condamné à se brûler la cervelle. Le jeune homme montra peu de goût pour cette solution. La junte, constatant son manque de courage, le déclara cassé de son grade et lui interdit de le revendiquer en Afrique. Cette décision provoqua une certaine surprise parmi les internés, peu habitués à la justice militaire. La faute paraissait vénielle, et surtout on ne s'expliquait pas comment des officiers, sans aucun titre légal, pouvaient s'arroger le droit de juger leurs semblables et prononcer des châtiments si graves. Le pauvre garçon avait assez le sens de l'armée pour se juger déshonoré, et ne pensa plus, à partir de ce moment, qu'à se racheter, beaucoup plus tard, il fut volontaire pour une mission dangereuse, qu'il mena d'ailleurs à mal.

Enfin, après mon départ, le clan militaire remporta un succès décisif; les officiers obtinrent la permission de quitter le camp et de s'installer dans la ville même de Miranda. Les Espagnols avaient d'abord cru que tous les évadés étaient des rouges, analogues à ceux qui avaient rejoint les brigades internationales; ils traitaient de communistes des garçons qui avaient appartenu à l'Action Française, et étaient stupéfaits quand ceux-ci leur répondaient qu'ils avaient un frère ou un cousin qui avait été tué en combattant avec Franco pour la défense de la civilisation occidentale. Mais, à la longue, ils étaient arrivés à se convaincre que nos officiers n'étaient vraiment pas communistes, et qu'ils pouvaient les laisser en liberté sans crainte de propagande néfaste. Pauvres officiers, comme ils durent être fiers de retrouver des prérogatives, d'avoir un traitement différentiel!

Je vécus seul avec le cabo pendant quelques jours dans notre cabane désertée. Je me plaignis de la rudesse de la vie du camp; il me répondit que ce n'était rien à côté d'autrefois, et me donna des détails, qu'il tenait de témoins oculaires, sur la grande grève de la faim. « C'était l'hiver, il n'était pas question de faire du feu, et les couvertures étaient inconnues. Par cette chaleur-ci, tu imagines difficilement ce qu'il pouvait alors faire froid, quand le vent glacé tombait des montagnes, et que la neige recouvrait tout d'une couche épaisse. Par-dessus le marché, le rancho, c'était un peu d'eau fétide. Les garçons tombaient comme des mouches dans l'indifférence totale des autorités espagnoles; ils faisaient simplement la comptabilité des morts, et ça se traduisait par des corvées d'enterrement pour les survivants. Les Polonais, qui dominaient alors le camp, décidèrent la grève de la faim; ils l'imposèrent à tous, à coups de poing et à coups de hache. Les Polonais étaient des durs, personne ne leur résistait, ils avaient tôt fait d'étendre un récalcitrant avec quelques côtes brisées ou un membre cassé. Les Espagnols se prirent au jeu et firent une cuisine mirifique, autant que cela est possible en Espagne; ils apportèrent des marmites débordantes de riz, ou remplies de légumes, et donnèrent même de la viande. Mais, impitoyablement, tout cela était jeté dans les ruisseaux; les malheureux qui, dans la nuit, essayaient de repêcher quelque chose, étaient assommés. Ceux qui avaient quelques provisions cachées se dissimulaient pour mâcher. Les Polonais firent des perquisitions, ce fut la terreur; ces grands gaillards, armés de barres de fer, allaient et venaient de par le camp, et ne permettaient pas la moindre défaillance; ils tapaient à tour de bras sur tous ceux qu'ils soupçonnaient et particulièrement sur les Français. Ceux-ci ne comptaient alors que quelques isolés et ne pouvaient pas se défendre contre ces colosses disciplinés. Cela dura quinze jours, les internés titubaient, d'autres restaient couchés, trop faibles pour se lever, certains mouraient; malgré la faim, personne ne parlait de se rendre. Heureusement, des rumeurs de cette grève parvinrent aux Anglais, qui firent des représentations si énergiques que les Espagnols durent s'engager à améliorer le régime du camp. « Il y a du progrès, évidemment. » « Maintenant, ça va encore, mais si tu avais été là l'hiver dernier, comme moi, tu aurais compris. Nous n'avons pas eu une goutte d'eau pendant des jours, la glace ayant fait éclater les tuyauteries de la fontaine. Nous couchions à même le ciment glacé et l'air du dehors s'infiltrait par toutes les fentes. Nous hivernions comme des bêtes. Nous passions la journée couchés, entassés les uns contre les autres pour nous donner de la chaleur, nous nous levions à peine pour le rancho. Je préférerais me suicider plutôt que de recommencer. »

« Mon vieux, tu es de la prochaine fournée, le chef te l'a certifié. »

« Je suis un peu comme saint Thomas; tant que je n'aurai pas mis le pied en dehors du camp, je n'y croirai pas. »

J'admirai la vitalité de mon ami le cabo; il paraissait toujours prêt à s'effondrer, et s'effondrait parfois pendant quelques jours, comme lorsqu'il apprit la mort de sa sœur; mais il savait oublier, et se remettait vite à espérer; c'est seulement parce qu'il espérait trop qu'il se décourageait; tel était le cycle de sa vie; il y tournait en rond comme un cheval de manège.

Notre isolement ne dura pas; deux Espagnols vinrent un jour visiter la baraque, et le soir même, tout le monde rentrait. Les gens de la baraque étaient assez contents de se retrouver chez eux; dans les autres baraques, ils avaient été un peu traités en intrus, ils dérangeaient les habitudes. Je repris la vie comme avec la vieille équipe. Notre existence fut un peu comme celle d'un ménage rompu qui se remet. A côté de nous, dans la case des porteurs de plats, vivait tout seul, solitaire et farouche, un vieux légionnaire. Il était tatoué, portait la barbe, et ses yeux d'un bleu lavé étaient bordés de paupières sanguinolentes. Il ne parlait jamais à aucun d'entre nous, et montrait une aversion manifeste pour toute tentative de fraternisation. Il faisait sa popote pendant la journée, et tenait sa case avec des manies de vieux garçon. Quand je lui adressais la parole, il me regardait longuement de ses yeux mouillés, se raclait la gorge, et me disait d'un air idiot : « peut-être bien » ou « je ne sais pas ». Après le rancho du soir, il partait faire un tour dans le camp et rentrait, la nuit tombée, avec un chérubin chaque jour différent. Devant les bruits qui nous parvenaient et qui parfois se prolongeaient tard dans la nuit, le grand pompier le traitait de cochon. Le légionnaire répliquait en traînant les mots : « Ben quoi, ça te dérange, c'est pourtant pas à toi que je le fais. » Un soir, j'entendis des chuchotements, puis des gloussements, puis des gémissements et des sanglots. « Arrête-toi, arrête-toi, tu me fais mal », hurlait le patient; et le légionnaire répondit de sa grosse voix rugueuse : « Si je te fais mal, c'est que te t'aime. »

Puis le camp fut de nouveau en ébullition. Le bureau français venait de tenir une session. Le bruit s'était répandu que Madrid venait de décider la libération anticipée de cent types; c'était un départ exceptionnel qui avait pour but de faire sortir du camp toutes les compétences; les officiers d'active, les médecins étaient naturellement sur la liste, qui était complétée par des fils de famille. Peu à peu, tous les internés s'amassèrent devant la porte de la baraque, des remous se produisirent dans la foule, des garçons élevèrent la voix, proférèrent des menaces, cela tournait à l'émeute. Un gaillard lança d'une voix de stentor : « A bas le bureau. » Ses voisins se joignirent à lui, et toute la foule reprit bientôt « à bas le bureau » sur l'air des lampions.

Le spectacle était saisissant de tous ces types hâves et nus dont la plupart étaient malades, qui, de toutes leurs forces, protestaient contre l'injustice. La fièvre les gagnait, les visages étaient tirés, les mots montaient en une clameur formidable, cela faisait un roulement net et scandé qui assiégeait le bureau calfeutré. De l'autre côté, un autre chœur a éclaté : « Départ à l'ancienneté, départ à l'ancienneté. » Les deux cris se contrariaient en une cacophonie invraisemblable. Tous les mauvais garçons étaient là, ils avaient des mines effrontées et paraissaient à leur affaire. Les gros s'étaient dérangés en personne, ils étaient dignes et prudents, se contentaient d'observer, et parfois murmuraient des ordres à un de leurs hommes. Ceux-ci donnaient à plein; les beaux parleurs de la bande dégoisaient des arguments massues sur les fils à papa qui feraient la noce à Madrid alors qu'ils continueraient à pourrir au camp, sur tous ces vendus du bureau, qui s'engraissaient sur leur dos, sur tous ces militaires qui narguaient leur misère; tous ces profiteurs, il fallait les pendre haut et court.

Je rencontrai le petit cabo qui sifflotait d'un air connaisseur : « Ça va barder, les estraperlos savent que les officiers ont juré la suppression du marché noir, ils sont en train de prendre les devants. » Le cabo général et son petit suiveur allaient de groupe en groupe porter la bonne parole et essayaient de ramener le calme. Le cabo général marchait en avant de son air le plus digne, levait les bras comme pour s'offrir en holocauste, et plaçait imperturbablement un petit discours bien étudié, toujours le même, en détachant chaque mot comme un orateur. Il était de tout cœur avec les internés, il avait toujours recommandé la politique de l'ancienneté, et s'offrait pour porter au bureau leurs doléances. Dans son sillage, le nain fidèle serrait ses interlocuteurs sur son cœur, et chuchotait comme un conspirateur : « Il est trop modeste pour le dire, mais c'est lui qui devrait être le chef du groupe français; avec lui, vous seriez sûrs de partir vite. » Dès que le nain m'aperçut, il se précipita dans mes bras : « Tu es avec nous, comme tous les honnêtes gens; tu sais, le bureau lui-même est divisé, le commandant marche avec nous », puis il alla vers d'autres embrassades, Le public était chauffé à blanc. Le nain arriva alors avec une chaise, et le cabo général monta dessus pour haranguer la foule; le nain criait « vive le cabo général », mais sa voix n'eut point d'écho. Le cabo général fit un large moulinet de ses bras comme pour arrêter les acclamations, et sourit du sourire du grand homme : « Mes amis, mes chers amis. Devant votre insistance, je ne me déroberai pas à l'honneur que vous me faites. J'accepte d'aller plaider votre cause devant les chefs français. Je suis un vieil interné comme vous, je serai toujours à votre côté. » Quelques applaudissements saluèrent ce noble discours; certains pourtant ricanaient : « Il sera toujours à notre côté; il veut dire du côté de nos poches. » Lentement, il fendit la foule pour se diriger vers la porte de la baraque, il était grave comme le Christ marchant sur les eaux, il courbait un peu les épaules sous le poids de sa responsabilité; il disparut enfin dans le corridor, laissant derrière lui une foule haletante.

L'attente parut durer un siècle; mais ce fut le commandant qui sortit le premier; il avait l'air pas commode et lorsqu'il grogna « pouvez donc pas faire de la place », les internés s'écartèrent respectueusement. Le cabo général se glissa tout doucement hors de la baraque et se planqua derrière un groupe; il ne faisait plus de bruit du tout, il ne cherchait manifestement que l'oubli. Le nain, lui, avait disparu. Le commandant avait escaladé la chaise dans un silence solennel. Perché sur ces quelques planches, avec son grand dos voûté et son nez d'aigle, il rappelait les orateurs de Hyde Park dans leurs transes religieuses ou anarchiques. De colère, il ne bégayait même plus. Il avait le timbre métallique des grands jours. « Des pêcheurs en eau trouble vous ont déclaré que j'étais d'accord avec eux en de louches combinaisons. Eh bien, je suis venu vous le dire, c'est faux, je suis complètement solidaire du chef du bureau français. » Sa voix fut alors couverte par des huées. « Salaud », « vendu », crièrent mille voix. Le commandant rugit en dressant un poing menaçant vers le ciel. « Je n'admettrai pas qu'on parle ainsi à un officier français; encore un mot, et je m'en vais. » Ce fut un beau discours de quartier, puisque après avoir traité les internés de voyous, il fit appel à leur patriotisme et leur cria : « En avant, vive la France! » Puis le commandant stigmatisa les semeurs de discorde. Quand le cabo général, dans un dernier effort, essaya d'ergoter, il le foudroya d'un œil noir, et l'appela monsieur. Il termina ce discours, en donnant deux ou trois fois sa parole d'honneur sur des sujets variés. Quand il partit, les manifestants étaient domptés.

Je m'aperçus que l'éloquence militaire avait du

bon, car, si elle ne cherche pas à convaincre par des raisonnements, elle agit par des formules, et y a-t-il quelque chose de plus efficace que des formules bien frappées, surtout si elles ont servi depuis longtemps ? La foule s'écoula donc rapidement, et l'autorité du bureau sortit renforcée de cette manifestation manquée. Les internés, au lieu d'éprouver des sentiments de haine comme tout à l'heure, ne ressentirent plus qu'une certaine jalousie mêlée à beaucoup de respect pour les heureux sortants. Ils allèrent les féliciter, et leur demandèrent de ne pas les oublier quand ils seraient à Madrid. Les listes furent affichées vers sept heures du soir, et les anciens constatèrent qu'il s'y trouvait huit jeunes gens qui n'avaient jamais fait de service militaire, l'ordonnance du chef du groupe français, et le fameux cuisinier de l'aspirant qui était réformé à vie.

Mais ce nom sur la liste, tout à la fin, n'était-ce pas le mien ? Y aurait-il un homonyme dans le camp ? Aussitôt, je courus au bureau français. Non, il s'agissait bien de moi. Je partais dans le convoi du lendemain. Les camarades étaient déjà à me féliciter, je les sentais sincèrement heureux pour moi. Nous dépensâmes nos dernières pesetas pour faire un vrai gueuleton. Nous achetâmes à la cantine du saucisson espagnol rouge et sec, nous nous permîmes deux bouteilles de vin rouge, et ouvrîmes des boîtes de sardines. Je partais demain et ils ne m'en voulaient pas. On se reverrait.

En attendant, nous étions un peu gris. La nuit était venue, et dans notre petite case, nous bavardions encore une fois. Nous parlâmes de nous, de ce que nous aimions, de l'avenir. Nous nous jurâmes une amitié éternelle. Quelle fête quand on se retrouverait, car on se retrouverait sûrement. Le marin connaissait toutes les boîtes d'Alger et de Casablanca, et se chargeait d'organiser la nouba. Nous avons plaisanté et chanté, puis vers minuit, nous nous tûmes. Le cabo avait tenu à m'aider à préparer mon petit barda, j'avais si peu d'ordre, prétendait-il. J'ai dormi quelques heures, et puis j'ai accompli les rites d'usage. J'ai rendu les couvertures et le couvert.

Nous voici dans la grande cour, c'est l'appel. Les internés étaient venus nombreux assister au départ. Chaque sortant, à l'appel de son nom, abandonnait les mirandiens, et allait se joindre au groupe des partants. C'était mon tour, maintenant, il fallait que je parte. Adieu, camarades venus me souhaiter bonne chance. Adieu, mes braves pompiers, qui avez fait tant de corvées en rechignant si peu; adieu, petit cabo agrégé tout étonné d'être sorti de tes livres, et toi, marin, qui agitais encore le bras, ne te démène pas trop, ça te donnera faim, et toi aussi l'aviateur, pas si mauvais bougre au fond. Au revoir, camarades, quand nous reverrons-nous ?

J'ai franchi les grilles, nous marchions cette fois-ci sans escorte, nous étions libres. Le monde continuait donc, puisque des jeunes filles nous souriaient, et que des commères essayaient de nous vendre leur pacotille. Des gens allaient et venaient, des hommes, des enfants, des femmes; je commençais à croire qu'il n'y avait plus de femmes. Tous ces gens allaient où ils voulaient. Nous formions une longue colonne pleine de chants et de plaisanteries. La gare était restée sale et noire. Le train nous accueillit, il partit et nous n'aperçûmes plus du camp que la bandera qui flottait au bout de son mât, et puis nous ne vîmes plus rien. Miranda n'était plus qu'un souvenir.

# *TROISIÈME PARTIE*

# En liberté

Le voyage fut merveilleusement gai, avec cependant quelques conversations sérieuses pour analyser nos chances d'être dans quelques jours sur une terre française. Une ultime anicroche paraissait peu probable, mais certains prétendaient qu'on ne pouvait jamais savoir avec les Espagnols, et qu'ils ne seraient pleinement rassurés que le pied sur le bateau. Qu'un maillon quelconque de la machinerie diplomatique craque, qu'un revers allié fasse revenir Franco à ses premières amours ou que simplement un haut fonctionnaire soit de mauvaise humeur et c'est nous, éternelle monnaie d'échange, qui trinquerions. Ne savions-nous pas qu'il fallait s'attendre au pire quand tout semblait pour le mieux ? Les autres vivaient déjà dans l'avenir.

Le train filait avec une lenteur ibérique, nous mîmes tout l'après-midi et la nuit pour faire les quelques centaines de kilomètres qui séparaient Miranda de Madrid. Nous nous réveillâmes aux approches de la capitale, au milieu d'une lande semée de pins chétifs récemment plantés, aussi piteux que des plumeaux déplumés. Puis des baraques entourées de pauvres champs, des villas prétentieuses le long des routes marquèrent un début de banlieue. Ces bâtisses s'agglutinèrent vite en faubourgs laids et tristes, où manifestement il ne s'était jamais rien passé. Et moi qui croyais trouver un spectacle de désolation, avec des entonnoirs, des maisons effondrées, tous les restes de la guerre. Le convoi s'arrêta à la sortie d'un pont, des ballots plurent des fenêtres d'un wagon, deux hommes sautèrent à leur tour, qui chargèrent les colis sur leur dos en un tour de main et décampèrent, tandis que le train repartait doucement. Nous nous amusions encore de ce petit épisode de marché noir quand nous entrâmes en gare, une grande gare banale. Un petit monsieur aimable, propret, barbichu, nous dit quelques mots dans la tradition du genre et nous expliqua que nous resterions trois jours à Madrid. Puis, nous nous dirigeâmes en troupe à travers les rues de la ville qui se réveillait, vers l'hôtel de la Croix-Rouge, calle San Bernardo. Le spectacle de ce personnage bien mis, marchant à pas menus et choisissant ses mots, à la tête de ces hommes sales et déguenillés, traînant des paquets informes, ne suscita aucune curiosité. Les Madrilènes étaient habitués à voir de pauvres gens marcher vers des destins dont ils ne se souciaient plus.

La Croix-Rouge, nichée dans une grande bâtisse délabrée, était sur le pied de guerre. Toutes les dames françaises de bonne volonté et de gros volume nous attendaient. Nous n'avions pas droit aux jeunes filles que nous aurions pu choquer, mais aux matrones qui nous reçurent comme des blanchisseuses s'attellent à un tas de linge sale. Sourires sur les joues et manches retroussées, poitrines vagabondes et robes noires, elles nous expédiaient de service en service jusqu'à ce que nous en ressortions propres et beaux comme des premiers communiants. D'abord les douches, généreuses comme nos protectrices, qui poussaient des cris effarouchés quand elles apercevaient un morceau de chair par la porte entrouverte et nous faisaient prévenir de ne pas les offusquer. Puis, la lingerie, où une brave dame débordée, mais maigre, essayait de parer au pillage des stocks, et appelait au secours d'autres commères trop occupées à bavarder pour être de quelque secours. S'abandonnant enfin, elle laissa s'évaporer les masses de chemises, de chaussettes et de caleçons, en donnant des conseils pour prouver son utilité. Je me croyais dans un magasin de nouveautés avec des types qui essayaient des chaussures et d'autres qui enfilaient des costumes. Je me retrouvai enfin dans la cour, regardant avec étonnement ces gens sortis du rayon garçonnet d'un bon marché de province. Le groupe revêtu de complets gris à rayures s'opposait à celui qui avait préféré le vert tendre. Par suite de la standardisation de nos tenues à ces deux spécimens, la franc-maçonnerie des évadés n'avait besoin d'aucun signe cabalistique pour se reconnaître dans les rues de Madrid. Des cris joyeux saluaient l'apparition de chaque élégance nouvelle et encore humide. Bientôt les vieux Madrilènes de huit jours, ceux qui étaient sortis individuellement par faveur extra-spéciale, vinrent faire admirer leur élégance et nous tomber dans les bras. L'aspirant fit de tendres embrassades à tous les copains de la vieille bande, il pressa chacun de nous sur son cœur sans rancune avant de lui chuchoter des secrets à l'oreille. Il avait vu mon dossier, plein de recommandations, me disait-il avec un geste emphatique pour en souligner la consistance, mais il racontait cela à tout le monde comme une flatterie délicate. Le fidèle cuisinier pleura de joie à sa vue, et se mit à le suivre comme un toutou, en aboyant d'admiration à chaque mot admirable de son maître. L'aspirant faisait maintenant un noble et élégant señor, habillé de neuf chez les meilleurs faiseurs. Sa veste claire balayait l'air de ses pans volumineux, les larges pantalons de flanelle se raidissaient sur le pli impeccable, les chaussures formaient une mosaïque de petits carrés blancs et rouges tout pointillés de petits trous. Je sentis vite qu'un complot était dans l'air. Nous étions répartis par la Croix-Rouge en un certain nombre d'hôtels et de pensions, mais ces établissements appartenaient à des catégories différentes, allant du palace à la pension. Les gens chic eurent une peur affreuse de n'être pas dans des endroits chic, d'en être réduits aux manants. Heureusement qu'à la Croix-Rouge tout s'arrangeait toujours, et l'habitude de déplacer les noms servit encore une fois. L'aspirant, déjà dans l'intimité des maîtres du lieu et au courant de tous les dessous, rendit à cette occasion des services signalés à ses petits amis. Tous les jeunes officiers furent finalement casés dans l'hôtel à la mode, et s'en allèrent en bande tout occupés à se communiquer les potins locaux qu'un homme du monde est toujours condamné à savoir.

Je ne connaissais qu'un garçon de ma liste, le polytechnicien qui avait mangé avec tant de bonne humeur les beignets du marin. Nous réunîmes tout naturellement nos solitudes, et nous nous lançâmes dans Madrid, à la recherche de notre logis. Nous étions tous abasourdis de marcher sans ange gardien, au milieu de la foule pressée; pourtant personne ne semblait nous regarder ou nous suivre. Nous nous égarâmes vite dans le cœur de la capitale. Ne vivions-nous pas dans un monde antérieur, avec ces voitures abondantes, ces vitrines remplies, ces cafés aux clients sans soucis ? Les boutiques étaient prêtes à satisfaire tous les ordres de concupiscence; avec des pesetas, on pouvait aussi bien se remplir le ventre de gâteaux à la crème que s'habiller en gentleman impeccable. Des dames riches faisaient des emplettes avec une nonchalance pressée, les messieurs tombaient invariablement dans les fauteuils accueillants des terrasses, les pauvres, les employés marchaient vite, en réprouvés. C'était le triomphe du luxe un peu criard. Je fus très frappé par le gigantisme puéril des immeubles. Cette grande artère singeait déplorablement la cinquième avenue, à une échelle réduite, bien entendu. Si les buildings ne s'élevaient pas à des hauteurs effroyables, ils étaient pourtant accompagnés de tous les attributs de l'élévation. Rotondes, coupoles, minarets, corniches, frises, statues, donjons, leur donnaient, à défaut d'importance, le cosmopolitisme des villes d'affaires qui veulent être modernes. Tous ces blocs triturés étaient comme des gâteaux qu'un pâtissier compliqué aurait surchargés de motifs ornementaux. Les styles s'y mariaient pour accoucher de monstres déplorables, c'était Byzance revue et corrigée, avec des ascenseurs et des réclames. Pourtant les perspectives de l'avenue, large et animée, faisaient riche, nouveau riche.

Après la Puerta del Sol, nous tombâmes dans un quartier bourgeois aux maisons vieillottes, où nous dénichâmes la pension grâce à son imposante enseigne. L'immeuble était consacré aux pensions de famille, elles s'y étaient multipliées jusqu'à trois. La nôtre était d'une banalité désespérante, c'était un immense appartement mal tenu, qui sentait la parcimonie et la circonspection. La grasse patronne, lente de mouvements et vive de coups d'œil, nous dévisagea longuement comme de dangereux sujets, et nous fit d'une voix criarde des recommandations que nous ne comprîmes pas au milieu d'un cercle de bonniches curieuses et mal tenues. Elle nous donna une grande chambre, mais il fallut nous adjoindre un compagnon, car elle était pour trois. Nous conclûmes l'affaire avec un lieutenant de la coloniale bon vivant au possible à qui les titres universitaires en imposaient.

Nous fîmes d'abord un ménage à trois fort uni. Le polytechnicien avait une tête ronde incrustée de gros yeux qui tournaient derrière ses lunettes, et qui se complétait par un petit nez mutin, des taches de rousseur et des cheveux crépus. Il ne pensait pas, il dissertait, ses réflexions avaient l'allure de problèmes dont la solution serait une bonne combine. Vivant dans le monde de la certitude, il reliait ses constatations par des plaisanteries lettrées qui tombaient à plat. Son avarice s'accompagnait de toutes les petites habitudes bourgeoises : livre de comptes, journal quotidien, et même exercice de méditation le soir. Il avait vécu assez seul à Miranda, son pédantisme et sa culture le rendant peu désirable aux autres officiers, son appétit et son incroyable maladresse effrayant les autres internés. Le colonial, écrasé devant tant de science, joua pendant les premiers jours l'élève devant le magister enfin muni d'un auditoire. Notre trio fut vite cimenté.

Nous eûmes notre table à la salle à manger, où nous étions servis par le patron lui-même. De son passé de valet de chambre, il avait conservé une dignité d'allure, une amabilité de sourires, un coup de serviette très au-dessus du niveau de la maison. Notre émotion fut telle de manger de façon civilisée que nous ne nous aperçumes pas que la nourriture n'existait pas, juste quelques illusoires bouchées. Les convives ne protestaient pourtant pas, et même se curaient les dents avec satisfaction. Les réclamations françaises se brisèrent sur le mur de la discipline ibérique, et nos chapardages nous auraient fait renvoyer avec pertes et fracas, sans les prix avantageux que la Croix-Rouge versait pour notre pension. Le reste de l'assistance se tenait avec beaucoup plus de calme. Des soldats espagnols mangeaient sagement à côté de nous; nous mîmes plusieurs jours à apprendre qu'ils étaient des volontaires de la division bleue en permission, entretenus aux frais de l'ambassade d'Allemagne. Un petit monsieur vulgaire n'eut de cesse qu'il nous eût raconté son histoire. La résistance, les missions, les tortures prirent une ambiance de courses et de bistrot, servies avec l'accent belge et la conviction du donneur de tuyaux par ce bonhomme en costume à carreaux et knickers. En réalité, il s'était enfui avec quelques millions en poche gagnés à la sueur du marché noir, après avoir enlevé une Allemande platinée, barbouillée de rouge et de rimmel, qui dévisageait avec insistance les beaux garçons de la salle sans que cela parût gêner son compagnon. Le couple s'éternisait à Madrid, gémissant de l'incompréhension du consul de Belgique, qui ne se pressait pas de leur donner un passeport. « Quelle ingratitude, se lamentait le type; mon amie a rendu des services inouïs à la cause alliée. » Le reste de la clientèle était formé par quelques familles espagnoles égarées; car les familles ne se cloîtrent pas toujours dans leurs demeures-forteresses, elles font parfois des sorties en corps. Je croyais que les hommes se déplaçaient seuls, mais, dans les grandes circonstances, ils se font accompagner par les enfants, et même par les femmes.

Nous fîmes dans l'après-midi une descente à la Croix-Rouge afin de nous renseigner sur notre sort incertain. C'était une entreprise dont nous n'avions pas mesuré la difficulté. Après avoir grimpé un majestueux escalier, nous débouchâmes dans une salle des pas perdus sur laquelle donnaient d'imposantes portes. Nous retrouvâmes presque tous nos camarades en plein découragement; après des heures d'effort, ils avaient renoncé à la certitude, pour alimenter leur curiosité de rumeurs contradictoires. Quelques obstinés frappaient de porte en porte pour être chaque fois refoulés par ces grognements féroces. Ils accablaient de questions deux garçonnets revêtus de livrées aux pièces disparates, qui répondaient en un jargon franco-espagnol qu'ils ne savaient pas.

Un petit salon annexe formait dans cette agitation un petit îlot de calme; des messieurs et des dames y faisaient antichambre avec expérience, se murmurant des jugements qualifiés coupés de petits rires ironiques. L'aspirant, très à l'aise dans ces lieux d'expectative, me confia qu'une curieuse migration de poules de France vers l'Afrique avait commencé depuis quelque temps. La charitable Croix-Rouge les avait qualifiées d'infirmières pour les besoins de la cause; elles contribuèrent beaucoup à maintenir le moral français, déçu par l'austérité espagnole ou par les prix exigés. Parfois une des autorités du lieu traversait les couloirs à marches forcées, pour ne pas être assiégée par des groupes impatients; un personnage prenait juste le temps de distribuer au passage quelques poignées de main à des visiteurs de connaissance, se contentant même, dans les situations critiques, de simples hochements de tête. Quelques évadés plus anciens à Madrid prenaient des mines importantes pour diffuser les secrets qu'ils auraient recueillis auprès des maîtres locaux. L'aspirant était le plus mystérieux; il ne distillait ses recettes qu'à des personnages triés sur le volet, et je me sentis particulièrement honoré d'avoir droit à ses confidences.

Le désordre n'avait rien d'étonnant par suite de la composition du personnel. Giraud avait commencé par nommer des gens, de Gaulle en avait aussitôt nommé d'autres, certains enfin s'étaient nommés eux-mêmes, si bien que cela ressemblait beaucoup à un panier de crabes. « Le chef nominal est un colonel d'aviation giraudiste, me dit-il, mais il est trop occupé à faire la noce pour apparaître dans son bureau; puis cet homme est travaillé par des scrupules de conscience à mesure que la position du général de Gaulle s'affermit en Afrique et que sa propre étoile décline; les bruits de son rappel sont pain quotidien. » Je dois ajouter qu'il resta pourtant en poste jusqu'à la veille du débarquement en Normandie, quand ce militaire doué de flair se rallia solennellement au maréchal Pétain. « Son second est un évêque gros, rond, jovial, ventru, finaud, merveilleux dans la cordialité, plein d'accolades et de promesses, grand tapoteur de joues, bénisseur émérite, un père autoritaire pour ses ouailles et la gloire des salons madrilènes. Venu en homme de confiance de

Vichy, son passage à l'ennemi a créé un affreux scandale chez nos amis espagnols, qui ne peuvent concevoir un évêque parmi les réprouvés, et lui envoient prêtre sur prêtre pour le ramener à de meilleurs sentiments. Il se réserve pour les grandes décisions, laissant le travail effectif en cadeau aux subalternes; on le fait donner quand il s'agit de la faire à l'influence, dans les scènes où la croix pastorale fait merveille.

Nous sommes surtout en rapport avec des gens qui ont été ramassés là, et qui, depuis lors, se croient des personnages. Criards et combinards, mélangeant les attitudes charmeuses et les coups de gueule, ils prétendent tout diriger dans la maison, et ne sont bons à rien. Enfin, deux diplomates épouvantés se sont réfugiés dans des pièces lointaines, tout au fond de corridors par où pénètrent subrepticement les initiés. Ils se complètent heureusement; la rondeur aimable de l'un faisant un heureux contrepoids à la jeunesse glacée de l'autre. Ils sont naturellement des maîtres dans l'art de l'accueil : un coup d'œil interrogateur lancé par-dessus les papiers amassés, un geste de main rassurant pour indiquer une chaise, enfin un sourire de détente indicateur du plaisir ressenti devant l'imminente conversation. Ils ont les tics professionnels du silence, de la bienveillance et du mystère, mais ce sont les seuls à travailler. Ils se battent avec les dossiers incomplets, les renseignements inexacts, les ordres contradictoires, les préoccupations alliées, les incertitudes espagnoles et surtout l'inextricable pagaille. »

L'aspirant finissait cet éloge du corps diplomatique quand il s'arrêta net dans la pose qui correspondait à la surprise parfaite. Ayant réglé sa vue à la distance de l'apparition, il marcha sur elle comme un homme qui s'est détaché du reste de l'univers. Il avait reconnu notre compagne d'évasion dans cette jeune femme solide, qui, accoudée sur la rampe de l'escalier, était occupée à lancer dans le vide les bouffées de sa cigarette. Si l'aspirant montra sur sa figure une joie naïve de la rencontre, elle prit quelques secondes avant de vouloir nous reconnaître, et ce fut pour nous reprocher violemment l'épisode de la vieille Anglaise. Elle avait mis tout sens dessus dessous pour préparer notre fuite, nous l'avions récompensée d'une drôle de façon. Pour l'adoucir, je fis allusion à ses hautes relations, et à sa connaissance certaine des mystères environnants. Elle condescendit à nous renseigner sur notre propre sort. « Votre convoi partira dans trois jours. » L'oracle rendu, elle nous quitta sans prendre congé pour pénétrer dans le saint des saints, chez l'évêque.

Pendant ces trois jours, nous vécûmes en matérialistes convaincus, dépensant tout l'argent dont nous n'aurions plus besoin. Nous n'entrevîmes Madrid qu'avec des yeux bouffis, des maux de tête et des estomacs trop pleins. Nous aurions oublié que nous étions en Espagne, sans un léger incident. Un soir, le polytechnicien, parti dans ses souvenirs de jeunesse, nous fit une démonstration complète de la construction et de l'utilisation de la bombe à eau. Sur un défi du colonial, il lâcha la plus réussie par la fenêtre; le bruit de l'explosion confirma le succès de l'expérience, puis le polytechnicien aperçut une femme qui s'enfuyait. Il jouit de son triomphe jusqu'à ce qu'un bruit d'émeute remplît notre pièce et nous incitât à regarder dehors. La rue était noire de monde, des centaines de personnes gesticulaient et discutaient passionnément; un cordon de gardes entourait la flaque faite par la bombe, quelques officiers supérieurs regardaient le liquide avec suspicion, un civil arriva avec une éprouvette pour faire un prélèvement. De plus, une femme – celle qui avait crié sans doute – pointait un doigt vengeur vers notre étage devant des policiers attentifs. Un réflexe commun nous précipita dans l'escalier, dans la rue, dans le bistrot du coin. Le patron, un ancien de la Légion, nous apprit qu'un attentat venait d'être commis en face de notre pension, et que la police se perdait en conjectures sur la nature de l'explosif : un liquide ressemblant à de l'eau. « Et si c'était de l'eau ? » suggérai-je. Le patron haussa les épaules. « Pour qui nous prenez-vous ? Nous savons faire les bombes dans ce pays, c'est même une spécialité nationale. » Après avoir repris courage avec trois amis, nous risquâmes un œil prudent dans la rue. Le dernier garde s'en allait au pas cadencé, la femme attentée ne trouvait plus d'auditeur et la flaque finissait de sécher au soleil. Nous achetâmes quelques bouteilles pour fêter nos débuts dans la carrière de dinamiteros.

Notre compagne ne s'était pas trompée, le troisième soir arriva une lettre cachetée pour nous ordonner de nous rendre le lendemain matin à la gare de l'Ouest. Nous étions avertis que l'absence serait considérée comme une désertion, et que la Croix-Rouge cesserait immédiatement sa généreuse protection. Il paraît que des garçons se plaisaient à ce point en Espagne qu'ils n'éprouvaient aucune inclination à la quitter, préférant les accommodements avec la police locale au futur métier des armes. En particulier, les types de la frontière se rendaient chez des parents à quelques kilomètres de chez eux. Ce bonheur ne nous tenta pas. Nous vidions les lieux quand nous engageâmes un dernier combat, au sujet d'un nombre démesuré de bouteilles porté à notre compte, comme si nous avions bu toute la cave. Nous eûmes affaire tour à tour à une bonniche éplorée, puis au corps des bonniches tout entier, puis à la redoutable patronne augmentée de son époux; nos assaillants se renouvelaient tout comme les Maures dans les chansons de geste. Cela se termina par un compromis, et nous affretâmes un taxi où nous nous entassâmes comme des conscrits joyeux.

A la gare, la place était noire d'évadés, certains avaient pris des mines de voyageurs honorables avec des valises et des embarras, la plupart faisaient encore vagabonds tendant vers la respectabilité, avec des poches et des musettes gorgées de victuailles. Le groupe des femmes était soigneusement gardé, quelques dignes dames s'étant plaintes de la promiscuité des « infirmières » qui en faisaient de toutes les couleurs. Ce fut le scénario habituel : attente interminable, ordres contradictoires, remous de la foule, essais de groupements. Nous tendions vers une société hiérarchisée et militarisée, les officiers et assimilés ayant été pourvus d'une autorité mal définie qu'ils n'arrivaient pas à exercer. Nous eûmes un moment d'espoir quand nous vîmes arriver un train; des portières émergeaient des têtes, des bras et des saluts. C'étaient nos confrères de Barcelone qui nous rejoignaient; mais le convoi démarra tandis que nous restions toujours là. Après quatre ou cinq heures d'attente, les doutes commencèrent à s'infiltrer, puis les rumeurs se propagèrent, encerclant chaque porteur de nouvelles d'une masse de badauds. Notre départ serait remis, mais chacun avait sa thèse sur les causes de cet événement. C'était encore un coup des Portugais; les Espagnols n'avaient pas mis les wagons convenus à notre disposition; la faute en était à la Croix-Rouge qui avait oublié de les commander; les Espagnols auraient cédé au chantage allemand d'invasion, un des bateaux du convoi avait été coulé. Nous essayâmes d'interviewer les officiels réunis en un petit groupe nerveux et qui se relayaient au téléphone. Ce fut l'annonce officielle d'avoir à entrer dans nos demeures respectives pour y attendre des ordres nouveaux; nous partirions probablement le lendemain. La patronne nous retrouva avec la double satisfaction de futurs profits et de futures querelles. Nous attendîmes vainement plusieurs jours, puis nous apprîmes que nous ne partirions pas avant le prochain convoi, dans un mois au plus tôt.

Nous étions un peu abattus. L'Espagne nous lâcherait-elle jamais? Pour l'instant, nous étions échoués à l'hôtel, sans argent et sans connaissances. Nous étions assez reposés pour ne plus avoir envie de dormir toute la journée. Je pensais alors à Pablo, un vieil ami que je n'avais pas revu depuis dix ans. J'avais fait sa connaissance sur une petite plage des environs de Biarritz, peu après la proclamation de la République espagnole. Comme nous étions jeunes alors et, dans notre détresse de Madrid, je l'évoquais, tel qu'il m'était apparu quand j'avais vingt ans. Presque grand d'Espagne, il avait alors comme profession de ne rien faire, sinon l'amour. Certes, il se prétendait étudiant, et en savait assez pour se lancer furieusement dans des discussions politiques qu'il terminait, après avoir voué tous ses ennemis au poteau, par un grand éclat de rire quand il était fatigué de s'égosiller et de gesticuler. Il plaçait tout sous le signe de la qualité intrinsèque, de l'élégance naturelle; il avait comme principe de rompre immédiatement avec une femme à son premier bruit incongru, ce qui ne l'empêchait pas de se racler la gorge minutieusement et bruyamment, puis de cracher superbement, c'était « congénital », prétendait-il. Il avait une étiquette compliquée et intransigeante spécialement adaptée à chaque acte social, quitte à terminer la cérémonie par des tapes sur le dos, des confidences risquées et le tutoiement. Son amour ibérique de l'éloquence se traduisait à tout propos par des tirades mimées qu'il interrompait quand il s'apercevait que c'était presque du travail. Il se soignait comme une femme, avait l'art de la pochette, et du nœud de cravate, et aimait le nudisme pour exhiber son corps musclé. Chevalier du sexe faible, expert de la carte du tendre, casuiste de l'amour, il était fort mufle pour les femmes.

A ce moment-là, il aimait éperdument, il était fiancé, il allait convoler, il vivait dans les métaphores et les baisers. En vérité, elle était la plus jolie vision du monde, avec une figure merveilleusement ovale, des traits purs, presque angéliques, un frêle corps de statue. Elle avait de grands yeux toujours languissamment posés, et cet air renfermé d'une femme qui ne vivrait pas tout à fait. Pourtant, elle était fort de ce monde, et ils se payaient tous deux du bon temps avec l'approbation de tout le pays, pour qui ils formaient le couple idéal, celui qui gagne tous les concours de danse. Ce qui retardait le mariage, c'est qu'il y avait incompatibilité entre Pablo et une situation stable. Devant cette impasse, Pablo se souvint qu'il avait un examen à passer dans son pays;

pour me prouver la vérité de cette assertion, il sortit une brochure de soixante pages qui renfermait le cours complet d'une année d'étude de droit. « Puisque tant d'Espagnols sont avocats, pourquoi ne le serais-je pas ? Ici, personne ne croit que j'étudie, mais là-bas, je passe fort bien mes examens, tu penses, je les prépare au moins pendant trois jours. » Il me proposa de l'accompagner dans sa tournée, ce que j'acceptai d'enthousiasme.

Quel voyage! Comme j'aimais l'Espagne insouciante et folle de 1933. D'abord ces trains espagnols grouillants d'une foule débraillée, exubérante, heureuse! Comme ils fraternisaient rapidement ces paysans tannés, ces grasses commères, ces gardes en manches de chemise. Quand mon mentor m'eut présenté, ils étendirent aussitôt leur protection jusqu'à moi, il fallut que je me remplisse de victuailles, que je m'inonde avec la gourde, et chacun me recommandait de goûter aux femmes espagnoles; « Ce sont les plus chaudes du monde », disaient-ils orgueilleusement. Puis, après avoir traversé des paysages éclatants, et des montagnes sauvages, nous arrivâmes enfin à Oviedo. Je fus effrayé par ces murs énormes, blancs, impitoyables, par ces couvents monstrueux, par ces ruelles obscures, par tous ces mendiants. Toute cette tristesse ambiante disparut devant des sensations merveilleusement aiguës. Pendant huit jours, je partageai la vie d'une bande d'étudiants en plein bachotage; ils se seraient crus déshonorés de relire une ligne de leurs cours, et secouaient leur paresse pour s'amuser de toutes leurs forces, ayant résolu provisoirement la contradiction espagnole du farniente total et du plaisir actif. Entraînés toujours par de nouvelles tentations, nous arrivâmes à ne plus dormir que trois ou quatre heures par nuit.

Que de souvenirs merveilleux! J'aimais les bistrots misérables, avec les hommes assis en rangées comme des écoliers; ils braquaient tous, dans un étonnant sérieux, leurs faces crispées sur la fillette toute nue, toute brune, avec des anneaux autour des chevilles et des fleurs dans les cheveux, qui dansait sur un semblant d'estrade, au pied de laquelle un violoneux arrachait un air sauvage à son instrument; elle suivait la musique avec des gestes endiablés, obscènes et charmants, et quand, claquant ses castagnettes, elle projetait son ventre en avant, tous les mâles se soulevaient en hurlant lugubrement « ollé ». La fillette tourbillonnait, un sourire sur les lèvres, délicieuse d'impudeur, à une allure toujours plus folle, jusqu'à l'effondrement total, où les hommes déchaînés retrouvaient leurs figures impassibles.

J'aimais aussi les cidreries, sentant les pommes pourries et la pisse, avec les ignobles cabinets aux portes largement ouvertes sur la salle pendant qu'une servante à genoux les nettoyait; je m'exerçais vainement à attraper le geste consacré du verseur de cidre; soulevant d'une main la cruche au-dessus de la tête, il devait faire tomber le jet sur la paroi de l'imposant verre de la communauté qu'il tenait incliné dans son autre main, de façon à obtenir un liquide mousseux et trouble assez dégoûtant à voir; nous nous passions le récipient en nous complimentant, sans daigner nous apercevoir des supplications d'estropiés et de vagabonds infects, ni des chapardises des gosses impudents, sauf quand l'un de nous faisait un geste agacé comme pour chasser une bande d'oiseaux.

Comme je m'amusais dans les vrais cafés modernes aux tables stratégiquement situées, les paisibles indicateurs lisaient leurs journaux avant de se rassembler en groupes fraternels pour échanger des tournées et des tuyaux; ils ne se cachaient aucunement de leurs collègues ni des étrangers, et formaient presque un syndicat professionnel, ce qui ne les empêchait nullement de s'étriper en règle, avec raffinement, le jour venu. Je visitais les boîtes de nuit, si guindées que nous n'osions pas rire, si respectueuses de la morale familiale que seuls les hommes étaient admis, si décentes que les dames du lieu avaient des allures de femmes du monde, même quand elles chatouillaient un richard.

Je fréquentais les courses de taureaux, et sus vite par cœur les rites monotones dont les gens de l'arène se servent pour tuer successivement six taureaux; je me demandais ce qui pourrait justifier les manifestations contradictoires de la foule dans des gestes rigoureusement analogues. Cette boucherie était à la fois grisante et ridicule; les matadors se pavanaient dans leurs costumes chamarrés au son d'une musique de foire, les spectateurs lançaient leurs couvre-chefs dans l'arène après les coups d'éclat, les señoritas sortaient d'un livre d'images avec leurs éventails, leurs mantilles, leurs surveillants et leurs sourires, les chevaux éventrés s'écroulaient comme des jouets cassés en exhibant de ridicules boyaux, de vieilles rosses tiraient dehors les taureaux morts sans respect aucun, les toréadors piaffaient pour exciter les bêtes avant de faire les coquettes avec leurs draperies, les picadors s'arc-boutaient de leur lance sur les dos saignants comme don Quichotte sur son moulin.

J'assistais régulièrement, au crépuscule, à la promenade rafraîchissante des familles notables qui se livraient au complet à cette opération dans une allée longue de deux cents mètres. En grand tralala, naturellement. Les femmes devant, grasses, avec des peignes dans les cheveux, et des bijoux partout, la mère surveillant les filles. Derrière, les hommes, très souteneurs. D'ailleurs, ces groupes ne se mélangeaient pas, une petite inclinaison de tête pour les connaissances, un air mauvais pour les inconnus, et c'est tout. Après les plaisirs de la journée, nous passions la nuit au poker, où ces gaillards s'excusaient de me prendre mes pesetas, et quand j'étais fatigué, je m'étendais sur le lit où ils m'enveloppaient dans les couvertures avec des soins paternels; quand j'entrouvrais l'œil, à l'aube, ils jouaient encore, enfumés et livides.

Ce fut enfin le grand jour de l'examen, cela avait lieu dans la solennelle faculté, en une salle moyenâgeuse, au bout d'arcades monacales. Les examinateurs, en toques et robes noires, formaient un corps menaçant; que présageaient ces visages émaciés, ces yeux perçants, ces bouches édentées, ces doigts accusateurs? Le candidat malheureux n'allait-il pas être livré à ces gros huissiers tapis derrière des colonnes imposantes comme celles des cathédrales? Finalement, tous les camarades furent reçus, Pablo eut même une mention; l'abondance des matières était telle qu'il y avait moins de questions à poser que de garçons à interroger, ce qui permit à Pablo, après avoir un peu écouté, d'appuyer son air assuré de vagues connaissances; le jury, étonné de ce flot de connaissances, opinait avec ferveur à mesure que mon ami s'enfonçait dans sa docte éloquence, le président rayonnait d'avoir trouvé quelqu'un qui fût savant. Après ce succès, nous quittâmes tous deux Oviedo, Pablo se rendant à Madrid pour recueillir les félicitations étonnées de son père, tandis que je regagnais la France par suite de l'état inquiétant de mes finances. Depuis lors, je n'avais revu ce cher ami qu'une fois, à Paris. Il avait épousé sa dulcinée, et en était à sa cinquième situation en quelques mois. Il avait l'art de se faire engager mais aussi de se faire renvoyer. Ce jour-là, je le trouvai engagé dans un petit appartement bourgeois où il bâillait pendant que sa femme, fortement enceinte, tournait de la confiture qui bouillonnait dans un énorme chaudron, d'un geste mou et régulier. J'appris ensuite qu'il avait trouvé sa voie pendant la guerre civile en devenant républicain et diplomate, et qu'il avait exercé une inlassable activité oratoire sur le sol français, selon la maxime : chacun à l'endroit où il rend le plus de services, qui est le mot d'ordre des spécialistes ennemis du feu.

Dans notre situation présente, Pablo aurait été d'un merveilleux secours. Malheureusement, il était peu vraisemblable que ce patriote rouge vécût libre dans son pays natal; si Franco lui avait accordé l'hospitalité, ce ne pouvait être que dans une prison. Je résolus, à tout hasard, d'aller me renseigner chez son père, un notable avocat aux sentiments très modérés. Après m'être risqué dans une vieille maison lézardée, suintante et formidablement murée, je me trouvai face à face avec le chef de famille. Ce monsieur court et lourd comme un asticot avait une tête mussolinienne où tout était gros. Elle abondait en perspectives osseuses, revêtues d'une chair livide, un peu bouffie et un peu décomposée qui se bourrelait sur sa nuque de taureau, se tendait sur le crâne chauve, se ravinait sur les joues. Toute son inexpressivité, concentrée dans des yeux incolores, montrait l'homme de toutes les autorités sacrées, le père, le mari, le citoyen. Derrière lui, l'appartement s'étendait en murailles humides, en parquets non cirés, en recoins ténébreux, avec quelques meubles ménagers, quelques Christs, et de gros volumes sévèrement reliés. Ce monsieur parlait un peu français; il hochait la tête en m'écoutant, ferma les yeux pour réfléchir, et, le poing sur la table, me dit lentement qu'il aurait infiniment désiré m'être agréable; il ajouta, d'une voix douloureuse et pourtant décidée, qu'il ignorait tout de son fils depuis ces dernières années, et que d'ailleurs il l'avait renié par suite de sa conduite criminelle : « Mon cœur paternel a offert ce douloureux sacrifice au Seigneur justicier. » Il me reconduisit jusqu'à la porte, et s'inclina profondément, avec une agilité surprenante pour un homme si lourd.

Je revins fort déconfit, mais le lendemain j'étais réveillé vers onze heures par un coup de téléphone, c'était Pablo. Sa jeune sœur l'avait averti de ma visite, et la Croix-Rouge lui avait donné mon adresse; il m'attendait vers six heures à son quartier général, un café à deux cents mètres de là. C'était dans une rue populeuse et passante; les hommes se jetaient sur les journaux qui annonçaient le débarquement allié en Italie; les commentateurs encombraient la chaussée en groupes passionnés; des femmes appelaient des passants pour vendre des cigarettes dissimulées dans les poches et les jupons; une petite vieille essaya de me caser un petit pain caché dans un papier sale. J'arrivai enfin au café; derrière les vitrines, d'un côté une monstrueuse accumulation de charcutailles, de l'autre d'énormes gâteaux aux dessins compliqués.

C'était d'un luxe tapageur et facile : percolateurs crachotants et sifflants, banquettes rouges en moleskine, tables métalliques, glaces sur les murs, coups de téléphone; des servantes portaient des plateaux en équilibre et des garçons maugréaient comme tous les garçons du monde. La pièce avalait les bruits particuliers dans un ronronnement presque cosmopolite, celui qui se dégage de citadins mangeant, buvant, bavardant à la chaîne. Des ouvrières venaient consommer seules sans que cela choquât personne, elles plaisantaient même avec des hommes sans se faire écharper; bientôt serait-il peut-être permis aux amoureux de s'embrasser dans la rue sans aller en prison pour offense aux bonnes mœurs? Je n'en croyais pas mes yeux. Heureusement, la vraie Espagne se trouvait dans la pièce voisine, réservée aux habitués. Toute la journée durant, les hommes travaillaient sérieusement aux cartes, des cartes représentant des légumes, des fruits, tout le monde végétal. Ils étaient encore jeunes, aux environs de la trentaine, avec des figures minces d'intellectuels et des gestes de beaux parleurs, mais ils y mettaient la passion de nos beloteurs, avec plus de rhétorique dans les discussions. Beaucoup de verres vides, et une fille assise sur une chaise, surveillant le jeu d'un air de mauvaise humeur.

Je reconnus parmi eux Pablo; il ne me vit pas d'abord, car il était en pleine altercation avec ses partenaires pour s'être mutuellement traités de tricheurs, pour la dixième fois dans la journée, ce qui ne dépassait pas la moyenne habituelle. La jeune femme profitait des circonstances pour glapir et tirer sur la manche de Pablo. Quand il s'aperçut de ma présence, il me serra sur son cœur pendant cinq minutes, puis il me présenta à ses amis qui me donnèrent de terribles poignées de main et à la jeune femme qui roucoulait gentiment en battant des paupières, « comme elle sait que tu es parisien, elle déploie ses grâces », me glissa Pablo. Il eut le chevaleresque courage d'abandonner la partie malgré les protestations des camarades, et, après avoir imposé silence à sa compagne, s'assit avec moi dans un coin isolé. Il avait étonnamment vieilli, c'était l'Espagnol déjà mûr, d'une nonchalance un peu lasse, d'une suprême indifférence, bornant sa vie à quelques habitudes récréatives, digestives et amoureuses. Malgré son crâne déplumé, il avait plus de branche qu'autrefois, il personnifiait maintenant le type de l'aristocrate un peu déchu, un peu vicieux, brave garçon au fond; il avait renoncé aux fantaisies de la mode, aux brusqueries de la jeunesse, pour ne s'emballer qu'artificiellement en de grandioses scènes construites sur un point d'honneur. Je lui exprimai ma surprise de l'attitude de son père. Pablo haussa les épaules. « Le pauvre vieux, il n'y comprend rien, tous ces événements lui ont dérangé la cervelle. Pour lui, j'ai déshonoré la famille, failli ruiner sa carrière, etc., il s'est donné un mal fou pour me tirer de taule, maintenant je mène une vie tranquille et pas compromettante, je fais du marché noir. Il attribue mes « erreurs » à l'influence française, au mariage étranger, il redoute comme la peste que je retombe dans mes anciennes idées. Il s'est fait un devoir de conscience de t'écarter de moi. Il n'a pourtant rien à craindre; je ne demande qu'une chose à la vie, la paix. »

Comme dans les vieux romans de cape et d'épée, je lui exposai mes aventures, il me raconta les siennes. « Tu dois trouver étonnant de me trouver ici, tout seul, devenu trafiquant à mes heures et pilier de cabaret le reste du temps, avec une petite amie qui est ouvreuse de cinéma. Tu veux que je te la présente? Elle s'appelle Conception, joli nom, hein? » Sur un geste impératif, Conception s'avança en dodelinant, ce qui mit en branle toute sa verroterie, puis, quand elle fut en face de moi, partit dans un interminable rire perlé nécessaire pour marquer la modestie d'une honnête fille; sur un aigre rappel à l'ordre de Pablo, elle me tendit enfin sa petite main comme si c'était un geste hardi; Pablo sourit ironiquement, ce qui permit à la belle enfant de transformer sa confusion en une colère fort bruyante, mais mon ami y mit prestement le holà à l'aide de quelques bourrades. Conception était naturellement brune et grasse, je ne sais combien de peignes étaient plantés dans ses cheveux et combien de bracelets se promenaient sur ses bras. Elle s'efforçait manifestement à la légèreté, à la coquetterie, ce qui était assez amusant avec ses yeux de bon gros chien, ses traits soufflés et une corpulence qui débordait d'un tailleur blanc; elle se mettait du rouge, faisait des clins d'œil, minaudait et boudait, ayant recours à tout l'arsenal de la Parisienne selon l'édition madrilène, alors que sa placidité la destinait manifestement aux mœurs du sérail.

« Tu ne peux pas savoir combien c'est difficile de trouver une petite amie pas chère, qui se contente d'un bijou en toc et de quelques pesetas de temps en temps; toutes ces filles du peuple ont beau être des communistes enragées, elles peuvent bien faire profession de ne croire ni en Dieu ni au Diable, je parierais qu'elles vont à confesse même si elles faisaient griller deux ou trois moines un jour de révolution; quant à leur pucelage, elles ne s'en déferaient pour rien au monde, elles gardent cet inestimable cadeau pour leur époux, lequel se croirait déshonoré si sa femme n'était pas intacte. J'ai mis plusieurs mois à coucher avec Conception, ça n'a pas été facile, je t'assure; je lui démontrai mille fois que ces préjugés étaient absurdes chez une personne aussi avancée d'idées, mais elle me répondait que cela n'avait rien à voir avec la politique; j'en serais sans doute toujours là si je n'avais employé que mon éloquence et des arguments juridiques. Depuis lors, elle s'y est fort bien faite, et trouve que l'état de petite amie d'un personnage comme moi lui confère une incroyable supériorité sur ses camarades restées sages. Ce qu'il y a de plus étonnant, c'est que la famille elle-même a adopté ce point de vue, je suis reçu chez eux à bras ouverts, ils sont maintenant persuadés que le mariage est un des piliers du régime. »

Après cet intermède, Pablo revint à sa propre histoire. Il me confirma ce que je savais déjà; il était devenu un monsieur fort important dans les cercles républicains espagnols en France, et s'était dévoué sans compter en faveur de ses compatriotes réfugiés. Lors de l'invasion allemande, il devint fort embêté, persuadé qu'il allait être de bonne prise. C'est alors qu'il rencontra un vieux camarade, franquiste éprouvé, chargé de porter l'absolution aux Espagnols égarés et repentants. Il l'assura que Franco, dans sa magnanimité, était prêt au plus suave, au plus général des pardons, à l'exception, bien entendu, des criminels de droit commun, des auteurs d'atrocités. Il n'avait qu'à rentrer en Espagne, il serait reçu comme l'enfant prodigue; il avait commencé une carrière plus ou moins diplomatique chez les rouges, pourquoi ne la continuerait-il pas dans la diplomatie officielle? Le retour au bercail était un devoir patriotique, l'Espagne encore saignante avait besoin de jeunes et dynamiques talents pour sa reconstruction. Là-dessus, il remit à Pablo une espèce de sauf-conduit, avec beaucoup de cachets, et lui donna sa bénédiction. Pablo quitta alors sa femme, ses enfants, pour chercher fortune dans son propre pays.

« Mon vieux, ça n'a pas traîné; à peine avais-je mis les pieds sur le sol natal, à peine un officier avait-il parcouru mon sacro-saint sauf-conduit que je fus arrêté, enchaîné, battu, mis au cachot et à l'abstinence, jugé et condamné pour trahison à quarante ou cinquante années de travaux forcés. Et je t'assure que je m'estime bien heureux d'une si douce sentence; en ces temps héroïques, les franquistes y allaient carrément. Le pauvre garde civil qui rentrait avec moi en sut quelque chose; ce brave garçon appartenait à un régiment dont le colonel, par extraordinaire, se déclara en faveur des républicains; et mon garde tira sur les gens sur lesquels ses supérieurs lui avaient dit de tirer, à savoir les nationaux. Le colonel était enragé, le régiment discipliné, le résultat fut un épouvantable carnage de bien-pensants de toutes sortes. Tous ces gardes s'attirèrent une haine toute ibérique et furent portés sur la liste des gens à abattre tout de suite; dès le jour de la victoire, ils furent traités avec générosité, car la générosité réside en ce pays dans la vengeance et non dans le pardon. C'est de la morale bourgeoise, vue avec plus de grandeur « qui aime bien châtie bien ». Tous ceux sur lesquels les franquistes purent mettre la main furent expédiés sur-le-champ, et ils firent venir les autres. C'est ainsi que mon camarade franquiste avait remis au garde un sauf-conduit aussi décoratif que le mien, il était une victime de la servitude militaire et redeviendrait un bon bougre de garde bien obéissant dès son retour. Le malheureux, je l'ai vu fusiller avant même qu'il ait bien compris ce qui lui arrivait, il roulait des yeux comme un homme pour qui le monde est trop complexe, trop au-delà de la portée d'un garde moyen qui a appliqué les consignes reçues. Moi, j'ai été expédié à Miranda, et tu m'aurais peut-être retrouvé là-bas, en potentat du marché noir si mon étoile et mes parents n'en avaient décidé autrement. Mon père, mes frères, mes cousins et bien d'autres parents, tous gens bien en cour, se sont remués comme des diables auprès des autorités; au bout de quelques mois, j'ai été envoyé dans les environs de Gibraltar pour y construire des plates-formes destinées aux canons lourds qui bombarderaient cette forteresse le jour de notre imminente, et toujours remise, entrée en guerre. Après quelques mois encore, alors que j'étais devenu un terrassier émérite, je fus relâché avec l'interdiction d'exercer toute profession qui ne serait pas manuelle.

« Je suis dans le cas de bien d'autres camarades, à vrai dire de toute la jeunesse libérale qui n'a pas été fusillée ou emprisonnée. Les métiers intellectuels sont réservés aux jeunes franquistes qui savent à peine lire, mais qui ont de bons sentiments : aujourd'hui, bien penser est le seul critérium de la valeur, n'importe quel candidat à n'importe quelle place est cousu d'attestations achetées parfois fort cher pour dire que s'il pense un peu, c'est très peu, et toujours dans les termes des discours du Caudillo et des mandements des évêques. Il ne reste aux vrais intellectuels qu'à espérer des temps meilleurs, et à se débrouiller en attendant. Dans la petite bande qui se réunit ici pour jouer aux cartes, il y a trois avocats, deux professeurs, un médecin; les plus causeurs sont garçons-coiffeurs ou barmans, les inadaptables sont devenus les nègres de journalistes et de romanciers sachant lever le bras mais ne sachant pas tenir une plume, et les débrouillards, dont je suis naturellement, s'adonnent au marché noir. C'est un fort bon métier, respecté, pas accaparant, pas fatigant; le marché noir est presque une institution d'Etat, qui permet aux gens riches de ne ressentir en rien les semblants d'un rationnement établis par le Caudillo pour correspondre à la partie socialiste de son programme national-socialiste. La richesse est ici signe de sainteté, et il est juste et nécessaire que le peuple souffre pour que les élus aient beaucoup d'argent. La politique du gouvernement consiste à rendre les abus tellement gigantesques que les gens en arrivent à croire qu'ils sont d'ordre sinon naturel, du moins divin; cela t'explique pourquoi les églises flambent parfois. Pour moi, je voyage en grand seigneur : place réservée en première, cigares, en dépit des règlements, engueulades au contrôleur qui se permet de contrôler, pourboires mesurés et mépris incommensurable — et c'est avec servilité que les inspecteurs, agents, gardes s'inclinent devant mes valises bourrées — tandis qu'en troisième tout mon bénéfice serait mangé par l'argent à distribuer à tous ces requins. Je fais une expédition dans le Sud chaque fois que les fonds sont en baisse, et, entre-temps, je ne fais rien, ce qui est bien la meilleure vie possible. Je mange mes bénéfices au café et avec Conception, et j'avoue que je redoute un peu le jour de la Révolution où il faudra bien que je redevienne un grand homme, ne serait-ce que pour ne pas décevoir les camarades : ils sont tous bouillants et pleins de chimères.

« Moi, je suis médiocre et cocu, je crois que c'est l'état le plus doux de la vie. – Cocu ! – Mais oui, mon vieux; pourquoi ne le serais-je pas, puisque je suis marié ? ma femme me fait passer tous les quinze jours un mot où, avec sa franchise habituelle, elle me supplie de lui écrire des lettres d'injures pour hâter le divorce. Je ne m'oppose à rien, mais, quand même, elle exagère un peu quand elle me demande ma complicité. Tu te souviens de la charmante petite-bourgeoise que j'avais épousée ? Qui aurait pu croire qu'elle se serait transformée en un animal politique, raisonneur et moral, en une puritaine rouge ? Tu sais qu'après bien des mécomptes j'aboutis à la politique. Je devins un de ces négociateurs au petit pied assurés de leur compétence universelle, un des chargés de mission répandant des paroles pesées d'un air sérieux. Je me battis notamment avec toutes sortes de fonctionnaires préfectoraux à l'entendement épais pour que les réfugiés républicains parqués dans les camps du Midi ne soient pas traités en brebis galeuses. Pour ma femme, ce fut une révélation, le coup de saint Paul sur le chemin de Damas, elle découvrit sa véritable carrière qui était le service de l'Humanité, le dévouement aux causes perdues et généreuses. Elle fut l'égérie charmante et immanquable de toutes les réunions, de tous les cortèges, de toutes les manifestations où les gens levaient le poing en criant : « des armes pour l'Espagne »; en tailleur et béret, elle grimpait sur les tribunes où elle lisait d'une voix monocorde des papiers préparés d'avance. Bientôt, je sentis que j'étais devenu trop tiède, que je risquais d'être épuré. La rupture fut provoquée par mon peu d'empressement à prendre les armes pour voler au secours de la défaite. Je suis brave, mais je n'aime pas les imprudences. Naturellement, elle ne m'a pas suivi lors de mon retour ici, et je pense qu'elle a dû trouver un théoricien qui se livre parfois à la pratique. Tu comprends que je sois refroidi de la politique.

– Ton redoutable père, que pense-t-il de tout cela ?

– Mon redoutable père est las des émotions. Tu comprends, il a été fou pendant trois ans, je te parle d'une folie officielle, patentée, il n'a pas envie de recommencer. Il était bien connu pour ses opinions ultra-modérées, et ne serait sans doute plus de ce monde sans mon frère le médecin, qui dirigeait un asile d'aliénés. Au début du siège de Madrid, celui-ci avait reçu des autorités l'ordre d'évacuer tous les sujets dangereux dans un couvent campagnard pas tout à fait brûlé. Mon père a traversé Madrid en camisole de force, au milieu d'une bande de déments soigneusement encadrée de soldats armés. Pendant ces années, il a dû faire le fou pour ne pas éveiller les soupçons des voisins et des enquêteurs, il avait appris à piquer des crises d'épilepsie dans les grandes occasions. Il a peur d'avoir à recommencer, je lui ai conseillé de répéter son numéro. Comme beaucoup de bons bourgeois, il adorait Franco, collait son portrait partout et chantait ses louanges toute la journée; mais maintenant, il commence sérieusement à déchanter. Ce qu'il voulait, c'était un régime d'ordre; mais il ne comprend pas ces vengeances horribles qui durent depuis des années, il ne comprend pas non plus la toute-puissance de quelques camarillas qui régissent despotiquement le pays. Franco a laissé passer l'occasion. Quand les nationalistes ont été vainqueurs, le pays épuisé se serait probablement rallié à lui s'il avait été généreux et désintéressé; certes, jamais un homme n'a parlé du pardon en termes plus chrétiens, jamais personne n'a exalté en phrases si émues la grandeur de l'Etat et le bien du peuple. Mais la réalité s'oppose tristement à cette éloquence sacrée, à ces thèmes évangéliques qui déferlent d'orateur en orateur, de journaliste en journaliste jusqu'à n'être plus qu'une morne bondieuserie au bas de l'échelle. Les bourreaux et les conseils de guerre font des heures supplémentaires, le petit peuple rassasie sa faim au spectacle des vitrines engorgées, les jeunes phalangistes ont modernisé les procédés désuets de l'Inquisition avec l'aide des experts de la Gestapo (c'est bien tout ce qui a été modernisé en Espagne depuis que Franco y répand les lumières, sauf peut-être la radio qui lance en tous lieux les louanges du Caudillo à l'assaut des oreilles récalcitrantes), les riches supporteraient allégrement le fardeau des richesses s'ils ne craignaient pas d'en être soulagés par des policiers débutants aux dents longues et aux intentions pures, seuls les évêques trouvent que tout est pour le mieux dans le meilleur des mondes. Quoi d'étonnant à ce que les gens d'affaires s'alarment pour leurs dividendes et que les républicains profitent de la haine populaire pour reconstituer leurs réseaux ? Certes les complots ne servent qu'à asseoir le régime, et la police, qui aide à les monter, est là pour recueillir les fruits légitimes de ses efforts. Mais la victoire alliée ne bousculera-t-elle pas ce chef-d'œuvre d'équilibre et les soudards armés pourront-ils toujours contenir le peuple par les supplices ? Tu as vu comme toute la rue se réjouit quand les journaux annoncent avec une fausse désinvolture des retraites stratégiques; nos vieux renards de journalistes eux-mêmes n'arrivent plus à transformer les échecs en manœuvres, les défaites en victoires, et l'Allemagne en nation invincible, bien qu'ils réussissent encore à déguiser Franco en grand homme aussi infaillible que le pape; pendant que le populaire boit à la santé des alliés, il est aisé de reconnaître les suppôts du régime à un air constipé qui prétend être digne, au regard torve qui voudrait paraître intimidant; chaque franquiste traîne avec lui sa zone de silence, rompu seulement par les chuchotements narquois des badauds. Mon père, que les épreuves rendent prudent, émigre de la réaction vers une forme plus ou moins diluée de monarchie ou même de républicanisme modéré; comme moi-même, venant de la direction inverse, je voyage vers le même marais, nous ne tarderons pas à nous jeter dans les bras l'un de l'autre. Honnêtement, je crois qu'il faut à tout prix éviter la guerre civile; c'est une chose qui flatte trop nos goûts pour que nous ne nous y adonnions pas avec ce sérieux qui rend la passion si terrible chez mes compatriotes; le goût de la mort donnée et reçue, qui seule peut tirer mes compatriotes de la paresse, amènerait vite de nouvelles hécatombes; et les vengeances de vengeances n'en finiraient plus qu'avec le dernier Espagnol. Comme cette fois-ci, je me trouve sur les lieux, je suis directement intéressé à la question, et ma position serait d'autant plus mauvaise que les modérés ont toujours tort une fois que le sang a été versé. »

Ce cher Pablo, il avait lui aussi parfois du sérieux, mais il ne le montrait guère que dans ses discours, et il lâchait une gaminerie dès qu'il s'en apercevait, de peur de paraître trop hispanisé. A défaut des paroles prononcées en français, l'éloquence des gestes avait suffi à attrouper autour de lui le groupe des joueurs de cartes ainsi que Conception toute rouge de plaisir. Il avait à peine fini de parler que chacun tomba sur moi avec force phrases explicatives, l'explication étant un sport national. Ils continuaient malgré mes signes d'incompréhension, et discourraient encore si Pablo ne leur avait fait remarquer que je ne comprenais rien. Ils répandirent alors entre eux les discours non sortis, et ne tardèrent pas à se disputer, mais, en dépit des apparences, ce n'était pas grave, et le patron apaisa le tout en offrant une tournée en l'honneur de l'ami français, si cher au cœur espagnol. Les toasts recommencèrent avec autant de chaleur qu'au poste frontière, mais avec plus de bonne foi, j'espère; il est vrai que la mauvaise foi n'existe pas en Espagne, il n'y a que des alternances d'humeur qui facilitent singulièrement la politique. La journée était trop bien commencée pour que nous en finissions là. Nous allâmes en des ruelles populaires de bistrot en bistrot, et chaque fois le patron était tenu de payer à boire à la santé du camarade français; puis, après un regard circulaire, nous trinquions en l'honneur de l'Espagne républicaine qui allait renaître, pendant que les plus excités invectivaient Franco sous l'œil pas rassuré du gargotier.

Parfois, des ouvriers se joignaient à nous, se disputant pour me régaler dès qu'ils connaissaient ma nationalité. Ils défaisaient leurs vestes, ou baissaient culotte pour me faire tâter les cicatrices des balles ou les zébrures des coups. Ils sortaient tous plus ou moins récemment de prison, Franco ne pouvant malheureusement maintenir éternellement enfermée toute la classe ouvrière, ce qui aurait été la meilleure solution du problème social. Quand les journaux avaient annoncé à coups de trompe une magnanime amnistie, les geôles se remplissaient grâce aux nouveaux arrêtés, établissant ainsi un salutaire roulement. Un des ouvriers ne manquait jamais de me demander si j'aimais Franco, et éclatait d'un rire cannibale quand je faisais signe que non; il me tapait sur le dos en témoignage d'amitié, et se passait le tranchant de la main sur le cou pour me montrer le sort qu'il réservait à ses ennemis. Je me servis des quelques mots dont j'avais enrichi mon vocabulaire pour demander à Conception si elle voulait couper des têtes; elle eut un large geste pour exprimer l'amplitude en disant d'un air extatique : « Beaucoup, beaucoup de têtes ». Pablo me traduisit des mots qu'elle débitait d'un air farouche qui contrastait avec sa gentillesse habituelle. « Elle doit venger son frère qui a été garrotté lors d'une cérémonie officielle, son père qui se meurt dans un camp de concentration, et une jeune sœur qui a été violée par un guerrier italien. Elle plongera elle-même le couteau dans le cœur d'un fasciste, ou plutôt elle le déchirera en morceaux avec ses ongles. » « Crois-tu qu'elle le fera ? » « Si elle le peut, j'en suis sûr. N'oublie pas que nous sommes un peuple de héros. » « La garrotte se pratique donc toujours ? » « Tu veux dire que c'est le supplice à la mode. Veux-tu que je te raconte les détails de la mort du frère de Conception, tels que nous les a racontés un de ses camarades libérés. Il a été très régulièrement condamné à mort par un conseil de guerre, bien que la vie sauve lui ait été promise lorsqu'il s'était rendu. Comme il s'était particulièrement bien battu, la sentence portait qu'il serait garrotté, et que le supplice devrait durer au moins dix minutes; la garrotte est très appréciée des tribunaux inspirés par l'esprit de justice, parce qu'elle permet de proportionner la durée de l'exécution avec la noirceur du forfait. C'est très commode, il suffit de donner quelques tours de vis, puis de faire machine arrière, et de continuer ce petit jeu jusqu'au délai prescrit. Le lendemain à l'aube, un prêtre arriva avec les ornements, les consolations, et la tristesse décentes pour ce genre de sacerdoce. « C'est ta dernière « heure, mon fils, tu as gravement offensé le Sei- « gneur, si tu fais une bonne mort, tu échapperas « peut-être aux flammes de l'enfer, parce que la « miséricorde de Dieu est infinie. » Ce religieux fut si éloquent, persuasif, charitable que le condamné se laissa fléchir, fit une confession en bonne et due forme et, après une fervente communion, marcha vers le lieu du supplice sous l'escorte du prêtre qui le bénissait paternellement. Tout un régiment et des belles dames entouraient l'instrument fatal. Le saint homme l'exhorta encore pendant les préparatifs, et lui donna le crucifix à embrasser lorsque le bourreau tourna la barre. Une minute ne s'était pas écoulée que le prêtre fit signe d'arrêter et, sortant un document de sa soutane, lut d'une voix solennelle que le Caudillo lui faisait grâce, provisoirement, pour lui permettre de mieux se repentir. Huit jours après, il fut encore catéchisé, garrotté et gracié, mais cette fois-ci il avait envoyé le religieux au diable, ce qui parut à tout le monde une noire ingratitude. Ce ne fut que la sixième fois, après avoir été étranglé un peu plus à chaque reprise qu'il fut étranglé pour de bon. »

Je dus boire un verre pour faire passer cette sinistre histoire. Notre société s'était enrichie d'un cul-de-jatte qui se promenait dans un grossier chariot à roulettes; son infirmité ne l'empêchait nullement d'être le plus joyeux larron du monde; il roula jusqu'à moi et après s'être présenté comme un soldat de la république, me cria : « vive l'anarchie ». J'eus une drôle d'impression en serrant la main de ce trognon d'homme, dont le visage rigolard me venait à la hanche. Entre les coups de pinard, il chipait des rondelles de saucisson et me racontait, par l'entremise de Pablo, son histoire. A la cité universitaire, une bombe particulièrement idiote lui avait enlevé ses jambes. Il avait d'abord voulu mourir, puis il avait découvert que l'état d'homme sans jambes présentait certains avantages. D'abord, les franquistes avaient généreusement renoncé à le fusiller, puis il n'avait plus à s'occuper de la matérielle. Certes, ce n'était pas le gouvernement qui lui versait une pension ou le secourait sous une forme quelconque; la police lui avait même interdit de s'adresser à la charité publique, pour ne pas entraîner les justes à pécher par d'impies compassions : la mendicité était réservée aux bons sujets qui exerçaient en accord avec les autorités et le curé. Mais le pauvre peuple, le misérable peuple qui s'échinait si durement pour manger un peu, entretenait quand même ces milliers d'éclopés, tristes restes d'une cause perdue. Dans les bas-fonds des villes se cachaient tous ces monstres aux plaies purulentes, aux moignons lamentables, aux chairs déchirées, craignant encore les caprices des maîtres de l'heure et rêvant aux revanches sanglantes, pendant que les mutilés franquistes, soignés, pensionnés, médaillés, soulevaient à leur passage des marques de respect.

« Le pauvre type », dis-je à Pablo. « Tu t'y feras; il est impossible de vivre en Espagne avec un cœur sensible; heureusement, cet organe s'endurcit remarquablement au spectacle de tant de malheurs; tu entendras tellement d'histoires affreuses que tu en seras blasé; si cela te gêne, tu n'as qu'à fréquenter les cercles riches pour être à l'abri de ce genre de racontars. Pourtant, ajouta-t-il, la générosité du populo me stupéfie. La misère est presque incroyable; le travail de l'homme ne suffit plus, la femme, les filles, les enfants, tout le monde a dû s'y mettre pour gagner quelques pesetas qui permettent de ne pas mourir de faim; comme tout l'argent passe dans la nourriture, tu ne peux imaginer la saleté des taudis, le grouillement de la vermine, les innombrables maladies qui ne sont même pas soignées. Franco a trouvé un moyen admirable pour procéder au plus judicieux des rationnements, un moyen qui consacre l'égalité devant la loi : c'est bien simple il n'y en a pas pour ainsi dire. Comme les prix ont terriblement monté alors que les salaires n'ont pas bougé, les gens du peuple se serrent la ceinture sans pouvoir se plaindre. Ne serait-ce pas du mauvais esprit s'ils s'en prenaient à un ordre de choses voulu par le Seigneur? Il ferait beau voir que ces canailles se mettent en grève. Les riches sont bien obligés, en dépit de leur charité bien connue, d'acheter toutes les marchandises disponibles, puisque Dieu leur a donné l'argent. Franco, toutes les autorités civiles et militaires, clergé en tête, affirment qu'il est impossible de faire autrement. Naturellement, en bon citoyen, je suis obligé de les croire, et, si je trafique un peu, c'est pour récolter la part que la providence m'avait réservée. »

Un petit vieux attendait avec impatience la fin du monologue pour donner libre cours à ses effusions; il me serrait contre son cœur en me parlant d'abondance, et pria Pablo d'être son interprète. « Il veut être sûr que tu saches que, si tu as eu des misères en Espagne, la faute en revient au gouvernement qui, là comme partout, agit contre le peuple. Ç'a été pour lui la même chose lorsqu'il se réfugia en France; il a d'abord été mis dans un camp qui avait tout du camp de concentration, sauf le nom, et ce n'est que lorsqu'il a pu se mêler aux Français qu'il a vu que la fraternité des peuples n'était pas un vain mot. Il te propose de crier à bas les gouvernements, vivent les peuples. Ce n'est pas du tout mon avis, puisque j'espère que le futur gouvernement me donnera une bonne place, mais tu peux toujours le faire pour lui, pour ce que ça t'engage. »

La salle donnait satisfaction au bonhomme par un sauvage concert d'imprécations quand la porte s'ouvrit sur un garde maussade. Il nous inspecta d'un œil noir pendant que le silence s'abattait comme dans une classe surprise en plein chahut. Malheureusement, Conception, complètement soûle, se mit à battre des entrechats sous son nez en riant du rire inextinguible d'une chanteuse d'opéra. Le garde furieux se lança dans un discours homérique plein de roulements de tonnerre. « Il assure, me glissa Pablo, qu'une fille devient immanquablement une catin si son père ne la bat pas comme plâtre; il a bien peur que le père de Conception ait manqué à ce devoir sacré. » Devant les prémices de la dispute, Pablo s'esquiva prudemment dans la nuit après avoir sifflé Conception, et m'avoir fait signe de le suivre. Après dix minutes de course, nous nous retrouvâmes à cinq ou six dans un autre bistrot. « Tu comprends, j'ai préféré déguerpir; quand tu te querelles avec l'autorité, serait-elle représentée par un vidangeur municipal, ça finit toujours de la même façon : passage à tabac, période indéterminée de taule et, enfin, une bonne amende. » Je devais me rendre compte la nuit même à quel point Pablo avait raison.

Après quelques dernières tournées, je me trouvai fort guilleret devant la pension vers une heure du matin. Je ne remarquai rien d'anormal à la petite cérémonie rituelle de chaque soir. Je battis des mains avec une vigueur particulière, et ne tardai pas à distinguer les pas du veilleur qui se dirigeait vers moi. Ce vestige des anciens temps remplace fort incommodément le cordon parisien. Mon gaillard sortit une énorme clef pour ouvrir un battant de l'énorme portail. Je croyais être surveillé par un geôlier quand il me précédait dans l'escalier en faisant ferrailler son volumineux trousseau, et en frappant chaque marche de son bâton noueux. Enfin, après avoir ouvert la porte de la pension avec une clef encore fort imposante, il s'inclina respectueusement pour recevoir l'habituel et obligatoire pourboire.

Je fus étonné de l'agitation inusitée qui régnait dans le vestibule à cette heure. La patronne, effondrée sur la caisse, me jeta des mots furieux au passage, et toutes les bonniches me regardèrent avec indignation. Le polytechnicien, dont les yeux tourbillonnaient derrière les lunettes, se précipita sur moi dès qu'il m'aperçut. « Quelle horreur, fit-il, et dire que j'ai autrefois donné de l'argent pour la victoire de Franco. » « Que se passe-t-il donc ? » « Notre copain le colonial est en prison à la suite d'une bagarre avec le veilleur. » « Comment ça ? » « Une histoire inconcevable. Il est rentré voici une heure; il eut beau frapper, taper, cogner, cet animal de gardien n'est arrivé qu'au bout d'un quart d'heure. Furieux, notre ami l'a engueulé, et ne lui a pas donné de pourboire. Voilà alors que l'escogriffe, sans crier gare, lui assène sur le crâne un formidable coup de bâton; le colonial veut se défendre, mais l'autre tape dessus jusqu'à ce qu'il l'ait assommé. Il le tire alors jusqu'à la rue, tout comme un taureau mort, et le remet entre les mains de gardes qui, après l'avoir fait revenir à lui avec des gifles, l'ont traîné Dieu sait où. Tu as vu la figure de la patronne, il paraît que nous avons déshonoré son établissement; elle raconte que nous ne reverrons pas le copain de si tôt, car il serait accusé de coups sur un sujet espagnol dans l'exercice de ses fonctions, et même d'outrages vis-à-vis du gouvernement. »

Nous alertâmes aussitôt la Croix-Rouge; il fallut quelques jours pour découvrir la prison où le colonial était en prison, quelques autres pour persuader les Espagnols qu'il n'avait nullement voulu attenter à l'hospitalité si généreusement accordée, quelques autres enfin pour apaiser les dernières traces d'un si légitime courroux; enfin, au bout de dix jours et d'un volume de correspondance, notre ami nous fut rendu. Nous eûmes de la peine à le reconnaître en ce hère loqueteux, hirsute, immonde. Après quelques heures de désinfection et quelques nuits de repos, il nous raconta son odyssée.

Les gardes l'avaient mené, sans s'embarrasser de procédure, dans une gigantesque prison située dans une des principales artères de la ville. Il avait été jeté dans une immense salle commune, où toute une humanité était entassée dans une extraordinaire promiscuité. Des vieillards agonisaient dans des coins, des putains faisaient la retape, des femmes donnaient le sein à leur bébé, des souteneurs la ramenaient, des fillettes en pleurs erraient parmi les groupes, des intellectuels cachaient leur honte. Tout cela se passait en silence, car les gardiens tapaient dans le tas avec des fouets dès que le bruit les offusquait. En plus de ces répressions accidentelles, chaque détenu avait droit, matin et soirs à une ration régulière, réglementaire de coups. Les geôliers passaient alors dans les rangs, faisant gaiement claquer leurs nerfs de bœuf sur les têtes enfouies, les dos courbés comme devant l'apparition du Tout-Puissant. La scène avait une grandeur toute biblique, elle aurait pu servir d'illustration à un épisode guerrier des anciens évangiles, les musculeux élus frappaient d'un bras infatigable les groupes épouvantés des réprouvés qui demandaient grâce en vain. Les crimes de cette engeance allaient de l'assassinat au vol d'un petit pain, en passant par le coup d'œil irrévérencieux au portrait du Caudillo et l'attentat aux bonnes mœurs. Le colonial eut largement sa part pour lui rappeler qu'il devait obéir aux lois tant qu'il serait chez un peuple civilisé, ce n'est qu'en Afrique qu'il pourrait obéir à ses instincts communistes. La pestilence des immondices, les fumets des corps en sueur, les relents fétides du rancho s'amalgamaient en un bouquet que seules des narines espagnoles supportaient victorieusement. « Miranda fleurait la rose à côté de cela », commenta notre camarade qui se rhabilla de neuf à la Croix-Rouge et dépensa nos dernières pesetas à dévaliser une parfumerie.

Le dimanche suivant, nous allâmes à la messe remercier Dieu de cette heureuse libération. La colonie française se pressait tout entière sur les marches de l'église Saint-Louis-des-Français en attendant l'office, et donnait à ce petit coin de Madrid un air de province de chez nous. Ces messieurs-dames, fort endimanchés, commentaient les nouvelles de la semaine et se préoccupaient d'afficher dans leur maintien leur dernière opinion politique. Nos compatriotes avaient d'abord été partagés en deux blocs égaux. Le camp du Maréchal se rangeait autour de l'impeccable M. Piétri et de son ardente épouse; les adeptes du Général avaient longtemps recherché une mascotte, et se serrèrent enfin autour du ventre de l'évêque. Quand la fortune de la guerre changea, les pétainistes se faufilèrent les uns après les autres dans l'autre camp, si bien que seul un dernier carré tenait encore bon autour de l'ambassadeur; il en était réduit à distribuer des billets de faveur pour remplir ses salons lors des réceptions rituelles, et à rechercher sur le marché de Vichy des subordonnés qui ne décamperaient pas.

Ce dimanche-là, le débarquement en Sicile avait enfiévré le zèle gaulliste, et la foule recula devant notre représentant accrédité comme s'il avait la peste. Toutes les familles, après un ultime papotage, s'ébranlèrent quand les cloches se furent tues, et s'installèrent sur des chaises rangées devant le chœur et ornées de plaques de cuivre portant le nom du propriétaire. Elles formèrent un troupeau veule et disparate à la piété protocolaire, pendant que les évadés, cachés derrière les piliers ou amoncelés devant les porches, se tenaient tout pénétrés du saint mystère. Les officiers, crispés et raides, imposaient l'allure militaire aux camarades enclins à la mollesse par leur façon de ne pas même les voir. La cérémonie, célébrée par un prêtre français, fut simple et touchante. Un religieux prêcha la charité du Christ, qui a eu pitié de tous les pêcheurs, qui releva Madeleine en pleurs et donna le baiser de paix à Judas. Cette horrible hérésie fit frémir l'ambassadeur, car qui ne sait que les moindres actions des républicains et autres suppôts de Satan sont sans rémission, alors que les crimes commis dans une bonne intention ont une sanctifiante odeur auprès du clergé et peut-être même de Dieu ? Les théologiens ont depuis longtemps prouvé que l'acte n'est rien, c'est la pensée qui compte. M. Piétri, diplomate accompli, maîtrisa cependant son émoi, tandis que l'ambassadeur, moins habitué à se contenir, faisait une Junon courroucée. L'office s'acheminait paisiblement vers sa fin, l'assistance attendait le *ite missa est* libérateur, quand le prêtre lança d'une voix caverneuse les premières paroles d'un cantique revanchard. L'ambassadeur comprit que le grand moment était arrivé pour couper court à toutes ces audaces impies, il lança d'une voix blanche l'ultimatum : sera-ce la séparation de l'Eglise et de l'Etat ? L'Eglise allait-elle se détacher de la tutélaire ambassade et du cœur paternel du maréchal subventionniste pour courir la pretentaine ? Mais ces paroles étaient noyées dans les accents mugissants de ce chant guerrier, qui s'adressait au dieu des batailles et à la vierge armée. Les indigènes et les évadés, en un concours émouvant, hurlaient ces vers bien intentionnés (une bonne intention vaut bien un pied boiteux) si bien que de toutes ces bouches ouvertes de toutes parts s'exhalait bruyamment le patriotisme comprimé. L'ambassadeur se débattit comme un beau diable – si l'on peut dire – mais à quoi servaient ses gesticulations au milieu de la tempête ? Il dut enfin s'enfuir, défait, vaincu, hagard, avec comme tout cortège sa moitié et son portier, sous les regards triomphants des évadés, qui jouissaient de leur première et délicieuse revanche.

Ce digne homme ne se consolait pourtant pas d'être impopulaire; il se considérait comme un commerçant au bord de la faillite par suite d'une concurrence déloyale, et offrait vainement tout à la fois sa désapprobation et ses services à chaque évadé rencontré par hasard. Il faisait lui-même un petit bout d'article d'un ton dégagé : il était bien plus à même que les gens de la maison d'en face de nous défendre avec efficacité, son crédit sur la place était encore autrement solide que celui de ces parvenus obligés de travailler à la sauvette. D'ailleurs, qui d'entre nous n'avait été secouru par les consuls de son bord, qui, tel saint Vincent de Paul, faisaient les milles œuvres de la charité ? Il oubliait de dire – ou il ignorait – que ses consuls, au cours de leurs pieuses contrebandes et parmi les paroles de réconfort, clamaient *urbi et orbi* qu'ils ne conservaient une allégeance détestée que pour mieux servir la cause adverse. Après le serment solennel au chef de l'Etat, ils murmuraient en catimini aux agents de la dissidence qu'ils étaient leurs hommes, mais qu'il ne fallait pas trop les presser; ils devaient attendre un ensemble favorable de conjonctures, qui leur permettrait de franchir le Rubicon en toute sérénité, sans la peur d'avoir à se mordre les doigts plus tard d'une regrettable faute de calcul.

Naturellement, j'avais présenté les copains à

Pablo et à Conception. Pablo paraissait très content de son rôle de mentor et nous donnait les conseils désabusés d'un aîné un peu cynique. Conception était toute fière de se balader avec tant d'hommes, et avait adopté toute une familiarité de coups de coudes, de clins d'œil en coin, et de grimaces comiques pendant que son maître et seigneur était plongé dans les absorbantes préoccupations des cartes. Le colonial montrait une gaillardise de vieux troupier, que mon ami ramenait à de justes limites grâce à de légers froncements de sourcils. Théoriquement, elle se mit à lui donner des leçons d'espagnol; elle lui disait un mot qu'il répétait d'un air faussement appliqué, et elle partait d'un gros rire qui renversait sa tête en arrière en projetant sa volumineuse poitrine vers le visage enluminé du colonial, qui se mettait à son tour à rigoler de bon cœur. Conception prenait alors une mine fâchée en prétendant qu'il n'était pas sérieux, et entreprenait de le battre jusqu'à ce que Pablo remît de l'ordre en lançant un juron espagnol. Quand nous nous promenions, elle s'accrochait amoureusement à son amant, ce qui ne l'empêchait pas de faire signe à son favori de venir la prendre par l'autre bras, puis nous déambulions avec un sans-gêne qui tournait vers nous les regards scandalisés des Madrilènes. Nous entreprîmes de goûter aux plaisirs de la capitale, mais, hélas! où étiez-vous donc, merveilleux souvenirs d'Oviedo?

Franco était passé dans ce domaine aussi, et avait entrepris de refaire la grandeur de l'Espagne en accablant les Espagnols d'ennui, ce qui est peut-être un moyen à défaut d'un autre. Même les petites danseuses traditionnelles ont dû se couvrir d'oripeaux, qui les transforment en lourdes poupées endimanchées, si bien qu'elles auraient dû s'inscrire au chômage si cette institution existait. Les courses de taureaux ont pris un caractère folklorique et les Madrilènes scandalisés examinent les matadors rutilants et les taureaux sans enthousiasme avec l'indifférence moqueuse des Parisiens devant les Bretonnes en coiffe s'agitant au son du biniou. La police pudibonde a fait s'évanouir la gaîté de la rue en un morne conformisme; où sont donc passés les marchandes truculentes, les mendiants insolents, les caballeros aux grands airs, les filles provocantes en leur sauvagerie, les étudiants ivres et les gardes à la brutalité paternelle? Plus rien que des employés se pressant à leurs bureaux, de lourds pachas en de lourds fauteuils dans les cafés des boulevards, et les ouvriers en petits groupes dans les fonds obscurs des bistrots. Le régime a tué la chaude volupté du peuple, ce qui est agréable à l'Eglise et renforce les bonnes mœurs; si de mornes putains répandent la vérole, si de discrètes maisons reçoivent de discrets clients, cela ne nuit en rien à la santé morale de la nation. Les péchés cachés ne sont pas des péchés, et le devoir des riches n'est-il pas de faire marcher le commerce dans la mesure de leurs moyens?

Des festivités se déroulèrent à Madrid avec l'afflux de beaucoup d'officiels et de peu de peuple, à l'occasion d'un anniversaire franquiste. Le Caudillo se mit en tête de haranguer les travailleurs, qui furent convoqués en corvée de cérémonie; il leur fit un beau discours pour décrire les multiples bienfaits du régime à leur égard; mais il n'avait pas fini que ces braves gens s'ameutèrent pour réclamer du pain et des augmentations de salaires, si bien que le führer ibérique laissant en plan son éloquence, s'éclipsa avec sa garde d'honneur et envoya des soldats rétablir l'ordre. Tous ces jours-là, les journaux furent flambants; un grand quotidien composa un numéro spécial pour vanter les réussites économiques du régime. Depuis un an, les chemins de fer avaient mis deux kilomètres de voie de plus en service, les mineurs travaillaient une heure supplémentaire par jour, et des projets mirifiques avaient été faits en vue de l'équipement social. Sans doute Franco avait pris à ses alliés italiens ce vieux proverbe piémontais : « Ce qui ne coûte rien, tu peux toujours le donner. »

Notre situation eût été supportable sans notre pauvreté désespérante. La Croix-Rouge nous donnait seulement vingt pesetas par jour, tout comme à Miranda, en nous recommandant toujours d'être économes, nous étions, paraît-il, de terribles budgétivores. Je demandai à Pablo de m'aider à échanger les quelques dollars qui me restaient : « Ce sera très facile », m'assura-t-il. Il me conduisit chez le coiffeur-avocat qui me dit que ce serait un jeu d'enfant mais s'avoua impuissant vingt-quatre heures après. Pablo me mena alors chez le garçon de café-médecin, les garçons de café ont encore plus d'entregent que les coiffeurs, paraît-il, mais les processus et le résultat furent les mêmes. Nous eûmes recours à un marchand de petits services à l'usage des étrangers, qui se serait contenté de prendre mes dollars pour rien; nous nous adressâmes vainement à un marchand de tableaux avec qui Pablo avait des rapports étroits; quand il était fauché et trop paresseux pour descendre dans le sud, il lui vendait avec hauteur une gravure française, enveloppée comme un cadeau, qu'il tirait de son héritage conjugal. Pablo assurait que c'était d'un artiste célèbre que le commerçant ne connaissait jamais, et s'en retirait avec quelques pesetas qui ne duraient pas longtemps. Je commençais à trouver que le camp de Miranda était infiniment mieux organisé. « Il nous reste la grande ressource, le sorcier », me confia-t-il.

Le sorcier était installé dans un immense hangar qui donnait sur le rostro, le marché aux puces où des évadés peu honnêtes revendaient les effets de la Croix-Rouge. Après avoir grimpé quelques marches, nous débouchâmes dans une salle prodigieuse, un mille et une nuits pour classes moyennes. Dans un jour tamisé brillaient des épées damasquinées, des joyaux énormes et archaïques comme des instruments de supplice, des coupes gorgées de pierreries, des étoffes froissées toutes lourdes d'or; des fauteuils aux jambes torses traînaient dans le désordre d'une fin d'orgie, des chaises respectueuses s'étaient écroulées sans doute sous le poids des fantômes historiques et, au mur, des générations de personnages en fraise contemplaient avec mépris toutes ces vanités. Enfin, près de la fenêtre, un petit monsieur dormait sur une bergère dans un rayon de soleil; il était vieux, et rabougri comme le temps lui-même, sa peau craquelée s'était ratatinée sur ses os, les rides assaillaient son crâne rond et chauve, tandis que sa barbe blanche se couchait sur son ventre flasque où se croisaient ses petites mains. Il clignota désespérément des yeux au bruit de nos pas, se redressa avec peine et reconnut Pablo dans un bon sourire. Sa tête branlait mécaniquement quand mon ami lui expliqua notre affaire; puis, dans un français d'autrefois, il expectora faiblement mot après mot pour nous assurer de son plaisir et de sa bonne volonté. Il paraissait prêt à s'effondrer quand il nous confia la tristesse des temps actuels, le marasme des affaires, les maux pénibles de l'âge, mais heureusement, il se détachait paisiblement de cette vie, après avoir fait sa réconciliation avec le Seigneur tout-puissant. Il consacrait tous ses efforts à pénétrer toujours plus dans l'intimité de Dieu, le paradis est un immense théâtre où les élus se pressent sur les gradins, pendant que la sainte trinité rayonne sur la scène; mais lui, par son repentir et ses bonnes œuvres, se rapprochait toujours du saint des saints; sa place était pour l'heure réservée au sixième rang, il espérait vivre assez longtemps pour gagner le premier. Son cœur d'artiste aurait autrefois été fier de tous ses trésors, mais maintenant sa consolation était dans la vocation de son fils unique et bien-aimé, qui venait d'entrer au séminaire, et il nous tendit de sa main tremblante la photo d'un robuste jeune gars tout gauche dans ses vêtements de prêtre. Puis il assura sans transition : « Allons boire un coup »; il appela sa femme, une vieille dragonne noirâtre, pour la relève, et, après avoir saisi une canne au pommeau d'argent ciselé, s'en alla à pas menus; sa digne épouse contempla notre groupe sans indulgence excessive, et nous recommanda de ramener son mari à la maison s'il était soûl.

Dans la rue, on aurait cru voir passer un patriarche suivi de la troupe de ses descendants; les hommes se découvraient à son passage dévotement, et il tapotait les joues des bambins sales qui venaient lui réclamer des sous. Après une légère hésitation, il se dirigea avec détermination sur un bistrot en disant qu'on allait commencer par celui-là. Notre arrivée causa un véritable branle-bas; le patron fit déménager quelques ouvriers pour nous donner la meilleure table et s'affaira à trouver des chaises pour nos derrières augustes. Puis, d'autorité, il plaça un fin gobelet devant l'antiquaire, qu'il remplit de manzanilla, tandis que nous n'avions droit qu'à des verres ordinaires où il versa un vin pisseux. Le bonhomme, après avoir octroyé d'un geste noble une tournée à toute la salle, fit venir à lui tous les petits enfants; il retira soigneusement un petit cornet de sa poche, et distribua des cacahuètes pralinées aux gosses qui nous encerclaient de leurs paumes tendues, un peu comme une vieille fille nourrit des moineaux. Puis il s'écroula comme une masse morte sur sa chaise, et, fermant les yeux, écouta, comme un sphinx usé, notre conversation. Soudainement, de ce tas endormi, s'étendit, comme un tentacule, une main qui happa le gobelet et le déversa dans sa bouche d'un geste sec. Alors il se ranima pour commander tournée sur tournée, sans se préoccuper si nous suivions sa vertigineuse allure, si bien que la table fut vite jonchée de verres pleins comme autant d'éprouvettes d'urine. Il nous dit qu'il nous pardonnait de l'avoir dérangé tout à l'heure de son petit somme; il dormait dans la journée car il passait les nuits sur sa terrasse à contempler les étoiles qui chantent la gloire du créateur de toutes choses; il nous parla avec attendrissement de ces chères petites choses lumineuses, des âmes qu'elles avaient recueillies, des pauvres âmes qui s'accrochaient là comme des naufragés sur une épave. Il nous plaignit de notre jeunesse folle, aveugle devant le combat acharné du péché et de la grâce; l'ange du bien, tel Franco, coupait éternellement, de son épée flamboyante, les têtes éternellement renaissantes de l'hydre du mal. Ces siècles sans foi avaient tué l'Inquisition, qui n'était que la justice de Dieu sur la terre; comment s'étonner de la prolifération horrible et pestilentielle de l'esprit mauvais ? Que pouvaient faire les panacées anodines du régime, puisque les bûchers étaient éteints ? Il nous regarda douloureusement, d'un œil un peu noyé, et murmura d'une voix sourde, comme dans une prière : « Mon Dieu, envoie ta grâce à ces jeunes gens, pour qu'ils n'aient pas un jour à subir ta justice. » Comme Pablo ricanait légèrement, il parut se réveiller, et nous entraîna dans le bistrot d'en face où, après quelques verres, il s'assoupit tout doucement. Le cabaretier nous recommanda de ne pas le réveiller, tous les buveurs parlaient à voix basse pour respecter ce somme sacré, et nous nous esquivâmes sur la pointe des pieds, comme de la chambre d'un enfant qui dort. « Quel vieux fou, me dit Pablo; en paroles, il tuerait tout le monde pour la plus grande gloire de Dieu, mais en fait il a bien souvent donné asile à des républicains poursuivis. Par contre, c'est un usurier pire que Shylock; il a plus d'une fois dépouillé une famille au nom du commerce, quitte à la faire vivre au nom de la charité. »

Nous retournâmes le voir le lendemain; il avait oublié notre affaire, mais nous paya une autre cuite. Au bout de dix visites et de dix cuites, il nous déclara que sa conscience l'empêchait de contrevenir aux lois établies par la puissance temporelle.

La situation étant sans issue, Pablo partit pour une petite expédition dans le sud. Pendant son absence, nous reçûmes un soir l'ordre de départ pour le lendemain. Pablo arriva juste pour nous serrer la main dans la cour de la gare. Pauvre Pablo ! Il m'entraîna à la buvette pour se réconforter, mais devant le pinard tiède, il demeurait tout triste. Il avait de la peine à me quitter, je lui avais rappelé sa vie d'autrefois, sa vie d'insouciance et d'espoir. Que ferait-il désormais ? Rien, sa vie était finie. Pourtant il se reprit vite, et, après m'avoir souhaité bonne chance d'un ton neutre, me quitta avec sa nonchalance de grand seigneur encanaillé.

Nous roulâmes toute la journée à travers un désert immense. La chaleur était torride; l'herbe desséchée se cassait sous les souffles de vent, et la terre était comme boursouflée de pustules de chaleur. Le pays était aussi vide que le ciel trop pur; parfois, un chariot soulevait de la poussière sur un chemin bordé d'arbrisseaux brûlés, où des enfants nus jouaient autour de la bicoque perdue qui servait de gare à la solitude. La petite ligne à voie unique tranchait d'un fil si ténu les vagues immobiles des moutonnements qu'elle faisait penser à un jouet. Le train prenait de l'élan dans les descentes pour arriver à grimper les côtes, puis s'arrêtait, essoufflé, en rase campagne, pour nous permettre de nous dégourdir les jambes. Nous faisions de plus longues stations dans des villages misérables, où l'eau était plus rare que le vin; tous les évadés partaient avec des bouteilles vides à la recherche d'une pompe problématique, si bien que des retardataires devaient toujours se lancer à la poursuite du train qui démarrait à l'improviste, mais l'homme, étant le plus rapide, gagnait invariablement le match sous les approbations énergiques des camarades. Une seule fois le convoi dut stopper pour attendre un évadé : il est vrai qu'il pesait cent dix kilos. Nous arrivâmes vers minuit à la station frontière. La gare ressemblait fort à un de ces castels délabrés d'où les gentilshommes gascons partent pour tenter fortune. Les employés étaient particulièrement grincheux devant ce travail inusité et les volailles réveillées fuyaient dans toutes les directions. Nous fûmes contrôlés par des gardes, ce qui ne dura que jusqu'à l'aube; ils furent très gentils, car ils n'examinèrent nos papiers que cinq ou six fois, et nous souhaitèrent même bonne chance à la fin des formalités; peut-être en espéraient-ils un pourboire? Les évadés s'endormirent enfin par petits groupes sur les quais, sans même trouver de touffes d'herbes en guise d'oreillers. Nous franchîmes à pied la frontière au début de la matinée. Nous ne pouvions croire qu'une si courte marche pût amener des changements aussi miraculeux.

Nous arrivâmes à une gare qui était bien plutôt une superbe ville enfouie dans les bosquets et les jardins. Des jets d'eau retombaient dans des vasques, des fleurs dégringolaient des murs, et des petits hommes verdâtres et huileux, revêtus de livrées impeccables dignes des portiers de chez Cook, nous conduisirent, avec une urbanité exquise, dans une immense salle toute revêtue de mosaïque, où un somptueux buffet s'offrait à nos ventres creux. Nos hôtes eurent mille formules aimables et pas compromettantes pour nous dire qu'ils aimaient la France, et nous ne fûmes pas en reste pour les assurer que nous aimions leurs gâteaux. Un train nous attendait : la belle locomotive était suivie d'un wagon découvert rempli de petites bûches rondes. Dans chaque compartiment, la Croix-Rouge portugaise avait disposé un volumineux tas de conserves ainsi qu'une immense et prometteuse jarre en terre brune soigneusement scellée d'un énorme bouchon. Quand nous démarrâmes, chacun fut surpris de la lenteur tout espagnole du convoi. Nous pûmes ainsi admirer à loisir le paysage tropical qui s'offrait à nos yeux émerveillés. Des chênes-lièges souffraient de convulsions, les rangées de vigne montaient à l'assaut des collines, et les grands pins embaumés apportaient l'humidité chaude des cathédrales. Nous suivîmes longtemps une rivière prisonnière de ses joncs immenses et effilés; parfois elle sortait de sa gangue pour mirer un vieux pont voûté ou un moulin désuet. D'innombrables villages tout blancs se détachaient dans la verdure épaisse des orangers.

Nous fûmes suffoqués par l'enthousiasme des indigènes. Les paysans courbés dans les champs, les oisifs accoudés aux barrières, les bonnes femmes tapant sur le linge au bord de quelque étang, les charretiers sommeillant dans leurs préhistoriques véhicules, les jeunes filles sur les balcons, souriantes entre les pots de fleurs, tous les Portugais levaient le bras à notre passage pour faire un large V. Nous répondîmes par le même signe, si bien que le voyage devint un interminable échange de salutations. Le train s'arrêta si longtemps devant une ferme que nous allâmes tous nous allonger sur l'herbe; je m'assoupis voluptueusement dans l'ombre fraîche d'un figuier tourmenté. Au fond de ma léthargie, dans la nature pleine de feu et de verdure, je goûtais physiquement, âprement, le sentiment de ma personnalité, je me sentais libre, pour la première fois. J'étais comme dans ces siestes d'autrefois, avec l'arrière-sentiment de l'heure chaude qui coule, engourdi par la paresse du jardin odoriférant. Des voix piaillantes d'enfants faisaient irruption dans ma torpeur, quand, sortant d'un rêve, une jeune paysanne me tendit une bouteille de vin et un melon d'eau. Je me frottais les yeux pour me retrouver, quand le train siffla méchamment. Chargé de ces dons, je sautai sur le marchepied, et fis de mon bras libre un grand geste d'adieu à la fille qui agitait un foulard, celui qui recouvrait ses cheveux maintenant défaits sur sa blouse grossière.

Je découvris alors pourquoi nous n'avancions guère, nous avions une locomotive-gazogène, les bûches de tout à l'heure servaient à alimenter le foyer. Toute la journée se passa à rouler et à s'arrêter. Nous liquidâmes vite les succulentes conserves; malheureusement, nous fîmes une pénible trouvaille : la grande jarre ne contenait que de l'eau. La cote des Portugais baissa beaucoup dans le compartiment. Nous longeâmes longuement l'immense Tage, mais, avant d'arriver à Lisbonne, nous franchîmes le fleuve pour pénétrer dans une région sombre et marécageuse, toute plantée de conifères rabougris. La nuit tomba. Nous nous enfoncions dans le noir vers l'inconnu.

Le bruit courait que nous devions nous embarquer dans un petit port nommé Sétubal, situé au sud de Lisbonne. Notre présence dans cette ville aurait été un attentat à la neutralité portugaise, si chère au docteur Salazar, tandis que cet embarquement à l'esbroufe relevait de l'enlèvement, et n'engageait en rien la responsabilité du gouvernement. La diplomatie est l'art qui consiste à ne pas savoir officiellement. Le régime de ce charmant pays présente de singulières analogies avec celui de sa sœur ibérique. Pourtant le docteur Salazar croit à la nécessité d'un pudique voile jeté sur les nécessités du gouvernement, tandis que son confrère Franco ne s'embarrasse pas de pareils camouflages. Au Portugal, les gares sont ravissantes, les employés ont de beaux uniformes, la propreté règne dans les rues, mais cela empêche-t-il le peuple d'avoir faim, la police de tirer sur les ouvriers en grève, les geôles d'être pleines, et les ministres de gouverner au moyen de caisses noires ? Toutefois, une importante différence existe entre les deux pays. En Espagne, le Français prisonnier est l'objet de mauvais traitements de tous, tandis qu'ici la moitié seulement des autorités compétentes s'acharne contre lui; l'autre, au contraire, ne pense qu'à adoucir son sort, si bien qu'il devient peu à peu l'objet d'une querelle intérieure aux épisodes rocambolesques.

Nous ressentions tous une vague peur devant l'aventure imminente. La radio allemande n'avait-elle pas annoncé que les bateaux d'évadés seraient immanquablement coulés la prochaine fois ? Et tout à l'heure, à Abrantès, ces deux prétendus Suisses qui nous avaient posé tellement de questions n'étaient-ils pas des Allemands qui avaient aussitôt signalé notre passage ?

Nous nous arrêtions constamment dans de petites gares, dont les quais débordaient d'une foule venue nous applaudir; mais ce n'était pas encore là, il fallait toujours rouler plus loin. Enfin, des feux brillèrent au bout de la nuit; ils formaient une longue ligne lumineuse comme une rampe de théâtre, devant un fond noir, la mer sans doute. Le train ralentit encore, si possible; nous passâmes devant des hangars, des quais, des navires, nous vîmes la lune faiblement reluire sur l'eau sombre et clapotante, nous laissâmes enfin derrière nous toutes les lumières pour nous arrêter devant un terrain vague. Nous étions arrivés. Des Portugais nous accueillirent comme des héros; ils s'étaient tellement épuisés en cadeaux lors des premiers convois que nous dûmes nous contenter d'embrassades. Nous embrassâmes donc beaucoup, sans pouvoir choisir dans l'obscurité des sujets intéressants; ce n'est qu'après une demi-douzaine de matrones et deux barbus que je pressai contre moi une accorte jouvencelle; mais elle ne resta pas longtemps dans mes bras, car elle dut satisfaire à tous les évadés, enfin renseignés. La mer venait battre une plage encombrée de chaloupes; la côte formait un arc, éclairé dans le fond par les deux bateaux que nous avions laissés derrière nous. Ici pas une lueur; je distinguais pourtant, au bout d'une jetée, la masse sombre d'un navire. Des évadés se dirigèrent sur lui en une longue colonne et disparurent dans ses flancs après avoir grimpé une passerelle presque verticale.

Nous attendîmes longtemps; ordres, contrordres, nous étions déjà dans un engrenage militaire. Le bateau s'éloigna enfin, et un autre vint prendre sa place après des manœuvres compliquées. Quelqu'un cria dans la nuit; nous nous ébranlâmes, nous parcourûmes la jetée entre les planches pourries de laquelle j'aperçus une eau immobile, noire et huileuse, nous nous engageâmes enfin dans le navire. C'était un rafiot français, par conséquent vétuste, nauséabond et sale. Notre organisation se militarisait de plus en plus; on appela les officiers, vrais ou faux, pour leur distribuer des couchettes dans les cabines. Les autres pouvaient se débrouiller; j'appris finalement, après de longues randonnées dans les coursives, que des nattes étaient préparées pour nous dans la cale. Nous ne devions partir que le lendemain. Je descendis donc à l'endroit indiqué, je découvris, parmi les corps vautrés de toutes parts, et après avoir écrasé un nombre impressionnant de pieds ou de mains et m'être fait traiter de tous les noms possibles, un petit coin inoccupé où je pus m'installer. Quand le brouhaha se fut apaisé, je réussis à m'endormir en dépit de mes craintes pour la vermine. Mes appréhensions étaient injustifiées, mais je me réveillai le lendemain avec un horrible mal de tête : l'air était si épais qu'on aurait pu le couper au couteau.

Au début de la matinée, les navires s'ébranlèrent pour aller s'ancrer à la limite des eaux territoriales jusqu'à l'arrivée des convoyeurs. Je me promenais sur le pont. La baie paisible était comprimée par les murailles rouges des montagnes. A leur pied, les flots se heurtaient en une ligne blanche aux rocs déchiquetés éboulés des hauteurs. Là-haut, des villages blancs se penchaient sans crainte sur l'abîme, et les clochers des églises crevaient les masses bleues du ciel. Dans le lointain, des fumées et une tache sombre signalaient le petit port. Quand l'opération fut finie, les deux bateaux, le *Sidi-Brahim* et le *Gouverneur-Général-Lépine* se rangèrent côte à côte comme deux frères siamois. Je décidai de me laver, mais ne découvris qu'un robinet crachant de l'eau de mer. Le colonial faisait les cent pas avec quelques collègues officiers, et ils égrenaient des souvenirs du bon temps qu'ils allaient retrouver. Il ne semblait pas vouloir me reconnaître, mais je l'abordai pour le prier de me prêter son lavabo. Il eut l'air gêné de me serrer la main, mais n'osa pas se dérober à ma demande, et, dès que j'eus le dos tourné, s'excusa auprès de ses camarades de cette familiarité incongrue, un reste des mœurs déplacées qui prévalaient à Miranda et à Madrid, de véritables mœurs anarchistes. « L'armée, ça les dressera, tous ces intellectuels », commenta un capitaine.

La situation politique préoccupait ces messieurs. Le pouvoir allait-il échapper à Giraud? plus d'un avait combattu contre de Gaulle, et ne tenait pas à tomber sous son commandement. Ils ne m'aimaient guère, je leur avais plusieurs fois demandé en vain pourquoi ils s'étaient battus contre la France Libre en Syrie. Ils m'avaient finalement répondu que c'était pour des questions d'honneur infiniment au-dessus de la portée d'un civil moyen. La trahison de mon ami le colonial me peina un peu, je n'aurais pas cru que la conscience de ses galons lui serait venue aussi vite, il avait suffi d'une courte nuit. Des barrières rigides se dressèrent entre les officiers et les non-officiers, en attendant qu'un compartimentage plus complet fût achevé au régiment.

Vers une heure, les navires se mirent en marche, pour de bon cette fois, et nous ne tardâmes pas à apercevoir trois petits points noirs, nos convoyeurs. Nous fûmes bientôt en ordre de route. Un destroyer anglais, fougueux comme un jeune chien de chasse, précédait le convoi, pendant que deux avisos français, beaucoup plus calmes, nous encadraient, l'un à bâbord, l'autre à tribord. Au centre de cet appareil guerrier, les deux rafiots voguaient de conserve en une ligne brisée, changeant de cap tous les trois ou quatre cents mètres. Dès que nous eûmes quitté les eaux territoriales, nos bateaux, qui arboraient le pavillon britannique, le remplacèrent par le drapeau français. Le Comité de Libération n'était encore guère reconnu qu'en haute mer, où personne n'avait à le reconnaître, si bien que ce n'est guère que là qu'il pouvait faire arborer nos couleurs. Nous eûmes un exercice de sauvetage, qui eut l'avantage de rendre la situation parfaitement claire à tout le monde : en cas de naufrage, les officiers prenaient place dans les canots et les hommes se jetaient à la mer.

Le lendemain soir, après une traversée sans incident, nous arrivâmes au large des côtes marocaines. Nous croisâmes alors d'énormes convois américains; les cargos, profondément enfoncés dans l'eau, se suivaient à la queue leu leu pendant des heures. Nous fûmes heureux de constater que seul Radio-Paris avait coulé toute la flotte alliée. La progression de tous ces bâtiments avait quelque chose d'irrésistible; nous nous sentions comme devant une machine trop remontée qui ne s'arrêterait plus. Leurs superstructures compliquées les faisaient ressembler à des usines fantômes, aucun homme n'apparaissait sur le pont pour diriger des monstres dociles. Nous distinguâmes des lueurs faiblardes dans le soir : nous étions devant Casablanca. Un des avisos fonça sur nous, et un haut-parleur nous souhaita la bienvenue en terre française libre avec une frénésie rare chez les marins. Nous subîmes de sang-froid l'avalanche de tant de compliments, mais nous sentions tous une étrange émotion à crier « Vive la France » et à chanter *La Marseillaise.* Les deux navires voguèrent quelques minutes de conserve pour procéder à l'aise à l'échange de politesses, l'espace était plein des hurrahs, tous les évadés s'étaient groupés sur le même bord quand la voix du capitaine retentit impérativement sur le même bord pour nous ordonner de reculer vers le milieu du navire. Nous avions, sans le savoir, failli faire chavirer le bateau au milieu de nos effusions. L'équilibre du *Sidi-Brahim* était tel qu'il prenait de la bande dès qu'un des côtés était un peu chargé. L'aviso s'écarta enfin, et notre rafiot s'ancra jusqu'au lendemain matin : les passes entre les mines étaient trop étroites pour qu'on pût manœuvrer de nuit.

Le lendemain, vers dix heures, le *Sidi-Brahim* se glissa dans les bassins, et, après avoir dépassé la coque calcinée du *Jean-Bart,* procéda aux manœuvres d'accostage. La réception fut triomphale; la garnison de la ville avait fait appel à toutes les ressources du cérémonial militaire en notre faveur. Sur le quai, des détachements de marins, d'aviateurs, et de fantassins, en tenue de grand jour, formaient d'impeccables rangées. Les sous-officiers vérifiaient l'alignement, pendant que les officiers faisaient les cent pas devant le front des troupes. Les musiques se relayaient pour épuiser la gamme complète des airs patriotiques. Pendant la *Marche lorraine,* le capitaine du bateau faisait manœuvrer de son côté les évadés; pendant que nous étions encensés en bas, nous nous faisions proprement engueuler sur le pont. Le *Sidi-Brahim* ne peut accoster que grâce à la bonne volonté des passagers; ils doivent se répartir en masses si harmonieusement balancées qu'elles s'équilibrent parfaitement. Nous procédâmes à de véritables figures de ballet avant de découvrir les emplacements adéquats. Enfin, quand le bateau fut dompté, la passerelle fut jetée, et dégorgea l'interminable file des évadés hâves et loqueteux. Des ordres furent lancés, les soldats présentèrent les armes, les officiers saluèrent, *La Marseillaise* retentit, et nous nous traînâmes piteusement devant eux, jusqu'à un hangar, où nous trouvâmes de l'éloquence et des réconforts matériels et moraux. Un général nous parla : petit, sec, bien pris, nerveux, très général, somme toute. Il nous dit que nous avions bien mérité de la patrie, que nous avions droit à la médaille des évadés, et à toutes sortes d'avantages, qu'il ne précisa pas. Enfin, il nous recommanda de ne pas prêter l'oreille à des rumeurs tendancieuses mettant en doute l'étroit accord de ces deux chefs qui mêlent si harmonieusement leurs qualités pour constituer un gouvernement parfait.

J'admirai la dextérité de l'orateur à répartir les éloges entre de Gaulle et Giraud; chacun eut droit à deux minutes, à une seconde près, et la consistance de l'enthousiasme était rigoureusement la même. Nous fûmes ensuite livrés, dans la salle voisine, à ces demoiselles de bonne famille qui font de bonnes œuvres. Il est particulièrement indiqué à ces filles d'officiers – c'en était certainement, autrement elles n'auraient pas été aussi laides, amorphes et bien élevées – de servir la limonade, et de distribuer les sandwichs en de pareilles occasions, elles doivent donner des sourires par-dessus le marché, et même, si c'est un blessé, des petits baisers. Elles étaient sous la garde de dames menues et pincées, à l'œil furtif, qui vérifiaient la distribution et la bonne tenue. Quand nous fûmes remplis de bière tiède et de pâté, nous grimpâmes dans des camions bien fermés qui nous conduisirent dans une jolie caserne bien gardée.

Je traînai là pendant trois jours, ayant affaire à de méchantes punaises et à de gentils Sénégalais. Puis je fus interrogé : je remplis dans six bureaux six questionnaires identiques, je passai devant six commissions qui me posèrent les mêmes questions. Il paraît que ces officiers interrogateurs ont parfois arrêté des sujets dangereux; je ne suis revenu de ma surprise que lorsque j'appris qu'ils avaient été signalés par la Résistance ou les services alliés. Je fus enfin admis à choisir mon arme et mon régiment, car je me trouvais mobilisé d'office. Ce choix est bien le seul avantage que m'ait jamais valu ma qualité d'évadé; dans la vie militaire, seul le présent existe. Je fus enfin libre de m'en aller, avec un ordre de route en poche. C'était partout la débandade, les amitiés des mauvais jours s'évanouissaient comme la brume au soleil devant les perspectives de l'avenir. Un beau matin, je franchis le portail, tout seul, en tenue civile, mais déjà avec l'âme militaire.

C'était bien cette fois la fin de l'évasion.

## TABLE